पापी
वोट
के
लिए

पापी वोट के लिए

दीनानाथ मिश्र

प्रतिभा प्रतिष्ठान, नई दिल्ली

प्रकाशक : **प्रतिभा प्रतिष्ठान**

६९४-बी (निकट अजय मार्केट), चावड़ी बाजार, दिल्ली-११०००६

सर्वाधिकार : सुरक्षित / संस्करण : २०२५ / मूल्य : चार सौ रुपए

मुद्रक : नरुला प्रिंटर्स, दिल्ली ISBN 978-93-86001-77-1

PAPI VOTE KE LIYE

satire by Shri Dinanath Mishra ₹ 400.00

Published by **PRATIBHA PRATISHTHAN**

694-B (Near Ajay Market), Chawri Bazar, Delhi-110006

समर्पित

मेरे मित्र, सलाहकार, सहयोगी,

'डाक्टर' और आलोचक

श्री बलबीर पुंज को

भूमिका

वोट नचाए-नेता नाचे

'पापी वोट के लिए' नामक संग्रह से आपको 'पापी पेट के लिए' वाली कहावत जरूर याद आई होगी। जितना 'पापी' पेट है, उसके मुकाबले 'वोट' कहीं बड़ा पापी है। 'पापी पेट के लिए' तो जो कुछ कोई करता है, वह 'बेचारा' होता है। 'बेचारा' यानी जिसके पास कोई चारा नहीं होता। 'पापी वोट के लिए' का कर्ता नेता होता है। धनबल, दलबल, बाहुबल, जनबल वगैरह से लैस। वोट के लिए वह कुछ भी करता रहता है। भंडारा चलाता है, खून तक कर डालता है। अभिनेत्रियों को लाइन में खड़ा करके वोट मँगवा सकता है। दो गुटों, दो जातियों में झगड़ा करा सकता है। वोटर अगर विधायक हो तो उन्हें सैर कराता है। मंदिर बनवा सकता है। 'पापी वोट के लिए' नेता नाच सकता है, नचा सकता है, उपवास कर सकता है और जरूरत पड़े तो सत्तर कप चाय पी सकता है। अगर नेता माफिया हो तो विनम्रता का अवतार बन सकता है। सपने दिखा सकता है, सपने चूर-चूर कर सकता है। वोट नचाए, वह नाचे।

आप सोच रहे होंगे कि 'पापी वोट के लिए' नामक संग्रह में यह सब और इस तरह का बहुत कुछ होगा। जी नहीं। नामकरण का मुहूर्त आ गया था। प्रकाशक महोदय को नाम की दरकार थी। उन्होंने शीर्षकों की सूची फैक्स कर दी। उन शीर्षकों में एक था—'पापी वोट के लिए'। यह कुछ ज्यादा जँच गया। इसकी पदोन्नति हो गई। ऐसा ही होता है। चाहे नाम पुस्तक का हो या किसी फिल्म का या फिर और किसी चीज का, पूरी तरह सार्थक और सटीक नहीं होता। उसमें कुछ-न-कुछ घपला जरूर होता है। 'पापी वोट के लिए' भी इसका अपवाद नहीं है।

बाकी सब खैरियत है। अगर आप इसको पढ़ेंगे तो मेरे सोच की गलियों और कूचों में सैर करेंगे। यह सैर कितनी मजेदार या बेमजा होगी, मैं कह नहीं सकता।

मैंने तो मजेदार बनाई थी। हो सकता है, अब बेमजा हो गई हो। हो सकता है, संदर्भ खो गए हों। हो सकता है, समय के बदलने के साथ-साथ कुछ उलट-पलट गया हो। संपादक और प्रकाशक का खयाल है कि उन गलियों और कूचों में घूमना अभी भी अनुपयोगी नहीं हुआ है। जो कुछ गया-गुजरा है, वह मेरा है, बाकी संपादक और प्रकाशक का। भूमिका में इतना काफी है।

—दीनानाथ मिश्र

अनुक्रम

माँ के दूध का हिसाब

मैंने बैंक का नाम सुना था। समझता था कि बैंक में रुपए जमा कराए और निकाले जाते हैं, जिससे घरों में होनेवाली चोरी-डकैती का खतरा नहीं होता है। अब डकैत घरों को लूटना छोड़कर बैंक लूटते हैं, खासकर आतंकवादी। मुझे इससे आगे यह पता चला है कि बैंकों से ही सारी अर्थव्यवस्था में रक्त-संचार होता रहता है। रक्त-संचार से ब्लड बैंक का ध्यान आया। ब्लड बैंक के जरिए अस्पतालों में बहुमूल्य जीवन बचाए जाते हैं। ऑपरेशन वगैरह के लिए रोगी को खून या तो उसके रिश्तेदार-दोस्त देते हैं या फिर खरीदना होता है। इसमें ब्लड बैंक की भूमिका पैदा हो गई है। रक्तदान से मिले रक्त 'ब्लड बैंक' में जमा होते हैं। स्वयंसेवी रक्तदाताओं की क़मी होने की वजह से खून खरीदा भी जाता है। जरूरतमंद लोग खून बेचकर गुजारा करते हैं। अब तो जगह-जगह खून का व्यापार धड़ल्ले से हो रहा है।

इसी क्रम में आज मैंने 'मदर मिल्क बैंक' अर्थात् माँ के दूध का बैंक देखा। बंबई में धारावी झोंपड़पट्टी का इलाका बहुत बड़ा है। वहाँ सिओन अस्पताल में माँ के दूध का बैंक खुला है। इससे बहुत से नवजात शिशुओं की जान बचाई गई है। स्वेच्छा से माताएँ आकर अपना दूध देती हैं। एक खास विधि से दूध निकालकर जमा कर लिया जाता है। समय पड़ने पर काम आता है। अभी यह बैंक अनौपचारिक रूप से कार्य कर रहा है। लेकिन इसकी सफलता को देखते हुए कहा जा सकता है कि इसके औपचारिक होने में ज्यादा समय नहीं लगेगा।

थोड़े से शोध और टेक्नोलॉजी के विकास के बाद एक कल्पना की जा सकती है। बाजार में डिब्बाबंद तरल पेय का जमाया हुआ 'माँ का दूध' बड़ी मात्रा

में बिक रहा होगा। कोई भी जाएगा, बोलेगा—' 'मदर्स बेबी मिल्क' का दो सौ ग्राम का डिब्बा दीजिए।' दुकानदार फ्रिज से निकालकर साठ रुपए लेकर उसे थमा देगा। दूसरी तरफ गरीब माताएँ मदर्स मिल्क बैंक में जाकर लाइन लगाएँगी। अपना नंबर आने पर मशीन से अपना दूध निकलवाएँगी और पच्चीस-तीस रुपए लेंगी और चली जाएँगी। माँ के पास अपने बच्चे से फालतू दूध होता है। कहते हैं, भारत में छह हजार करोड़ रुपए का माँ का दूध पैदा होता है। अगर इसका दसवाँ भाग भी बाजार में आता है तो यह छह सौ करोड़ का बाजार होगा।

अगर खून का व्यापार ब्लड बैंक के जरिए प्रारंभ हुआ तो मदर्स मिल्क बैंक से माँ के दूध का व्यापार चल पड़े तो क्यों आश्चर्य होना चाहिए। माँग तो होगी ही। आधुनिक माताएँ स्तनपान कराने में कंजूसी करती हैं। जल्दी ही बच्चे को 'बेबी फूड' के हवाले कर अपने सौंदर्य की रक्षा करती हैं। वे बहुत बड़ी खरीदार होंगी मदर्स मिल्क बैंक की। फिर माँ की बीमारी जैसे अनेक कारण इसकी माँग पैदा कर सकते हैं। पश्चिम में मदर्स मिल्क बैंक 'लोकप्रिय' है। लेकिन भारत जैसे देश में जहाँ सामाजिक और आर्थिक समस्याएँ जटिल हैं, इसका बड़ा बुरा असर भी पड़ सकता है। कुछ मेडिकल समस्याएँ हो सकती हैं। भोजन के साथ अब घनेरे कृत्रिम रासायनिक पदार्थ शरीर में जा रहे हैं। इसका प्रभाव माँ के दूध के साथ एक बच्चे तक सीमित रहता है। मिल्क बैंक के साथ इसका प्रभाव ज्यादा बच्चों पर पड़ सकता है।

लेकिन हमने तो तय कर लिया है कि हम तो पश्चिम के रास्ते पर जाएँगे। कोई रोक नहीं सकता। कभी-न-कभी माँ को अपने दूध के साथ बाजार में आना ही पड़ेगा। गाय-भैंसों के दूध बढ़ाने के लिए अनेक हार्मोंस देकर दूध बढ़ाने के आविष्कार हुए हैं। उनका इस्तेमाल होता है। माँ के दूध का व्यापारिक महत्त्व बढ़ने से माताओं को अपने दूध का उत्पादन बढ़ाने के लिए कुछ हार्मोंस लेने का चलन भी हो सकता है। कभी विज्ञापन निकल सकता है—फलाँ हार्मोंस लेकर माताएँ दुग्ध उत्पादन बढ़ाएँ और अधिक पैसा कमा सकें। माँ के दूध का मूल्य चुकाना कभी बेटों के लिए संभव नहीं हुआ। मातृॠण से आजन्म दबना पड़ता था। अब उस दूध का बाजार भाव निश्चित होगा। और तब बेटा माँ के दूध की एक-एक बूँद का हिसाब चुकाने में सक्षम हो सकेगा।

□

हास्य : पहले और बाद का

एक जमाना था, जब कम्युनिस्ट व्यवस्था के खिलाफ चुटकुला सुनानेवाले को कैद हो जाती थी। लेकिन चुटकुलों के जन्म के लिए घटिया-से-घटिया माहौल की आबोहवा चाहिए। जब रूस में लाखों लोग कैदखानों में थे, उस दौर का एक चुटकुला है। एक जेल में तीन कैदी बात कर रहे थे। मुद्दतों के बाद तीन कैदियों में बातचीत का विश्वास भरा रिश्ता बना था।

पहले ने पूछा, "तुम किस अपराध में आए?"

"मुझ पर भेदवेदेव का विरोध करने का आरोप था।"

दूसरे ने उसी सवाल के जवाब में कहा, "भेदवेदेव के समर्थक होने का आरोप था।"

तीसरे ने कहा, "मैं भेदवेदेव हूँ।"

एक जेल में एक ने दूसरे कैदी से पूछा, "तुम्हें कितने साल की सजा हुई है?"

जवाब था, "पंद्रह साल।"

"क्यों, क्या किया था तुमने?"

"कुछ नहीं, मैंने कुछ नहीं किया था।"

"छोड़ो यार, गप मत लगाओ। दुनिया जानती है, कुछ नहीं करने पर सिर्फ दस साल की सजा है।"

हाल के दौर में पूर्वी यूरोप के देशों में नई तरह की चुटकुला-भूमि बनी है। चेकोस्लोवाकिया के राष्ट्रपति एक सार्वजनिक बगीचे में घूमने जाते हैं। वहाँ उन्हें एक गरीब आदमी घास खांता नजर आता है। वह द्रवित हो जाते हैं। सौ डॉलर देकर चले जाते हैं। अब वह गरीब वहाँ नहीं आता। मगर दस दिन बाद वह फिर

घास खाता मिलता है। राष्ट्रपति करीब जाते हैं। उसे एक डॉलर देते हैं और कहते हैं, ''यह लो और सरका पार्क में चले जाओ। वहाँ घास अच्छी है।''

कुछ वर्ष पूर्व यूगोस्लाविया में गृहयुद्ध चल रहा था। सर्बियन, क्रोशियन और मुसलमानों में मार-काट मची हुई थी। एक दिन एक सर्ब, एक क्रोश और एक मुसलिम मछली पकड़ने गए। तीनों को एक-एक गोल्डन फिश मिली। इस मछली में वरदान देने की क्षमता होने की मान्यता है। सो मछली ने पहले क्रोश से कहा, ''माँगो एक वरदान।''

क्रोश ने कहा, ''दुनिया के सभी सर्ब लोग मर जाएँ।''

मछली ने सर्ब से पूछा, ''तुम क्या चाहते हो?''

''मैं चाहता हूँ कि एक भी क्रोश न बचे।''

मुसलिम से भी पूछा गया। उसका जवाब था, ''मुझे एक कप कॉफी चाहिए; क्योंकि मेरी दो सबसे बड़ी मुरादें इन दोनों ने माँग ली हैं।''

जब पूर्वी और पश्चिमी जर्मनी का एकीकरण नहीं हुआ था तब का एक चुटकुला है। पूर्वी बर्लिन के एक कुत्ते से पश्चिमी जर्मनी के कुत्ते की मुलाकात हुई। पश्चिमी जर्मनीवाले कुत्ते ने पूछा, ''बर्लिन में जिंदगी कैसी है?''

पूर्वी बर्लिनवाले ने कहा, ''बहुत अच्छी। मुझे खाने को मीट मिलता है। अकसर वोदका से तर-ब-तर।''

''तो तुम अकसर पश्चिम बर्लिन क्यों चले आते हो?''

''जब कभी भौंकने की इच्छा होती है, इधर आ जाता हूँ।''

रूसी प्रतिनिधि निकिता आर्डोनोकिज ने अमेरिका और ब्रिटिश राजनयिक के साथ तीन महान् रूसियों के नाम जाम लेने का प्रस्ताव किया। पहली बार तीनों जाम टकराए—वोलोसोव के नाम पर, दूसरा चेमिंस्की के नाम पर और तीसरा ग्रोगोव के नाम पर।

तीनों राजनयिकों के नाम ढाले। फिर अचानक ब्रिटिश राजनयिक ने पूछा, ''यह वोलोसोव कौन थे?''

रूसी चकित भाव से बोला, ''आप नहीं जानते? वह महान् रूसी वैज्ञानिक हैं। उन्होंने रेडियो का आविष्कार किया। और चेमिंस्की? वह टी.वी. के आविष्कारक हैं। और ग्रोगोव ने टेलीफोन का आविष्कार किया।''

अगला जाम रूसी ने यामकोपोरिव के नाम ढालने का प्रस्ताव किया—''यही है वह महान् रूसी वैज्ञानिक, जिसने उन तीनों वैज्ञानिकों का आविष्कार किया।''

□

विरासत की नेतागिरी

❖

विरासत की नेतागिरी हमारे दौर की एक गंभीर समस्या है। नेता चल और अचल संपत्ति को विरासत में छोड़ता है और वह वारिस को मिल जाती है। मगर नेतागिरी कोई ऐसी चीज नहीं होती कि ब्रीफकेस में रख दी जाए और वारिस को मिल जाए। नेतागिरी न चल संपत्ति है, न अचल। यह चंचल संपत्ति है। भारतीय नेताओं ने नेतागिरी को विरासत में देने की तकनीक तैयार कर ली है। इसकी शुरुआत की नेहरू खानदान ने और आगे इसका धीरे-धीरे विकास होता गया। ऊपर से देखें तो मोतीलाल नेहरू ने जवाहरलाल नेहरू को, जवाहरलाल नेहरू ने इंदिरा गांधी को और इंदिरा गांधी ने राजीव गांधी को नेतागिरी विरासत में दी। सोनिया गांधी का आज का संकट यही है कि विरासत में मिली नेतागिरी पर उनका कब्जा नहीं होने दिया जा रहा है। इधर कश्मीर में देखिए। शेख अब्दुल्ला ने फारूख अब्दुल्ला को विरासत में नेतागिरी दी और फारूख अब्दुल्ला ने उमर अब्दुल्ला को। देवीलाल ने अपना वारिस सफलतापूर्वक चौटाला को बना दिया। भजनलाल और बंसीलाल दोनों इसी काम में जुटे हुए हैं। उनके होनहार पुत्र नेताई करिश्मे का तजुरबा हासिल कर रहे हैं। चौधरी चरणसिंह ने जाने से पहले अजित सिंह को सेहरा पहना दिया। भारत में कोई भी ऐसा राज्य नहीं, जहाँ विरासत में नेतागिरी अगली पीढ़ी को दी नहीं जाती।

विरासत की नेतागिरी के लिए अभी एक दुःखद मगर दिलचस्प संघर्ष चल रहा है। स्व. रामाराव अभी कुछ वर्ष पहले ही गुजरे हैं। उनके दामादों और बेटों ने भरपूर कोशिश की कि अंतिम समय तक साथ रही लक्ष्मी पार्वती उनकी शवयात्रा में सम्मिलित न हों। अंतिम संस्कार में पंडित ने उनकी स्वर्गीय पत्नी के नाम का

उल्लेख तो किया, लेकिन वह विधवा हुई पत्नी लक्ष्मी पार्वती को भूल गए। उन्हें भूलने का आदेश था। जब आदेश मिल जाए तो याद दिलाने पर भी भूला हुआ नाम याद नहीं आता। किंतु लक्ष्मी पार्वती भी बड़ी ज़ीवट निकलीं। अपने पति की अस्थियों को लिये वह श्मशान पर ही अनशन करने बैठ गईं। विरासत की लड़ाई लड़नेवाले दामाद ग्रुप ने जब सहानुभूति की लहर देखी तो वे समझ गए कि हम अस्थि दें या न दें, विरासत का हिस्सा तो मिल ही जाएगा। सो कुछ अस्थियाँ लक्ष्मी पार्वती को भी दे दीं।

इसका एक समानांतर तमिलनाडु की राजनीति में। वहाँ भी एक करिश्माई फिल्म अभिनेता राजनेता बन गए थे। एन.टी. रामाराव मुख्यमंत्री बने तो तमिलनाडु के महानायक एम.जी. रामचंद्रन के पदचिह्नों पर चलकर। एम.जी. रामचंद्रन की विरासत का भी झगड़ा था। उनकी पत्नी थीं जानकी और प्रेमिका थीं जयललिता। जानकी और जयललिता में घमासान हुआ। जयललिता को रामचंद्रन के शव के पास फटकने तक नहीं दिया गया। जानकी को मुख्यमंत्री बना दिया गया। किंतु जब चुनाव हुए तो जानकी गुट का कहीं पता नहीं था। रामचंद्रन की विरासत धूमधाम से जयललिता के पास लौट गई।

तो क्या आंध्र में लक्ष्मी पार्वती जयललिता बनने वाली हैं? अगर ऐसा हो जाए तो कोई ताज्जुब नहीं होना चाहिए। सहानुभूति की लहर तो लक्ष्मी पार्वती के साथ ही है। रामाराव को हटाकर चंद्रबाबू नायडू मुख्यमंत्री बने। वह जनता की नजरों में विरासत के हकदार नहीं हो सकते। लक्ष्मी पार्वती भाषण भी जबरदस्त देती हैं। श्रोताओं को अपनी हरि कथा से छह-छह घंटे तक बाँधे रखने की उनकी क्षमता है। एन.टी. रामाराव के जाने का समय तो तय था। अगर चंद्रबाबू नायडू ने जल्दबाजी न करके कुछ समय तक इंतजार किया होता तो राजनीतिक वारिस हो जाते। जो जीते जी रामाराव को किनारे कर सके, वह रामाराव के दिवंगत होने पर लक्ष्मी पार्वती को बड़ी आसानी से किनारे करते। लेकिन अब तो रामाराव की पीठ में छुरा घोंपने का कलंक उनके साथ है। विरासत में मिली नेतागिरी को बहुत हद तक जनता का भी समर्थन मिल जाता है। खासकर तब, जब वारिस योग्य हो और भावनाओं में बहा सकता हो।

□

नेता विश्वविद्यालय

❖

नेताओं के लिए खुशखबरी है। चुनाव के इस मौसम में दिल्ली में वैज्ञानिक विधि से नेताओं की भाषण शैली की मरम्मत का पाठ्यक्रम चालू कर दिया गया है। इसमें मजाक मत समझिए। पश्चिम के नक्शेकदम पर प्रबंध और संचार की नवीनतम तकनीकों का इस्तेमाल करते हुए 'इन्फ्यूज इनकारपोरेटेड' नामक कंपनी ने एक सप्ताह का पाठ्यक्रम बनाया है। इसके कर्ता-धर्ता हैं पिलानी स्थित बिड़ला इंस्टीट्यूट और अहमदाबाद के आई.एम.एम. में शिक्षित प्रबंध विशेषज्ञ अशोक विजयवर्गीय। अब तक उनकी कंपनी अनेक प्रबंध विषयक सलाहकार के रूप में काम करती रही थी। अब चुनाव के इस मौसम में उन्होंने नेता प्रशिक्षण की एक प्रशाखा खोली है। विशेष रूप से तैयार किया गया यह पाठ्यक्रम एक हफ्ते का है। बारह नेता तो इस पाठ्यक्रम में शामिल भी हो चुके हैं। शुल्क केवल साढ़े आठ हजार रुपए है। कोई अगर अपने सुधरे हुए भाषण का कैसेट बनवाना चाहे तो पाँच हजार और।

है न यह खुशखबरी। आनेवाले लोकसभा चुनाव में कम-से-कम पाँच हजार उम्मीदवार मैदान में होंगे। संविधान ने यह छूट दे दी है, इसलिए इसमें अनपढ़, अधपढ़ और पढ़े-लिखे—सब तरह के उम्मीदवार होंगे। मैंने एक पुस्तक देखी थी। पुस्तक का नाम था—'चुनाव कैसे जीतें?' उसमें एक अध्याय भाषण पर भी था। सो इस पाठ्यक्रम के जरिए उम्मीदवार कम-से-कम अपने भाषण की शैली की मरम्मत तो करा ही सकते हैं। अशोक यह नहीं बताते कि वह बारह नेता कौन हैं, जिनका पाठ्यक्रम चालू हो गया है, हो सकता है चुनाव आयोग के डर के मारे इसे छिपाया गया हो। कहीं आयोग इस पाठ्यक्रम के खर्चों का नोटिस न ले ले।

इस पाठ्यक्रम के श्रीगणेश के मुझे अनेक शुभ संकेत दिखाई दे रहे हैं। इसके पदचिह्नों पर चलकर सैकड़ों विशेषज्ञ चुनाव संबंधी पाठ्यक्रम चला सकते हैं। यथा—सभा बिगाड़ने की कला। थैली भरकर मेढकों को सभा के बीच में बिखेर देना, साँप छोड़ देना, जानवरों को सभा की तरफ खदेड़ देना इत्यादि तरीके अब फूहड़ माने जाते हैं। इसकी बजाय वैज्ञानिक तरीके ज्यादा सफल और शिष्ट होंगे। कोई अगर सभा बिगाड़ने के वैज्ञानिक और शिष्ट तरीके खोजे तो उसका पाठ्यक्रम भी चल सकता है। हर पार्टी को विरोधी से निपटने के लिए इस पाठ्यक्रम की बड़ी उपयोगिता होगी।

कुछ लोगों को अशोक के पाठ्यक्रम की सफलता पर आशंका है। ये लोग मानते हैं कि नेता सफल ही इसीलिए होते हैं, क्योंकि वे अप्रशिक्षित होते हैं। पश्चिमी तकनीक से भारतीय भाषाओं के भाषणों की मरम्मत नहीं की जा सकती। कुछ भी कहिए, यह तो जरूर है कि नेता तैयार करने के लिए उसी तरह अलग विश्वविद्यालय होने चाहिए जैसे डॉक्टर, इंजीनियर, प्रबंधक वगैरह तैयार करने के लिए विश्वविद्यालय होते हैं। ऐसे विश्वविद्यालयों में बड़े-बड़े नेताओं को समय-समय पर क्लास लेने के लिए बुलाया जा सकता है। बिहार के मुख्यमंत्री लालू प्रसाद यादव को यह प्रशिक्षण देने के लिए बुलाया जा सकता है कि राजकीय कोष से चुनाव खर्च लेने का कानूनी प्रावधान न होने के बावजूद सत्तारूढ़ दल अनौपचारिक रूप से सरकारी पैसे का उपयोग चुनावी खर्च के लिए कैसे कर सकता है।

ऐसे विश्वविद्यालय में बूथ लूटने, वोट काटने के लिए उम्मीदवार खड़ा करने और चुनावी चंदा इकट्ठा करने के हथियारबंद तरीकों का प्रशिक्षण भी दिया जा सकता है। इसके विशेषज्ञ देश के अनेक राज्यों में बड़ी संख्या में हैं। बारी-बारी से उनकी विशेषज्ञता का लाभ लेने के लिए विश्वविद्यालय उन्हें सम्मान सहित बुला सकता है। अभी तक नेता पैदा करने का भार आम विश्वविद्यालयों और महाविद्यालयों पर है। वह अनमने ढंग से नेता पैदा करते हैं। जो युवा वहाँ आते हैं, उनमें से कुछ को वे डिग्रियाँ देते हैं और कुछ को नेता बना देते हैं। नेताओं के लिए वैसे भी डिग्रियों की कोई जरूरत नहीं होती; मगर उन्हें डिग्री देने से कौन इनकार कर सकता है। नेता बनाने के लिए सघन प्रयास की जरूरत है। अशोक विजयवर्गीय का पाठ्यक्रम ऊँट के मुँह में जीरे जैसा भी नहीं है। मोटी खाल के नेताओं के निर्माण के लिए एक पूरा विश्वविद्यालय बनना चाहिए। पर मेहरबानी करके लोग उसका नाम 'नेताजी सुभाषचंद्र बोस विश्वविद्यालय' न रखें।

□

स्कर्ट का अर्थशास्त्र

कोई दो-तीन महीने पहले नर्सों ने एक लड़ाई लड़ी थी। लड़ाई अभी भी चल रही है। शुरुआत हुई थी एक टी.वी. चैनल में प्रदर्शित फिल्म 'दिल का डॉक्टर' के साथ। हृदय रोग विशेषज्ञ या हृदय रोग के डॉक्टर के नाम की तख्ती पर आपने 'दिल का डॉक्टर' लिखा कभी नहीं देखा होगा। फिल्म के नाम 'दिल का डॉक्टर' में दोनों अर्थ हैं। मजनुओं को दिल की बीमारी अलग होती है और हृदय रोग अलग होता है। फिल्म दोनों तरह के बीमारों के बारे में थी। नर्सों के संगठन ने इसका जोरदार विरोध किया। अरसे तक आंशिक हड़ताल भी की। अखिल भारतीय एसोसिएशन की महासचिव ने अभी एक भेंटवार्त्ता में इसपर आपत्ति प्रकट की है कि एक तो नर्सों की फ्रॉक बहुत छोटी थी, उसमें कट बहुत भद्दे थे। नर्स की अंडरवियर भी नजर आ रही थी। कैमरा बार-बार वहीं पर फोकस किया गया था। वे कहती हैं कि यह नर्स की यूनिफॉर्म तो हरगिज नहीं थी, फिल्म हीरोइन की कॉस्ट्यूम भले ही हो। फिर नर्सों को जिस तरह डॉक्टर का चुंबन लेते बार-बार दिखाया गया है, ऐसा अस्पतालों में नहीं होता और फिल्म में तो यह हृदय रोग के वार्ड में दिखाया गया है। एक स्थल पर नर्स एक मरीज के साथ आलिंगन करती दिखाई गई है। हजारों नर्सों ने प्रदर्शन कर फिल्म का प्रदर्शन रोकने का आग्रह किया। हाई कोर्ट में लड़ीं, सुप्रीम कोर्ट में लड़ीं, सेंसर बोर्ड से लड़ीं। ऑल इंडिया नर्स एसोसिएशन ने नर्सों की यूनिफॉर्म का रंग और आकार बदल दिया।

अब जरा फिल्मवालों की तरफ से सोचें। अगर फिल्म में नर्सों को आम नर्सों की तरह ही दिखाएँ तो फिल्म क्या खाक चलती! स्कर्ट अगर लंबे हों तो दर्शकों को क्या दिखेगा? दर्शक फिर क्या देखने जाएगा? जब देखेगा नहीं तो चैनल

लोकप्रिय कैसे होगा ? लोकप्रिय नहीं होगा तो विज्ञापन की रकम कहाँ से आएगी ? विज्ञापन की रकम लंबी होने के लिए स्कर्ट का छोटा होते जाना जरूरी है। नियम यह बना—स्कर्ट लंबी तो विज्ञापन की आमदनी संक्षिप्त। स्कर्ट संक्षिप्त तो विज्ञापन की आमदनी लंबी। इसीलिए आप अंतरराष्ट्रीय टेनिस के महिला मैचों में देखते हैं कि महिला खिलाड़ी की स्कर्ट मिनी स्कर्ट को भी मात करती है। टेनिस का खेल देखते समय दर्शकों की निगाहें रैकेट और बल्ले पर नहीं होतीं, वे फहराते स्कर्ट के आस-पास होती हैं। कैमरा भी वहीं पर घूमता है। बड़ी चतुराई से वह स्कर्ट और विज्ञापन को जोड़ देता है। इसलिए ऐसे अंतरराष्ट्रीय मैच को बहुराष्ट्रीय निगम अरबों रुपए खर्च करके कराते हैं।

महासचिव की आपत्ति गलत है। वह फिल्म उद्योग के नजरिए से देखें। संक्षिप्त स्कर्ट का एक आर्थिक महत्त्व है। उसे समझने की कोशिश करें। कुछ लाख नर्सों के संकीर्ण हितों से ऊपर उठकर देखें। उनका यह कहना भी गलत है कि इससे नर्स समुदाय का अपमान हुआ है। मामला नर्स समुदाय के मान-अपमान से ऊपर का है। प्रसिद्ध फिल्म निर्माता शक्ति सामंत ने नर्सों की प्रतिनिधि को ठीक ही कहा था कि 'आप लोग क्यों बेवजह यह समस्या पैदा कर रही हैं ? आप देखती नहीं हैं कि हमारी भुवन-सुंदरी ऐश्वर्य राय किस वेश में सारी दुनिया के सामने अपने को प्रदर्शित करती हैं।' शक्ति सामंत ने ठीक ही कहा है कि अगर लाखों नर्सें ऐश्वर्य राय की तरह स्वीमिंग सूट में अस्पताल आना चालू कर दें तो डॉक्टर ज्यादा समय ड्यूटी पर रहेंगे और बाकी आबादी में भी बीमार पड़ने का फैशन चल जाएगा। अस्पताल भी बाजार-व्यवस्था में ज्यादा लाभकारी हो जाएँगे। मगर संकट यह है कि देश उस तेजी से नहीं बदल रहा है जिस तेजी से शक्ति सामंत और महेश भट्ट उसे बदल देना चाहते हैं। मुझे याद आता है कि बाबू राव पटेल नाम के एक सज्जन पहले 'मदर इंडिया' नामक पत्रिका निकालते थे। उन्होंने उसे बदलकर 'फिल्म इंडिया' कर दिया था। महेश भट्ट और शक्ति सामंत भी 'इंडिया' को 'फिल्म इंडिया' बना देना चाहते हैं। मुबारकबाद भेजिए उनको, लानत अपने पास रखिए।

□

माधुरी दे दो, कश्मीर ले लो

बात उन दिनों की है, जब बँगलादेश से भारत के संबंध बिगड़े हुए नहीं थे। बँगलादेश अभी बना ही था। रूना लैला नाम की बँगलादेशी गायिका के भारत के विभिन्न शहरों में बड़े-बड़े धमाकेदार कार्यक्रम हुए। जब वह मंच पर खड़ी होती और 'दमादम मस्त कलंदर' गाते हुए झूमती तो अक्षरशः दर्शकों का दिल लूट लेती थी। आकर्षण पैदा करने के लिए उसमें कामसूत्र के आसनों का कोई समानांतर नहीं खड़ा होता था। संगीत के लय-ताल के साथ उसकी आवाज थिरकती थी और बदन उसका साथ देता था। जरूर उसके किसी समारोह में हमारे मशहूर दिलफेंक संपादक और स्तंभकार खुशवंत सिंह गए होंगे। उन दिनों भी बँगलादेश के साथ पानी के बँटवारे का मामला चल रहा था। खुशवंत सिंह ने एक जगह लिखा कि बँगलादेश हमको एक रूना लैला दे दे और हम उसको फरक्का का सारा पानी दे देंगे।

आपने कवियों के बारे में सुना होगा। ऐसी कविताएँ भी पढ़ी होंगी जिनमें प्रेमी या प्रेमिका की प्रशंसा में आकाश-पाताल एक कर दिए जाते हैं। मुझे याद आती है ऐसी एक पंक्ति। मालूम नहीं किस फिल्म की है, 'मैंने पूछा चाँद से, कि देखा है कहीं मेरे यार-सा हँसी? चाँद ने कहा, नहीं···नहीं···नहीं···'। अब आप बताइए, प्रेमी चाँद से बढ़कर किसकी गवाही लाता। चाँद सारे संसार की सुंदरियों को घूम-घूमकर देखा करता है। हर नस्ल की खूबसूरती को आपादमस्तक जानता है, नख से शिख तक नापता है। कवि ने उसी को गवाह के रूप में खड़ा कर दिया और गवाह कहता है—तुम्हारे यार-सा हँसी कोई दूसरा नहीं। कविता, संगीत, नशा, प्यार वगैरह चीज ही ऐसी होती है कि जिसमें कोई अनुपात नहीं देखता।

नाप-तौल इसमें नहीं चलता।

एक नया अंग्रेजी साप्ताहिक आया है। उसमें कवर स्टोरी पर इस बार पाकिस्तान के ऊँचे-ऊँचे लोगों की जिंदगी को दरशाया गया है। इस कवर स्टोरी के लेखक कहते हैं—पाकिस्तान में जनरल जिया के मार्शल लॉ राज के जाने के बाद कभी शराब की किल्लत नहीं रही, जैसी किल्लत आज भी आंध्र के हैदराबाद में हो जाती है। वह बताते हैं कि फैशन अब लंबी छलाँगें लगा रहा है। पाकिस्तान में भारतीय फिल्मों के लोकप्रिय होने की चर्चा भी करता है। एक जगह कहता है कि लाहौर और इस्लामाबाद के अनेक घरों पर उसे सुनने को मिला कि आप हमें माधुरी दे दो और कश्मीर ले लो। जरूर वह भी खुशवंत सिंह का कोई वैचारिक रिश्तेदार रहा होगा। हमारे कलाकार सारी दुनिया में मशहूर हों, पाकिस्तान में मशहूर हों तो किसे अच्छा नहीं लगेगा। उदार और रसिक समाज हर जगह होता है। समाज के दूसरे तबके की भी उतनी ही बड़ी सच्चाइयाँ होती हैं। उसी पाकिस्तान का एक दूसरा चेहरा देखिए।

इन दिनों भारत में एक गीत ने तूफान खड़ा कर रखा है—'मेरा पिया घर आया, हो रामजी'। गीत तो अच्छा लग रहा है। पाकिस्तान में भी लोकप्रिय हो रहा है। लेकिन दूध के जले लोग छाछ को भी फूँक-फूँककर पी रहे हैं। उन्होंने 'मेरा पिया घर आया' तो रख लिया और 'हो रामजी' को बदलकर 'हाय रब्बा' कर दिया। इसके पहले एक भारतीय गाना पाकिस्तान में बहुत प्रचलित हुआ था—'दीदी तेरा देवर दीवाना, हाय राम कुड़ियों को डाले दाना'। इस गाने के कारण पाकिस्तान के एक गायक वाजिद दुर्रानी को जेल जाना पड़ा था। तो 'हो रामजी' पर भी जाना पड़ सकता था। सो 'हो रामजी' 'हाय रब्बा' हो गया। इधर अपने अभिनेता शाहरुख खान की एक फिल्म की कैसेट को पाकिस्तान में भारी मुसीबत उठानी पड़ रही है। फिल्म का नाम है—'राम जाने'। जिस कारण 'हाय राम कुड़ियों को डाले दाना' या 'हो रामजी' का विरोध है, उसी कारण 'राम जाने' का विरोध है। असल में, राम ही विरोध की गुत्थी हैं। ऐसे में माधुरी दे दो, कश्मीर ले लो सुनने में अच्छा लगता है।

□

ताकि प्यास लगे तो टी.वी. देखें

जहाँ के अखबार उठाता हूँ, एक ही तरह की खबर होती है। दूसरे मौसमों में मंत्रियों के भाषण, विपक्ष की माँग, कर्मचारियों की हड़ताल, पुलिसवालों का अपराध में लिप्त होने और युवाओं में बढ़ती बलात्कार भावना, कम्युनिस्टों की सांप्रदायिकता पर गोष्ठी आदि के समाचार देखने को मिलते हैं। अब गरमी आ गई है, सो सब जगह बिजली-पानी आंदोलन का मौसम है।

आज कोई पुराने ढंग का कवि इस मौसम की चर्चा करे तो कहेगा कि बिजली वियोग से नागरिक घरों से निकल गए हैं। बिजलीघर में गरमी का मौसम आने से पहले ही कम बिजली पैदा करने की सारी तैयारियाँ कर ली गई थीं। नगर निगम के नलकों का रुटीन सुधार दिया गया है। अब पानी धीरे-धीरे और कम समय के लिए आता है। बाकी समय नलकों में से सू-सू करके हवा निकलती है। शहर भर में जो हवा चल रही है, उसकी आधी आपूर्ति निगम का जल वितरण विभाग ही करता है।

राजनीतिक दलों के लिए यह मौसम बिजली-पानी के आंदोलन का होता है। इसमें सभी पार्टियाँ हर हफ्ते दो आलोचनात्मक बयान जारी करती हैं। हर पखवाड़े एक धरना देती हैं। कई पार्टियाँ कभी-कभी प्रतिनिधिमंडल भेजकर बिजली, पानी की आपूर्ति के सुधार के लिए ज्ञापन देती हैं। प्रशासन भी मुस्तैदी से अपने जवाब तैयार रखता है। पानी-बिजली के किसी भी छोटे-मोटे आंदोलन से निपटने का वही सामान्य प्रशासनिक तरीका है।

मैंने एक बार योजना आयोग से बात की थी। पूछा था कि 'पानी-बिजली की जरूरत पूरा करने के बारे में आयोग की क्या योजना है?' उन्होंने छूटते ही

कहा, 'इस समस्या के बारे में आप लोग प्रशासन से सहयोग नहीं करते।'

एयर कंडीशनर और पंखे वगैरह नागरिक चाहें तो हमेशा चलाएँ। लेकिन क्या वे इन्हें मई, जून, जुलाई केवल तीन महीने बंद नहीं कर सकते? यह वास्तव में 'मैन मेड प्रॉब्लम' है। खुद समस्या पैदा करेंगे तो खुद ही भुगतेंगे। उन्होंने कहा, 'सरकार के पास आँकड़े हैं कि गरमियों के आते ही नागरिक सर्दियों के मुकाबले चार-पाँच गुना ज्यादा पानी पीने लगते हैं। अब आप ही बताइए, अचानक प्रशासन पाँच गुना पानी कहाँ से लाएगा?' तर्कों में वजन देखकर मैंने पूछा, 'अचानक गरमी आ जाने की जानकारी आपके विभाग बनने के कितने साल बाद मिली? और क्या आपके विभाग ने सरकार को कोई ऐसा प्रस्ताव भेजा, जिसमें गरमी के मौसम को खत्म करने की उपाय योजना की अनुशंसा की गई हो?'

हमने पूछा कि 'जब अंग्रेज गए तो भारत सरकार की किसी-न-किसी फाइल में यह गोपनीय सूचना जरूर होगी कि यहाँ गरमी नाम का एक मौसम होता है?' अधिकारी ने कहा, 'हो सकता है, यह सूचना हो।' मैंने कहा कि 'मुझे पक्का यकीन है कि यह जानकारी उन्हें थी। इसका संकेत इससे भी मिलता है कि कई राज्यों में उन्होंने गरमियों के लिए अलग राजधानी बनाई थी।' हमने अंतिम सवाल पूछा, 'क्या सरकार पानी की कमी को खत्म करने के लिए डिब्बाबंद पानी के आयात पर विचार कर सकती है?' उसका चेहरा चमक उठा, 'आइडिया सही है।' उसके चेहरे पर पानी आयात और वितरण के लिए ठेकेदारों की नियुक्ति वगैरह की एक झलक आ गई। मैंने चलते-चलते कहा कि 'जब तक सब घरों में टी.वी. आ जाए, उसके पहले बिजली का प्रबंध जरूर कर दें, ताकि प्यास लगे तो टी.वी. देख सकें।'

□

भारत 'विश्व गुरु' हो सकता है

अर्जेंटीना में भ्रष्टाचार उद्योग व्यापार का एक अनिवार्य ढंग बन गया है। वहाँ के ब्यूनस आयर्स विश्वविद्यालय ने इसे मान्यता दे दी है। इसे बाकायदा एम.बी.ए. अर्थात् व्यापार प्रबंधन पाठ्यक्रम का हिस्सा बना दिया गया है। यह पाठ्यक्रम पिछले सप्ताह प्रारंभ हो गया। अलबत्ता इस विभाग का नाम 'विकृत व्यवस्था' रखा है। इस पाठ्यक्रम में भ्रष्टाचार के सौ प्रमुख मामलों के सांगोपांग विश्लेषण भी होंगे। प्रोफेसरों में उद्योगपति, न्यायाधीश, सरकारी अफसर और महापौर रहे विशेष अनुभवी लोग रहेंगे। अर्जेंटीना में सन् १९८९ में उन्नीस बड़े भ्रष्टाचार कांड हुए। कोई दो दर्जन मंत्री और बड़े अधिकारियों को पद से हाथ धोना पड़ा। स्थिति यह बताई गई कि सरकारी कर्मचारी, अधिकारी या नेता पैसे खींचने का कोई मौका हाथ से नहीं जाने देते।

मैं सोचता हूँ कि भारत में भ्रष्टाचार की जितनी विकसित व्यवस्था है, उसके सामने अर्जेंटीना का भ्रष्टाचार कुछ भी नहीं है। बहुत से देश सौ में बीस रुपए का भ्रष्टाचार भी बरदाश्त नहीं कर सकते, जबकि यह भारतीय अर्थव्यवस्था की मजबूती ही है कि हम सौ रुपए के अनुदान में अस्सी रुपए का भ्रष्टाचार करके उफ तक नहीं करते। संसार के और किसी देश को यह गौरव प्राप्त है कि तीन महीने में केवल एक शेयर घोटाले में पाँच हजार करोड़ का घोटाला कर दिया हो और क्या मजाल है कि पता चल जाए कि पैसा आखिर गया कहाँ? सारी जाँच के बाद डॉ. मनमोहन सिंह ने कह दिया कि वह कह नहीं सकते कि पैसा गया कहाँ? प्रमाणित है कि भ्रष्टाचार में हमने अद्भुत प्रवीणता विकसित की है। हम भ्रष्टाचार के लिए एक विभाग नहीं, पूरा विश्वविद्यालय खोल सकते हैं।

इसमें बाकायदा पाँच संकाय हो सकते हैं—(क) राजनीतिक भ्रष्टाचार संकाय। इसमें विभाग हो सकते हैं—भ्रष्टाचार का उद्‌भव और क्रमिक विकास, प्रमुख राजनीतिक हस्तियों का योगदान, भ्रष्टाचार लीपापोती अध्ययन विभाग, काला तिकोन विभाग (राजनेता, प्रशासन और अपराधी त्रिकोण), भ्रष्टाचार व्यवस्था में परिवारजनों की सक्रिय भागीदारी विश्लेषण विभाग।

(ख) भ्रष्टाचार प्रबंध संकाय—अदालत, कानून और पुलिस-भ्रष्टाचार के पक्ष विभाग और विपक्ष विभाग, इसे अकापू पक्ष विभाग और अकापू विपक्ष विभाग कह सकते हैं। भ्रष्टाचार निरोध विभाग, जाँच-पड़ताल बचाव विभाग, भ्रष्टमेव जयते विभाग।

(ग) अंतरराष्ट्रीय भ्रष्टाचार संबंध संकाय—खरीद दलाली विभाग, क्रय-विक्रय भ्रष्टाचार, नेटवर्क भ्रष्टाचार।

चौथे संकाय में—शेयर घोटाला शोध संस्थान, बापनेर प्रभाकर राव बंगारप्पा इंस्टीट्यूट ऑफ डेवलपमेंट वगैरह हो सकते हैं।

वैकल्पिक भ्रष्टाचारी व्यवस्था—यह संकाय भ्रष्टाचार की भावी संभावनाओं पर शोध कर सकता है। यथा—भ्रष्टाचार से विकास गति कैसे तेज हो सकती है? धार्मिक व नैतिक विकास में इसका क्या योगदान हो सकता है? मानव सुख और पारिवारिक शांति में इसका योगदान कैसे हो सकता है? पर्यावरण और शारीरिक रसायन व जीन आदि पर भ्रष्टाचार के बेहतर इस्तेमाल की पैमाइश। यही एक ऐसा क्षेत्र है जिसमें भारत जापान, इटली वगैरह को पछाड़कर 'विश्व गुरु' का स्थान प्राप्त कर सकता है।

□

जानवरों की माँगें मंजूर

देश भर में चिड़ियाघरों के लिए नए नियम बनाए गए हैं। जिस किसी चिड़ियाघर को सरकारी अनुदान लेना है, उनका उन नियमों का पालन करना आवश्यक होगा। नए नियमों के अनुसार अब कोई भी अकेला जानवर चिड़ियाघर में नहीं रखा जा सकेगा। नर-मादा का जोड़ा ही रखना पड़ेगा। अगर कोई जानवर बूढ़ा हो गया हो तो बात अलग है। अंत:प्रजनन को रोकने के लिए जानवरों का एक चिड़ियाघर से दूसरे चिड़ियाघर में स्थानांतरण जरूरी कर दिया गया है। अलग-अलग जानवरों के लिए घूमने-फिरने और व्यायाम के लिएं पर्याप्त जगह, भरपूर और पौष्टिक बेमिलावटी खाना; बड़े और मझोले चिड़ियाघरों के लिए जानवरों का अस्पताल, उसमें भरपूर दवाइयाँ, कई तरह के वार्ड, ऑपरेशन थिएटर, चौबीस घंटे शुद्ध पेयजल का प्रबंध होगा। शव परीक्षा और जानवरों के श्मशान का प्रावधान भी है।

लगता है, चिड़ियाघर के जानवरों की कोई यूनियन बन गई है और उस यूनियन ने एक माँग-पत्र तैयार किया है। माँग-पत्र बाकायदा सरकार को दिया गया और तब जाकर इन माँगों को स्वीकार किया गया। मैं साफ कहूँ, मुझे तो इन जानवरों से जलन हो रही है। भरपूर पौष्टिक, बेमिलावटी खाना कितने लोगों को मिल पाता है? और पेयजल? शहरों में नगरपालिका के नल दो-तीन घंटे चलते हैं। बाकी देर नलके सूँ-सूँ की आवाज करते हैं। आप चाहें तो मेरे घर आकर देख लें। घूमने-फिरने और व्यायाम करने का कोई प्रावधान मेरे फ्लैट में नहीं है। जहाँ तक नर-मादा की जोड़ी मिलाने का सवाल है, सरकार ने यह सुविधा अभी सांसदों को नहीं दी है।

जब ये नियम बन ही गए हैं तब वे लागू तो होंगे ही। बजट भी मिलेगा। अगर कोई जानवर खाने की क्वालिटी से असंतुष्ट हुआ और उसने चिड़ियाघर के अधिकारी के खिलाफ शिकायती चिट्ठी लिखकर सरकार के पास भेज दी तो उसपर काररवाई भी होगी। अगर पीने के पानी का प्रबंध हफ्ते में दो-एक दिन न हुआ और किसी लंगूर ने सरकार को अपना संदेश फैक्स कर दिया तो रख-रखाव करनेवाले कर्मचारी की छुट्टी अगर नहीं हुई तो कम-से-कम वेतन में बढ़ोतरी तो रुक ही जाएगी। मेरा खयाल है कि सरकारी नियमों की पूरी जानकारी पुस्तिका चिड़ियाघर के तमाम जानवरों को भेज दी गई होगी।

अब देखते हैं कैसे होती है चिड़ियाघरों में धाँधली। जैसे ही कोई अधिकारी चिड़ियाघर के दौरे पर आएगा तो अकेला नर जिराफ गरदन निकालकर उस अधिकारी को बताएगा—'देखिए नियम तेरह (क), मेरे लिए मादा जिराफ का प्रबंध अभी तक नहीं हुआ है। अगर अगले तीन दिनों के अंदर वह नहीं भेजी गई तो मेरा वकील हाई कोर्ट में याचिका दायर कर देगा।' कुछ जानवर, जो मनुष्यों से डरते हैं, उनकी तो मैं नहीं कहता। कुछ जानवर, जिनसे मनुष्यों को डर लगता है, उनके बारे में मुझे पक्का भरोसा है कि वे अपने संवैधानिक अधिकार पूरे करवा लेंगे।

लगता है, चिड़ियाघर के जानवरों की ट्रेड यूनियन से माँग-पत्र बनवाने में कुछ कमी रह गई है। मेरा सुझाव है कि उन कमियों को पूरा कर दिया जाना चाहिए। चिड़ियाघर के हर पिंजड़े के पास एक कलर टी.वी. सेट लगा होना चाहिए, जिसपर चौबीसों घंटे कोई-न-कोई प्रोग्राम आता रहे और जानवर उन्हें देखकर अपना मनोरंजन कर सकें। पिंजड़े में एक कॉलबेल लगी होनी चाहिए, ताकि जानवर यथावश्यकता चौकीदार, चपरासी, रसोइया, पुलिस को बुला सके। अगर उनके पास एक टेलीफोन भी हो, तभी जानवरों में आपसी बातचीत हो सकेगी। एक शेर एक हिरन को टेलीफोन पर धमका सकेगा और फिर भी हिरन धमकी में नहीं आएगा। लंगूर तो शर्तिया टेलीफोन का अच्छा इस्तेमाल करेगा। अगर इस तरह की तमाम सुविधाएँ जुटा दी जाएँ तो हर चिड़ियाघर से 'पंचतंत्र' जैसे ग्रंथों के लिए भरपूर मसाला मिल सकेगा।

□

एक ज्योतिष मंत्रालय हो

संसद् का शरद् सत्र अब २३ नवंबर की बजाय २४ नवंबर को शुरू होगा। कैबिनेट ने २३ तारीख तय की थी। मगर प्रधानमंत्री के ज्योतिषी उससे सहमत नहीं थे। सो एक कैबिनेट मंत्री को राष्ट्रपति भवन २३ को २४ कर देने के लिए भेजा। राष्ट्रपति ने इसकी इजाजत नहीं दी और फाइल वापस कर दोबारा प्रस्ताव बनाकर भेजने को कहा। इस घटना को बताने का लक्ष्य केवल इतना है कि दो अनाम ज्योतिषी या तो कैबिनेट से ज्यादा ताकतवर होते हैं या ज्यादा समझदार, अथवा दोनों।

राजकाज में ज्योतिषशास्त्र का दखल आम बात है। पहले तो राजपुरोहित और राजज्योतिषी भी हुआ करते थे। आजकल यह पद तकनीकी तौर पर रद्द है, क्योंकि संविधान में इसकी कोई व्यवस्था नहीं। वरना श्रीमती इंदिरा गांधी, राजीव गांधी, विश्वनाथ प्रताप सिंह और चंद्रशेखर—सबके अपने-अपने ज्योतिषी थे। इंदिरा गांधी और चंद्रशेखर के तो अपने तांत्रिक भी थे। विश्वनाथ प्रताप सिंह के जमाने के एक कैबिनेट सचिव विनोद पांडे तो स्वयं ही ज्योतिषी थे।

सरकारी काम बहुत महत्त्वपूर्ण होते हैं, इसलिए शुभ या अशुभ मुहूर्त का खयाल करना जरूरी भी है। लेकिन ज्योतिषियों की भूमिका नेपथ्य में हो, यह अच्छा नहीं लगता। उनका विधिवत् पद होना चाहिए। रिजर्व बैंक और बैंकों में अगर ज्योतिषियों का पद होता तो आज इतना बड़ा शेयर घोटाला नहीं होता। शेयर घोटाला हो ही इसलिए सका, क्योंकि घोटालेबाज ज्योतिषियों से लैस होकर घोटाला कर रहे थे और बैंक ज्योतिषहीन थे, असुरक्षित थे। मेरा तो सुझाव यह होगा कि हर राज्य में जिस तरह मेडिकल और इंजीनियरिंग विश्वविद्यालय हैं, उसी तरह ज्योतिष

विश्वविद्यालय खुलें। वे कंप्यूटरों से लैस हों। उनका इंटेलिजेंस विभाग ग्रह-नक्षत्रों की गतिविधियों और चालबाजियों पर नजर रखता रहे और उसका कहाँ-कहाँ, किस-किस तरह असर पड़ रहा है। इसका बाकायदा शोध होता रहे।

सरकार के हर महकमे में कम-से-कम एक ज्योतिषी जरूर होना चाहिए। जैसे हर काम के लिए फाइनेंस से क्लीयरेंस लेना जरूरी है, वैसे ही ज्योतिषी से भी क्लीयरेंस लेने की व्यवस्था होनी चाहिए। रेलवे मंत्रालय अपनी तमाम रेलों के टाइम टेबल पहले ज्योतिषियों से पास कराए। यह आम आदमियों की जिंदगी और मौत का सवाल है। इसी तरह हवाई जहाज और बसों के टाइम टेबल का भी किया जा सकता है। ऐसा करने से दुर्घटनाएँ घटेंगी।

प्राइवेट सेक्टर में भी ज्योतिषी रखे जा सकते हैं। कंपनियों के डायरेक्टर अपना सेक्रेटरी रखते हैं, उसी तरह वे अपना ज्योतिषी सेक्रेटरी भी रख सकते हैं। वह बाकायदा एपॉइंटमेंट देने के पहले ज्योतिष गणना कर लेगा। मेरा अपना खयाल है कि ऐसा हम लोगों ने किया तो देश की बेरोजगारी की समस्या तो खत्म ही कर देंगे। ज्योतिष को पूरा महत्त्व देने के लिए कम-से-कम शुरुआती तौर पर केंद्र और राज्य सरकारों में एक-एक ज्योतिष मंत्रालय जरूर खोलना चाहिए, ताकि वह इसका समुचित विकास कर सकें।

□

मध्य वर्ग का नपैना

समाज में तीन तरह के लोग रहते हैं—उच्च वर्ग, मध्य वर्ग और निम्न वर्ग। उच्च वर्ग की खासियत यह होती है कि उनकी जरूरत की चीजें उनके नौकर खरीदते हैं। अलबत्ता गैरजरूरी चीजों की शॉपिंग वह खुद करते हैं। यह वर्ग खरीदारी मनोरंजन के लिए करता है। निम्न वर्ग की विशेषता यह है कि वह रोज कमाता है और रोजाना खर्च कर देता है। जैसे चील के घोंसले में कभी मांस बचा हुआ नहीं पाया जाता, उसी तरह उसके पास कभी कुछ बाकी नहीं बचता। वह बीमार अव्वल तो पड़ता नहीं और यदि पड़ जाए तो बिना दवा के ठीक होने की कला उसे आती है। निम्न वर्ग अकसर अक्ल से कम और हाथ-पाँव से ज्यादा काम करता है। उच्च वर्ग अकसर हाथ-पाँव से काम नहीं करता। पैर जूता पहनने के काम आता है। कभी-कभार पैर का इस्तेमाल कार तक आने-जाने के लिए भी कर लेता है। वरना पैर उनके लिए तकरीबन फालतू चीज है। हाथ से वे दस्तखत करते हैं। कई उच्च वर्गीय लोग चेक वगैरह पर दस्तखत करने का काम भी व्यवस्थापकों से कराते हैं। अक्ल वह किराए पर लेता है।

एक बार एक बड़े साहब इसपर बहुत विचार करते रहे कि सेक्स परिश्रम है या आनंद। वह किसी नतीजे पर नहीं पहुँच पा रहे थे। उन्होंने सवाल नौकर से किया। उसने बेधड़क उत्तर दिया, 'आनंद।' इसपर साहब ने कहा, 'मैं हफ्ते भर में दो टूक उत्तर नहीं ढूँढ़ पाया और तू बड़े विश्वास से कह रहा है। किस आधार पर तू ऐसा कह रहा है?' नौकर का जवाब था, 'बहुत आसान है, सर! अगर सेक्स परिश्रम होता तो आप लोग यह काम नौकरों से करवाते।'

जो लोग उन दो वर्गों में नहीं आते, वे मध्यम वर्गीय कहलाते हैं। यही वर्ग

किसी भी समाज की रीढ़ की हड्डी होते हैं। यही परंपरा को ढोते हैं। यही परंपरा को तोड़ते हैं। यही नई परंपरा को बनाते हैं। यही सबसे बड़े उपभोक्ता वर्ग होते हैं। इनके ही दम पर अर्थव्यवस्थाएँ चलती हैं। जिस देश में मध्यम वर्ग जितना बड़ा होता है, उसकी स्थिति उतनी ही बेहतर होती है। बिना गिने, लोगों का अनुमान है कि भारत की एक अरब की आबादी में तकरीबन पच्चीस करोड़ लोग मध्यम वर्ग के हैं। पाँच-सात सौ कम भी हो सकते हैं।

मध्यम वर्ग की संख्या विश्व के दस औद्योगिक राष्ट्रों में सर्वाधिक है। अगर मैं पूछूँ—सबसे ज्यादा अनुपात में मध्यम वर्ग किस देश में पाया जाता है? आप कहेंगे अमेरिका में। जी नहीं, सबसे अधिक जापान में हैं। वहाँ करीब ९० प्रतिशत लोग मध्यम वर्ग के हैं। अमेरिका तो नौवें नंबर पर है। नीचे की तालिका देखिए—जापान ९०.० प्रतिशत, स्वीडन ७९.०, नॉर्वे ७३.४, जर्मनी ७०.१, स्विट्जरलैंड ६७.२, नीदरलैंड ६२.५, कनाडा ५८.५, ब्रिटेन ५८.५, ऑस्ट्रेलिया ५६.० और अमेरिका ५३.७ प्रतिशत। भारत में ६० प्रतिशत से ज्यादा निम्न वर्ग के लोग हैं। धन्य है, हमारा भारत महान् और धन्य हैं पचास साल तक इसपर राज करनेवाले नेता महान्!

□

गांधीवादी या ठग

दिल्ली की नाइट पार्टियों, क्लबों और गप-गोष्ठियों में एक चुटकुला बड़ा लोकप्रिय हो रहा है। चुटकुलों में कल्पना की गई है कि नरसिंह राव का स्वर्गारोहण हो गया है। नरसिंह राव जैसे तरो-ताजा आदमी के बारे में ऐसी बात उड़ाई जाए, यह अभद्र बात है। लेकिन लोग हलके-फुलके ढंग से स्वर्गारोहण की बात करते हैं। माना जाता है कि स्वर्गारोहण की बात करने से चर्चित व्यक्ति की उम्र बढ़ती है। स्वर्गारोहण के अवसर पर जब नरसिंह राव स्वर्ग के दरवाजे पर पहुँचे तो प्रोटोकॉल ऑफिसर को बड़ी चिंता हुई कि एक महत्त्वपूर्ण व्यक्ति आ रहे हैं। वह राजीव गांधी के पास गया। उसने कहा कि 'प्रधानमंत्री रहे सज्जन के आगमन पर आपका स्वागत के लिए उपस्थित होना उचित रहेगा।' राजीव गांधी ने भन्नाते हुए कहा, 'मैं नहीं जाऊँगा। मैं उसे पसंद नहीं करता हूँ। मैंने तो उसे लोकसभा का टिकट भी नहीं दिया था।'

निराश होकर प्रोटोकॉल ऑफिसर इंदिरा गांधी के पास पहुँचा। स्वागत के लिए चलने के निवेदन पर इंदिरा गांधी ने कहा, 'मैं उस आदमी का चेहरा नहीं देखना चाहती। वह आदमी साफ-साफ बात तक नहीं करता। यह समझ में नहीं आता कि वह 'हाँ' कर रहा है या 'ना'। मैं उस आदमी से नफरत करती हूँ।' हारकर प्रोटोकॉल ऑफिसर पं. नेहरू के पास गया। नेहरू ने जवाब दिया, 'क्या वाहियात बात करते हो! मैंने इसको कभी देखा नहीं। मैं इसको जानता नहीं। मेरा इससे कोई मतलब नहीं है। मेरे पास फिजूल का वक्त नहीं है।' प्रोटोकॉल ऑफिसर सोचने लगा कि मैं क्या करूँ, कहाँ जाऊँ? अंत में वह महात्मा गांधी के पास गया। महात्मा गांधी तुरंत तैयार हो गए। अपना डंडा उठाया, चप्पल पहनकर चलने लगे।

रास्ते में पं. नेहरू मिले। उन्होंने पूछा, 'बापू, आप कहाँ जा रहे हैं?' बापू ने कहा, 'मैं एक सच्चे गांधीवादी की स्वर्ग में अगुवाई करने जा रहा हूँ।' पंडितजी मजबूरन साथ हो लिये। जीते-जी दोनों मोटे तौर पर एक-दूसरे का साथ देते रहे थे। रास्ते में इंदिराजी मिल गईं। पूछा, 'अचानक आप दोनों साथ-साथ कहाँ जा रहे हैं?' बापू ने वही छोटा सा जवाब दिया। बापू और पंडितजी को देखकर इंदिराजी भी साथ हो लीं। रास्ते में राजीव गांधी मिल गए। वही सवाल आया। बापू का भी वही जवाब आया कि मैं गांधीवादी की अगुआई करने जा रहा हूँ। मगर राजीव गांधी अड़ गए। कहने लगे, 'बापू! पहले यह बताइए, नरसिंह राव सच्चे गांधीवादी कैसे हैं?' बापू ने कहा, 'मैंने आजादी मिलने के तुरंत बाद कहा था कि कांग्रेस का विसर्जन कर दो। तुम तीनों ने तो अपने-अपने काल में कांग्रेस का विसर्जन किया नहीं; मगर नरसिंह राव को मेरी बात याद थी। कांग्रेस का विसर्जन करके वह यहाँ आए हैं। इसलिए उचित यही है कि मैं स्वर्ग के द्वार पर उनका स्वागत करूँ।'

पाताल से स्वर्ग तक नरसिंह राव के बारे में गांधीवादी होने की धारणा है। मगर इधर हमारे इस महान् नेता पर दिल्ली की एक छोटी सी अदालत ने लक्खू भाई पाठक से पैंतीस लाख रुपए ठगने के मामले में ४२० का मुकदमा चला दिया। अदालत ने ठगी के इस मामले में नरसिंह राव को भी सह-अभियुक्त बना दिया। राव को अदालत में हाजिर होना पड़ेगा। सूटकेस कांड, शेयर घोटाला कांड, सेंट किट्स फर्जीवाड़ा कांड, विनिवेश घोटाला, खाद खरीद कांड, सांसदों की खरीद जैसे तमाम प्रकरणों का श्रेय उनको ही है। कहते हैं कि कुछ सज्जन इन कांडों की सूची बनाकर बापू के पास भेजना चाहते हैं, ताकि वह सचमुच अवसर आने पर राव के स्वागत करने के मामले में किसी गलतफहमी के शिकार न हों। संयोग आने पर स्वर्ग में अगर स्वागत की जरूरत पड़े तो महात्मा गांधी स्वागत न करें। प्रोटोकॉल ऑफिसर किसी ठग या भ्रष्टाचारी का प्रबंध अपने लोक या किसी और लोक से कर लें।

□

ये कार, ये चैनल

पहले मैं 'बेकार' का अर्थ बेरोजगार समझता था। पिछले पाँच वर्षों में इतनी कार-चर्चाएँ हुई हैं कि अब मैं 'बेकार' का अर्थ सिवाय इसके कुछ समझ ही नहीं सकता हूँ कि भाई के पास कार नहीं है। अब भारत में सिर्फ दो किस्म के लोग रहते हैं—एक बाकार और दूसरे बेकार। अपने प्रधानमंत्रित्व काल में नरसिंह राव ने सिर्फ तीन काम किए। बल्कि यों कहिए कि उस काल की सिर्फ तीन बड़ी सफलताएँ हैं। देश में एक दर्जन नई कारें सड़कों पर धूम मचाने लग गईं। दो दर्जन टेलीविजन चैनल लोगों की सुख-शांति और आनंद का खयाल चौबीस घंटे रख रहे हैं। तीन दर्जन बड़े घोटालों ने देश की अर्थव्यवस्था की अपरिमित सेवा की है। पहले देश गरीब था। यहाँ देश के बड़े लोग सिर्फ 'एंबेसडर' और 'फिएट' जैसी कारों से गुजारा करतें थे। उसके बाद जापान की गाड़ी सुजुकी भारत आई। उसका नामकरण संस्कार हुआ। नाम रख गया, मारुति। जापानी भाषा में सुजुकी का मतलब 'झुनझुना' होता है। इससे भारत की दो बड़ी समस्याओं का समाधान हो गया। बड़े लोग अपने बेटे-बेटियों को जन्मदिन पर उपहार क्या दें, यह समस्या बड़ी विकराल हो गई थी। मारुति ने आकर इस समस्या का समाधान कर दिया।

दूसरी समस्या उससे भी विकट थी। कुछ ऐसे धंधे होते हैं कि धंधे से निपटते ही व्यक्ति को तुरंत घटनास्थल से अंतर्धान होना होता है। मसलन आतंकवादी घटनास्थल पर एक क्षण भी नहीं रुकना चाहता। अपहरणकर्ता अपहरण करते ही छू-मंतर हो जाना चाहता है। यही बात हत्यारे और डाकुओं पर लागू होती है। मारुति इन सबके लिए वरदान बनकर आई। आपने अपराध समाचारों में पढ़ा होगा, हत्यारे लाल मारुति में आए थे। आतंकवादी नीली मारुति में फरार हो गए।

राहजन बस लूटकर सफेद मारुति में बैठ गए और मारुति ये जा, वो जा हो गई। जाहिर है, मारुति को मिलाकर देश में कुल जमा तीन तरह की कारें थीं। आज हर महीने एक-दो नई कारें गरीब भारत को अमीर बनाने के लिए चली आ रही हैं। इनकी कंपनियाँ कार का कारखाना यहाँ नहीं लगातीं, न यहाँ टेक्नोलॉजी लाती हैं। कार के पार्ट-पुरजों के पूरे-पूरे किट आते हैं और यहाँ उन्हें जोड़ दिया जाता है। कह सकते हैं कि केवल 'स्क्रू ड्राइवर टेक्नोलॉजी' भारत में आ रही है। रंग-बिरंगी लंबी शान बघारती कारों के दर्शन कर हम भारतीय अब धन्य-धन्य हैं।

पाँच साल पहले यह कहाँ नसीब था। सड़कें दो-तीन कारों से भरी रहती थीं। आज सड़कें समृद्ध हो गई हैं। सड़कें यूरोप-अमेरिका जैसी हों या न हों, मगर उनकी कारें तो हैं हमारे पास। अठारह लाखवाली मर्सिडीज भी आ रही है। पहले दो लाख की कार खरीदने की मजबूरी थी, लेकिन 'सीएलो', 'टाटा सिएरा' और 'मारुति १०००' वगैरह के कारण जो भाई ज्यादा कीमत की कार खरीद सकते थे, उन्हें थोड़ी राहत मिली। अब फरारी, क्रिस्लर और मर्सिडीज वगैरह के आने की वजह से लोग सुविधापूर्वक दस-बीस लाख की कार खरीद सकेंगे। मैं समझता हूँ कि वह दिन दूर नहीं, जब भारत में कीमती पिकनिक और स्पोर्ट्स कारें भी हमें उपलब्ध होंगी। एकमुश्त पैसा न रखनेवाले लोग भी कार खरीद सकेंगे।

मैं भी सोचता हूँ कि अब टेलीविजन की मेरी किस्तें खत्म हुई हैं। जीवन के अगले तीन सालों को कार की किस्तों को समर्पित कर दूँ। उसके बाद जरूर कोई-न-कोई बड़ी लुभावनी चीज आ जाएगी, जिसकी किस्तों के लिए उसके अगले तीन वर्षों का सदुपयोग हो सकेगा। टेलीविजन के चैनलों ने तो मेरे जीवन में क्रांति ही कर दी है। एक जुमला याद आता है—भूख लगे तो टी.वी. देखो। भूखे भारत के लिए सचमुच ही टी.वी. वरदान है। इन चैनलों को तरह-तरह की भूखों को मिटाने की तरकीब आती है। विभिन्न चैनलों पर कम-से-कम सात ऐसे कार्यक्रम हैं, जो स्वादिष्ट-से-स्वादिष्ट वस्तुएँ बनाना सिखाते हैं। आप बस सीख लीजिए और फिर मनपसंद खाना खाइए। यह मत पूछिए कि कहाँ से ? यह भी मत पूछिए कि कारों की किस्त कहाँ से देंगे ? इस संबंध में सरकार ने अपनी तीसरी उपलब्धि से खासा मार्गदर्शन किया है और मुझे उम्मीद है कि मौजूदा सरकार भी इस संबंध में मार्गदर्शन करेगी।

□

स्कूलों में विज्ञापन

भारतीय इस्पात प्राधिकरण लोहा बनाता है और विज्ञापन भी बनाता है। यह सरकारी संस्थान है। इस्पात अपनी गुणवत्ता के कारण बिकता है। मैं नहीं समझता कि विज्ञापन से इसके इस्पात की बिक्री पर तनिक भी फर्क पड़ता होगा। उनका एक विज्ञापन था—'इससे पहले कि वे आपके लिए मोटर बनाएँ, हम उनके लिए इस्पात बनाते हैं।' लेकिन आज का विज्ञापन देखकर मैं चकित ही रह गया। विज्ञापन में मुझे एक सुंदर नारी दिखाई दी। वह चटख लाल रंग का ब्लाउज पहने है। उसकी सुराहीदार गरदन के पीछे खूबसूरत जूड़ा बना है। वह पीछे मुड़कर देख रही है। बड़ी सी लाल बिंदी से चेहरा दमक रहा है। मैं सोच-सोचकर हैरान हूँ कि फौलाद बेचने का यह कौन सा ढंग है? नीचे एक पंक्ति लिखी हुई है—'हर व्यक्ति की जिंदगी में थोड़ा-बहुत इस्पात जरूर होता है।' मैं उस नारी में इस्पात खोजने की कोशिश करता हूँ। उसका पल्लू पीछे लटका हुआ है और चाबियों का एक गुच्छा पल्लू के कोने में बँधा है।

मेरी मजबूरी है। सुबह मेरी पलक जब खुलती है तब से लेकर रात जब पलक बंद करके सोता हूँ तब तक मेरी आँखों के सामने विज्ञापनों का अटूट सिलसिला फिल्म की तरह चलता रहता है। अखबार उठाओ तो विज्ञापन, टी.वी. खोलो तो विज्ञापन, सड़क पर निकलो तो विज्ञापन, दुकान पर जाओ तो विज्ञापन। मानना पड़ता है कि यह विज्ञापन युग है। सुनता था, 'न जाने किस वेश में बाबा नारायण मिल जायँ।' नारायण तो मिले नहीं, या शायद मैं उन्हें पहचान नहीं पाया। पर अब तो तरह-तरह के वेश में विज्ञापन ही मिलते हैं। नारायण की जगह विज्ञापन ने ले ली है। निश्चय ही नारायण से बड़े नकद नारायण हैं। यह जो

अखबार पढ़ते हैं, यह समाचारों या विचारों के लिए नहीं निकलता, यह विज्ञापनों के लिए निकलता है। समाचार तो बस इसके उप-उत्पाद हैं। केवल बाई-प्रोडक्ट। यह जो टी.वी. देखते हैं, वह भी विज्ञापन की दुनिया का ही खेल है। विज्ञापनों के बीच में कभी कोई समाचार, कोई नाच-गाना, कोई फीचर आ जाए तो इससे भ्रमित नहीं होना चाहिए।

ये नाच-गाने या खेल-कूद तो हुक की तरह लोगों को फँसाने के लिए हैं। जैसे मछली फँसाने का काँटा होता है। इन नाच-गानों से दर्शक फँसता है और उस फँसे हुए दर्शक को वह जबरन विज्ञापन दिखा डालते हैं। मैं देखता हूँ कि स्कूल या विश्वविद्यालय वगैरह अपेक्षया विज्ञापनों से मुक्त होते हैं; लेकिन आज के 'राइटर' के समाचार के बाद तो मुझे यह लगने लगा है कि स्कूल-कॉलेज भी अब विज्ञापनों से मुक्त नहीं होंगे। ब्रिटेन की सरकार ने शिक्षण संस्थाओं की आमदनी बढ़ाने के लिए उसकी दीवारों और अन्य जगहों पर विज्ञापन करने की अनुमति दे दी है और कहा है कि शिक्षण संस्थाओं के प्रबंधन का फैसला अंतिम होगा। वह चाहे तो अपनी जगह का विज्ञापन के लिए इस्तेमाल कर सकते हैं। ब्रिटेन की सरकार ने यह भी कहा है कि शिक्षण समुदाय और व्यापारी समुदाय के संबंध बढ़ने चाहिए।

हम अपने देश में शिक्षा के व्यापारीकरण का रोना रो रहे हैं और अब भारत का राजनीतिक गुरु राष्ट्र ब्रिटेन हमारा नया मार्गदर्शन कर रहा है। अनेक विश्वविद्यालयों को साधनों की कमी है। दिल्ली विश्वविद्यालय को भी है। दिल्ली विश्वविद्यालय अपने परिसरों में बहुराष्ट्रीय कंपनियों को विज्ञापन की जगह किराए पर दे सकता है और अपना आर्थिक संकट दूर कर सकता है। इस तरह उभरती पीढ़ियाँ सीधे विज्ञापन के संपर्क में आएँगी। मालूम नहीं ये पीढ़ियाँ अध्यापकों-प्राध्यापकों से कितना पढ़ेंगी और कितना प्रभावित होंगी! लेकिन चामत्कारिक विज्ञापन शिक्षा वे जरूर ग्रहण करेंगी। बाल उपभोक्ता, किशोर उपभोक्ता और तरुण उपभोक्ता को निशाना बनाकर बड़ी-बड़ी कंपनियाँ क्लास रूम के अंदर नहीं तो क्लास रूम के बाहर तो पहुँच ही सकती हैं।

□

पर्यटन रस

अगर ऐसी कोई अंतरराष्ट्रीय दौड़ हो रही हो, जिसमें प्रतियोगिता इस बात की हो कि धावक किसी की पत्नी को कंधे पर उठाकर दो सौ पैंतीस मीटर की बाधा दौड़ में भाग ले तो क्या आप वहाँ जाएँगे? और जाएँगे तो क्या आप उसमें भाग लेंगे? ऐसी एक अंतरराष्ट्रीय प्रतियोगिता होने जा रही है। इस प्रतियोगिता में कोई भी अपनी पत्नी को या किसी और की पत्नी को कंधे पर बिठाएगा और तेजी से दौड़ेगा। शर्त इसमें यही है कि धावक सत्रह साल से कम उम्र की किसी लड़की को उठाकर नहीं दौड़ सकता। मेरा खयाल है कि यह दौड़ पर्यटन के विकास का टोटका है। मगर इसमें आधी सच्चाई ही है, क्योंकि फिनलैंड के सोंकाजर्वी नामक गाँव में यह प्रतियोगिता हर साल होती है। नया इसमें यह है कि पहली बार दूसरे देश के धावकों के लिए इसे खोल दिया गया है। दो सौ साल पहले इस क्षेत्र में जनजातियों में एक-दूसरे की बीवियों को चुरा ले जाने की प्रथा थी। आज उस प्रथा को इस प्रतियोगिता की शक्ल में जीवित रखा जा रहा है।

इस इलाके में सम्राट् सैनिकों की भरती करते समय शारीरिक शक्ति की परीक्षा करते थे। परीक्षा भी यही थी कि भारी-भरकम महिला को कंधे पर रखकर कोई नौजवान कितना और किस गति से दौड़ सकता है? इस साल की प्रतियोगिता में पुरस्कार भी नया है। जिस महिला को लेकर दौड़नेवाला धावक चैंपियन होगा उसे महिला के वजन के बराबर बीयर का पुरस्कार दिया जाएगा। इस बार उसकी आयोजनकर्ता कंपनी ने नॉर्वे के विश्व स्तर के भारोत्तोलक और धावक को अनुबंधित किया है। फिनलैंड के प्रतियोगियों का मुकाबला अमेरिका, स्वीडन और स्विट्ज़रलैंड आदि के जवान करनेवाले हैं। उनका पंजीकरण हो चुका है। क्षेत्रीय टूरिस्ट बोर्ड

इस प्रतियोगिता को प्रचारित करने में लगा है। फिनलैंड की नारी मुक्ति आंदोलन की महिलाएँ इसपर नाक-भौं सिकोड़ रही हैं। जवाब में कहा जा रहा है कि नारी मुक्तिवादियों में हास्य-बोध होना चाहिए। उनमें पुरुषों की शक्ति और गति का आदर होना चाहिए।

आयोजक कह रहे हैं कि धावक अपनी बीवी को लेकर दौड़े तो इसकी अनुमति होगी। लेकिन अच्छा यह रहेगा कि पड़ोसी की बीवी अथवा किसी अन्य की बीवी को उठाकर दौड़े। मतलब साफ है कि आयोजनकर्ता पत्नियों की चोरी की सांकेतिकता को बनाए रखना चाहते हैं। जब सैकड़ों धावक दूसरे की बीवियों को उठाकर दौड़ रहे होंगे तो उससे दर्शकों में पर्यटन रस का संचार अधिक होगा। दूसरी बात यह हो सकती है कि अगर कोई अपनी बीवी को उठाकर दौड़ेगा तो दौड़ते समय उसे तेज दौड़ने की वह आदिम प्रेरणा नहीं मिल सकेगी, जो पकड़े जाने के भय से पैदा होती है। अपनी बीवी को लेकर दौड़ने की एक प्रतियोगिता बाधा और है। अपनी बीवी धावक के साथ सहयोगी भूमिका निभाएगी। दूसरे की बीवी होगी तो दौड़ते वक्त थोड़ी-बहुत तकलीफ होने पर भी संभव है, धावक के बाल नोचने लगे।

पर्यटन बोर्ड का यह प्रयास सफल होता है तो कुछ वर्ष बाद फिनलैंड के पर्यटन में क्रांति आ जाएगी। इससे इतनी आमदनी बढ़ेगी और इसके इर्द-गिर्द इतने धंधे पनपेंगे कि पुरस्कार की राशि बढ़ती जाएगी। इस साल महिला के वजन के बराबर बीयर दिया जा रहा है। हो सकता है, अगले साल उसके वजन के बराबर 'शीवाज रीगल' दिया जाए। पर्यटन के जरिए आमदनी बढ़ाने के लिए मृत जनजातीय परंपरा, स्पोर्ट्स और सेक्स का जो मिश्रण बनाया गया है उसमें एक और इजाफा किया जा सकता है। महिला का वजन पचास-साठ किलो तो होगा ही। फिनलैंड का चैंपियन तिरासी किलो का भारोत्तोलन कर चुका है। चैंपियन इतने बीयर के छोटे-छोटे केन बना दे। उसपर उस सुंदरी की फोटो छपवा दे। मनमाने दाम पर हाथोहाथ बिक जाएँगे। क्योंकि वह आखिर तो उसके भार के बराबर के बीयर का भाग होगा। न सही चुराई हुई बीवी। सांकेतिक महिला की एवजी शराब ही सही। जब तरह-तरह से औरतों को बेचने का फैसला आधुनिक सभ्यता ने कर ही लिया है तो किसी बात में कोई संकोच नहीं होना चाहिए।

□

सात खून माफ करो

अखबारवाले बड़े-बड़े शीर्षक लगा रहे हैं कि 'अभी तक दिल्ली पुलिस मोहम्मद सहाबुद्दीन को गिरफ्तार नहीं कर सकी है।' यह साहब भारतीय लोकसभा के विशेषाधिकार-संपन्न सदस्य हैं। जद के टिकट पर बिहार के सीवान क्षेत्र से जीतकर आए हैं। उनपर कत्ल, कत्ल की कोशिश, लूट, हथियार रखने आदि के बीस से ज्यादा मुकदमे दर्ज हैं। संभवत: इसी योग्यता के आधार पर जनता दल के अध्यक्ष लालू प्रसाद यादव ने उन्हें टिकट दिया और वह जीत गए। इस चुनाव के दौरान उन्होंने और लोगों के अलावा भारतीय कम्युनिस्ट पार्टी (माले) के दो कार्यकर्ताओं की गोली मारकर हत्या कर दी। यहाँ तक कि पीछा करनेवाले पुलिस दल पर भी उन्होंने पंद्रह गोलियाँ चलाईं। उनपर वारंट हैं।

मतगणना के दौरान जब वह विजयी हो गया तो जीत का प्रमाण-पत्र लेने गिरफ्तारी के डर के कारण खुद नहीं गया। सहाबुद्दीन ने प्रमाण-पत्र एजेंट के जरिए मँगाया। जिले के पुलिस अधीक्षक उसको गिरफ्तार करने की भरसक कोशिश कर रहे हैं। उन्होंने गिरफ्तार करने के लिए दिल्ली पुलिस को भी लिखा है। सहाबुद्दीन ने लोकसभा में २२ मई को शपथ ली है। जाहिर है कि पुलिस चाहे तो उसे गिरफ्तार कर सकती है। लेकिन दिल्ली पुलिस कानून विशेषज्ञों से सलाह ले रही है। जनता दल के नेता देवगौड़ा प्रधानमंत्री हैं। उनके प्रधानमंत्री होते अगर मोहम्मद सहाबुद्दीन गिरफ्तार कर लिया जाता है तो यह गौड़ा सरकार के लिए कलंक की बात होगी। जो एक सांसद को गिरफ्तारी से नहीं बचा सकते वह चारा घोटाला कांड में लालू प्रसाद यादव को कैसे बचाएँगे? आधे दर्जन मामलों में फँसे चंद्रास्वामी और उनके शिष्य नरसिंह राव को कैसे बचाएँगे?

आखिर मोहम्मद सहाबुद्दीन जनता के प्रतिनिधि हैं। वोट से जीतकर आए हैं। क्या वह दो-चार खून भी नहीं कर सकते? पुराने जमाने में बहुत से प्रतापी लोगों को सात खून तक माफ होते थे। अब वह समय आ गया है, जब सात खून माफ करनेवाली परंपरा को नए युग में कानूनी जामा पहनाना चाहिए। आखिर तो संसद् सदस्य होने के कारण खून करने का कुछ तो अधिकार होना चाहिए। भारतीय दंड संहिता में संशोधन होना चाहिए। अगर नागरिक संहिता दो हो सकती हैं तो भारतीय दंड विधान दो तरह के क्यों नहीं हो सकते? एक निर्वाचित लोगों का हो, दूसरा निर्वाचकों का हो। सत्तारूढ़ दल के सांसदों और विधायकों को दूसरे लोगों के मुकाबले ज्यादा लोगों का खून माफ होना चाहिए। राजनीतिक दलों के कार्यकर्ताओं को भी कुछ छूट तो होनी ही चाहिए।

बिहार से खबर आई है। नावेद जहीर नाम के पत्रकार ने 'एशियन एज' में लिखा है कि जनता दल के एक कार्यकर्ता ने समता पार्टी के एक मतदाता लगन देव महतो को चेतावनी दी थी कि अगर तुमने समता पार्टी को वोट दिया तो उसके बुरे परिणाम होंगे। उसने वोट दिया और उसके बुरे परिणाम हुए। महतो की ग्यारह साल की लड़की के साथ दल के उस कार्यकर्ता ने बलात्कार किया। महतो ने पुलिस में उसकी रिपोर्ट दर्ज कराई। अब उसे धमकियाँ मिल रही हैं कि रिपोर्ट वापस नहीं ली तो बुरे नतीजे होंगे। मैं इस तरह के बलात्कार को यौन उत्पीड़न नहीं मानता। यह राजनीतिक गतिविधि है। इसका उद्देश्य राजनीतिक था। इसका परिणाम राजनीतिक होगा। राजनीति में किसी अबोध लड़की के साथ हुई यह घटना नितांत अप्रासंगिक है। उसे अस्पताल में दाखिल कराने में भी बड़ी कठिनाई हुई। इसका भी कारण यही है कि मामला राजनीतिक है, अपराध का है ही नहीं। फिर भी उस कार्यकर्ता को गिरफ्तार कर लिया गया है। महतो कहता है कि मेरी बेटी की जिंदगी खराब हो गई, मगर किसी को कोई फिक्र नहीं है। राजनीति में तो यह होता ही रहता है। अगर सांसद हत्या कर सकता है तो क्या बेचारा कार्यकर्ता एक मामूली सा बलात्कार भी नहीं कर सकता!

□

माधुरी का प्रेरक प्लॉट

❖

पड़ोसी एक-दूसरे से प्रेरणा लेते हैं। मैंने घर की रँगाई-पुताई कराई, पड़ोसी ने उससे बढ़िया रँगाई-पुताई करा ली। मैं सोचता था कि अगर उसे रँगाई-पुताई करानी थी तो मुझसे पहले करा लेता। मैंने कार ली, पंद्रह दिन बाद देखता हूँ कि मेरे पड़ोसी ने भी कार ले ली। क्यों भाई साहब, आप छह महीने बाद कार नहीं ले सकते थे? यही सोचकर मैं अब कुछ नहीं करता, ताकि पड़ोसी भी कुछ न कर सके। आज मैंने खबर में देखा कि भारत और पाकिस्तान में भी वही रिश्ता है, जो मेरे और पड़ोसी में है। हरियाणा की सरकार ने बॉलीवुड की सबसे महँगी और सबसे पतली फिल्म अभिनेत्री माधुरी दीक्षित को सरकारी प्लॉट दिया है। मैं सपने में भी नहीं सोच सकता था कि इस गुपचुप घटना से पाकिस्तान की नेशनल एसेंबली में अच्छी-भली माँग खड़ी हो जाएगी। मगर हो गई।

नेशनल एसेंबली के सदस्यों ने स्थानीय अखबार की उस फोटो कतरन को सदस्यों में बाँटा, जिसमें माधुरी दीक्षित के प्लॉट की खबर छपी थी। विपक्ष के सदस्यों ने कहा कि जब हिंदुस्तान की सरकार माधुरी दीक्षित जैसे अपने अमीर-से-अमीर कलाकार को प्लॉट दे सकती है तो पाकिस्तान की सरकार क्यों पीछे रहे? पाकिस्तान की सरकार अपने कानून बनानेवालों को प्लॉट क्यों नहीं दे सकती? विपक्ष के साथ पक्ष के सदस्यों ने भी सुर मिलाया। बहस चल रही थी। प्रधानमंत्री बेनजीर भुट्टो द्वारा बनाई गई विशेष हाउसिंग सोसाइटी के प्लॉटों पर बहस चल रही थी। ये प्लॉट कायदे आजम विश्वविद्यालय के परिसर में से निकाले गए हैं। अखबारों में इस निर्णय की आलोचना हुई है। मशहूर क्रिकेट कप्तान इमरान खान की तहरीक-ए-इंसाफ नामक संस्था ने भी इसकी बड़ी आलोचना की है।

कानून बनानेवाले संसद् सदस्यों ने प्लॉट देने का औचित्य साबित करने के लिए माधुरी दीक्षित का उदाहरण दिया। इसी बहस के संदर्भ में माधुरी दीक्षित का प्लॉट भी काम आया। मैं देता हूँ जवाब कि कानून बनानेवाले सांसदों को क्यों नहीं मिलना चाहिए प्लॉट? देखिए, माधुरी दीक्षित जैसी कलाकार से नौजवान से लेकर बूढ़े तक प्यार करते हैं। वे अपने नृत्य और अदाकारी से खुशियाँ बिखेरती हैं, जबकि राजनेताओं से बहुत कम लोग प्यार करते हैं। माधुरी दीक्षित को दिया गया सरकारी प्लॉट जनता की ओर से तोहफे की तरह है। राजनेता आखिर करते क्या हैं कि उन्हें प्लॉट दिया जाए? पाकिस्तान की नेशनल एसेंबली के सदस्यों ने कहा कि वे कानून बनाते हैं। कानून क्या खाक बनाते हैं! सारे कानून तो तेरह सौ साल पहले शरीयत बनानेवाले मुहम्मद साहब ने पहले ही बना दिए हैं।

मुझे डर है कि पाकिस्तान की राष्ट्रीय एसेंबली में अब जब माधुरी दीक्षित के प्लॉट का मामला उठ ही गया है तब भारत में कोई-न-कोई ऐसा माई का लाल निकलेगा जो इस प्लॉट देने के संदर्भ में हरियाणा सरकार के खिलाफ चंडीगढ़ उच्च न्यायालय में जनहित याचिका दायर कर देगा। भारत और पाकिस्तान के बीच इस तरह की होड़ाहोड़ नहीं होनी चाहिए और अगर होड़ करना जरूरी हो जाए तो उसकी दिशाएँ दूसरी होनी चाहिए। इमरान खान ने कैंसर अस्पताल खोला है। भारत का कोई क्रिकेटर लाल दिल के मरीजों का आधुनिकतम अस्पताल बना दे या अमिताभ बच्चन नोटों का एवरेस्ट बनाने के बदले कोई आधुनिकतम विश्वविद्यालय खोल दें, ताकि पाकिस्तान के किसी कलाकार को भी प्रेरणा मिले। अभी तो इधर बम तो उधर भी बम, इधर प्लॉट तो उधर भी प्लॉट—यही चल रहा है।

□

बाहर का समर्थन

बाहर से समर्थन देना एक राजनीतिक बीमारी है। गठबंधनों की सरकार यूरोप और एशिया के अनेक देशों में बनती है। मगर वे ईमानदारी से गठबंधन करते हैं। सरकार में शामिल होते हैं। बाहर से समर्थन देकर कुरसी की टाँग खींच लेने का रिवाज भारत में ही है। इस प्रथा का शुभारंभ इंदिरा गांधी ने किया था। पहले जनता पार्टी के चरण सिंह धड़े को तोड़ा, फिर समर्थन देकर उनकी सरकार बनवाई। चार महीने के अंदर पीछे से उनकी कुरसी खींच ली। कोई कारण भी नहीं बताया। सरकार धड़ाम से गिरी। बाहर से समर्थन करने का यही एक फायदा होता है। कुरसी खींचने पर खुद के न गिरने का भरोसा होता है। विश्वनाथ प्रताप सिंह की सरकार भाजपा के समर्थन से चलती थी। सिंह ने भाजपा को लँगड़ी मारी, भाजपा ने नीचे से कुरसी खींच ली। सरकार धड़ाम से गिरी। भाजपा अगर सरकार के अंदर रहती तो वह भी गिरती। मगर वह बाहर थी। दो साल का अभयदान देने के बावजूद राजीव गांधी ने चंद्रशेखर की कुरसी खींच ली। इतनी शराफत उन्होंने जरूर बरती कि असली कारण बता दिया। चौटाला सरकार के दो सिपाही राजीव गांधी की जासूसी करते थे, इसलिए राजीव बिगड़ खड़े हुए। जाहिर है कि अगर चौटाला के सिपाही चंडीगढ़ में शराब के नशे में पाए जाते तो कुरसी चंद्रशेखर की ही जाती।

बाहर से सरकार को समर्थन देने का आनंद ही कुछ और है। सत्ता-लाभ तो अनाप-शनाप होता ही है, जिम्मेदारी बिलकुल नहीं होती। सरकार को जब तक जी आए समर्थन दो, जब जी आए बेखटके सरकार गिरा दो। सरकार जब तक उनके लिए लाभ में चले, चलाओ, जब लाभ बंद हो, घाटा चालू हो तो गिरा दो।

कुछ शादियों के गठबंधन आजकल ऐसे ही होते हैं। युवक या युवती शादी की साझेदारी नहीं करते। शादी को शादी से बाहर रहकर समर्थन देते हैं। न शादी की जवाबदारी, न बाल-बच्चों का पचड़ा। बाहर से समर्थन देने के कारण बाकी फायदे बराबर होते हैं।

उस दिन मार्क्सवादी पार्टी के नेता ज्योति बसु को तीसरे मोर्चे के नेताओं ने घेर लिया। कहा कि आप तीसरे मोर्चे के प्रधानमंत्री पद के उम्मीदवार हो जाइए। उनका भी मन मचल गया। कौन अभागा नेता होगा जिसका मन सियासतबानों की सुंदरता को देखकर नहीं डोलेगा। उन्होंने 'हाँ' कर दिया। लेकिन उसका अनुमोदन अभी पोलित ब्यूरो में होना था। सो मामला दूसरे दिन पोलित ब्यूरो में गया। उनसे पोलित ब्यूंरो के सदस्य ने कहा कि आप चाहें तो प्रधानमंत्री बनिए। पार्टी को इसमें कोई एतराज नहीं है। पार्टी सरकार में नहीं जाएगी। पार्टी आपकी सरकार का बाहर से समर्थन करेगी। कोई जनता दल का नेता होता तो वह स्वीकार कर लेता। चाहे पार्टी बाहर रहकर समर्थन दे या अंदर रहकर, उससे कुरसी पर क्या फर्क पड़ता है? मगर मार्क्सवादी नेता को यह अच्छा नहीं लगा कि उनकी सरकार को उनका ही दल बाहर से समर्थन करे।

सुना है, कांग्रेस भी देवगौड़ा की संभावित सरकार को बाहर से समर्थन करेगी। सरकार में शामिल नहीं होगी। जिस सरकार को बाहर से समर्थन मिले, अंदर से साझेदारी न मिले, मेरा मन उसके लिए करुणा से भर आता है। मुझे अनायास ईद के बकरे की याद आ जाती है। बकरे को खुराक देकर बाहर से समर्थन दिया जाता है। रोजाना समर्थन देनेवाला ईद के दिन हलाल का छुरा डालकर समर्थन निकाल लेता है। बकरा सरकार की तरह छटपटाता हुआ शहीद हो जाता है। बाहर से समर्थन देने का अर्थ घात-प्रतिघात करने का अधिकार सुरक्षित रखना है। वह समर्थक ही क्या हुआ, जो घात नहीं कर सके। ऐसे समर्थकों के पास घात करने के समयबद्ध कार्यक्रम होते हैं। कई बार ऐसे भी जोड़े होते हैं, जो इनमें दोनों-के-दोनों शादी की साझेदारी नहीं चाहते। दोनों एक-दूसरे की जिम्मेदारी से बचते हैं। एक चाहता है कि दूसरा शादी का बाहर से समर्थन दे और दूसरी भी यही चाहती है कि वह बाहर से समर्थन ले। ऐसी शादियाँ बाहर से ही होती हैं। कभी भीतर से नहीं होतीं, इसलिए टिकती नहीं।

□

अमूल बिहारी राज पाए

आज से दस साल पहले किसी राष्ट्र को जानने के लिए उसका इतिहास, उसकी संस्कृति, भूगोल, मानदंड, पर्यटन केंद्र, तीर्थ, साहित्य, महाकाव्य वगैरह जानना जरूरी होता था। अब ऐसा नहीं है। अब आप किसी राष्ट्र को जानने के लिए वहाँ के टेलीविजन और अखबारों के विज्ञापनों का अध्ययन कर लीजिए, आपको राष्ट्र समझ में आ जाएगा। ऐसा मेरा कहना नहीं है। ऐसा ब्रिटिश लेखक नार्मन डगलस कहते हैं। पिछले दस वर्षों में भारत में विज्ञापन क्रांति हुई है। ये विज्ञापन आपको आकर्षित करते हैं, तर्क देते हैं, उलाहना देते हैं, डराते हैं, धमकाते हैं, याचना करते हैं और यहाँ तक कि पड़ोसियों से आपकी स्वाभाविक ईर्ष्या का भी लाभ उठाते हैं। चीजों को बेचने के लिए कंपनियाँ जो न करें, वही कम है। एक कंपनी है अमूल मक्खन की। वह हर पखवाड़े महानगरों में अपना विज्ञापन बदल देती है। शब्दों का खिलवाड़ करते-करते वे किसी तरह अमूल पर आ जाते हैं। पिछली बार जब अटल बिहारी वाजपेयी प्रधानमंत्री बने तो मैंने उनके विशाल बोर्ड पर पढ़ा—'अमूल बिहारी राज पाए'। अटल बिहारी वाजपेयी को यह पता भी नहीं होगा कि वह मक्खन बेचने लगे हैं। मगर वह मक्खन बेचते देखे गए।

कपड़ा धोने का एक पाउडर आता है। नाम है—सर्फ। किसी कंपनी ने अल्ट्रा सर्फ नाम का एक उत्पाद निकाला। अल्ट्रा सर्फ की कीमत प्रति किलो बीस रुपए ज्यादा है। समझिए कि सर्फ अगर रेल की यात्रा है तो अल्ट्रा सर्फ हवाई जहाज की यात्रा है। इससे सफाई करते समय हाथ रूखे नहीं होते। सफाई भी जगमग होती है और सबसे बड़ी बात कि दाग-धब्बे गायब हो जाते हैं। यह सब उस कंपनी का दावा है। विज्ञापन में दाग-धब्बों के बारे में अंत में कहा गया है—

ढूँढ़ते रह जाओगे। यह इतने करिश्माई अंदाज में कहा गया है कि शिकार फँस जाता है। आजकल विज्ञापन में बच्चों का बड़ा खयाल रखा जाता है। बच्चों पर साधा गया निशाना बिलकुल सटीक लगता है। टी.वी. पीढ़ी के बच्चे अपनी जरूरत की वस्तुओं का ब्रांड नेम बता सकते हैं। उन्हें कौन सा चॉकलेट चाहिए, कौन सा पिपरमेंट चाहिए। खूबी यह है कि विज्ञापन देखने के बाद और खाने से पहले उन्हें इन चीजों का स्वाद मालूम होता है।

बच्चे बड़े निष्ठावान् उपभोक्ता होते हैं। जिस वस्तु के साथ रंग भरने की एक पेंसिल दी जाती है, वह वस्तु जरूर घर आएगी। बालहठ क्या नहीं कर सकता! पिपरमेंट की एक गोली का ब्रांड नेम चल रहा है। बड़े-बड़े विज्ञापन आए। 'मिंट विद ए होल'—अर्थात् छेददार मिंट। उसका जवाबी विज्ञापन आया, जिसमें पूछा गया कि अगर आपके दिमाग में छेद नहीं है तो मिंट में छेद क्यों? इसका भी जवाब दिया गया। उस जवाबी विज्ञापन में एक मशहूर पंक्ति डाल दी गई—'खुल जाए बंद अकल का ताला'। अब जो लोग बंद अकल का ताला खोलना चाहते हैं, वे तो छेददार मिंट ही लेंगे। एक विज्ञापन देखा—'बिजली बंद' का आनंद लीजिए। एक तो ४५ डिग्री वाली गरमी, ऊपर से बिजली बंद। आनंद हम क्या खाक लेंगे! मगर कंपनी के पास इलाज था। इलाज का नाम है—लूमिनस इलेक्ट्रॉनिक जनरेटर। इस बिजली के जनरेटर के साथ फूकोयामा बैटरी भी मिलती है। आप इसे खरीदिए और बिजली बंद कर आनंद लीजिए। मैं कह नहीं सकता कि बिजलीघरवाले भरी गरमी में इनका जनरेटर और इनकी बैटरी बेचने के लिए बिजली बंद कर देते हैं।

आज सुबह विज्ञापन आया। मैंने विज्ञापन पर ध्यान नहीं दिया। दोपहर को बिजली बंद हुई, तब मेरा ध्यान विज्ञापन पर गया। विज्ञापन का मकसद पूरा हुआ। मेरे जैसे पाँच हजार भुक्तभोगी भी जनरेटर खरीद लेते हैं तो सबका भला होता है। बिजली बंद करनेवालों का भी, जनरेटरवाली कंपनी का भी और मेरा भी। इससे नार्मन डगलस भी सही साबित होते हैं। विज्ञापन देखते ही पता चलता है कि समाज में समृद्धि है। लोग जनरेटर खरीद सकते हैं। समाज में भ्रष्टाचार व्याप्त है। कंपनी बिजलीघर की योजनापूर्वक जेब गरम कर देती है। वह बिजली बंद कर देते हैं। उपभोक्ता संस्कृति फैलती है। सब जगह आनंद-ही-आनंद है। अल्ट्रा सर्फ के विज्ञापन से यह पता लगता है कि लोग कपड़ों में तरह-तरह के दाग लगाते हैं, तभी उनके छुड़ाने की जरूरत पड़ी है। 'अमूल बिहारी राज पाए' से राष्ट्र की राजनीति के बारे में पता चलता है। नेताओं के बारे में जानकारी मिलती है। □

आलू और लालू

❖

विश्व में कुल दो हजार तरह के आलू पाए जाते हैं। लेकिन इनमें से कुछ का ही खाने में इस्तेमाल होता है। दुनिया में एक सौ तीस देशों में आलू की खेती होती है और विश्व की ७५ प्रतिशत आबादी आलू का सेवन करती है। शक्ति प्रदाता भोजन में इसका पाँचवाँ नंबर है। गेहूँ, मक्का, चावल, जौ के बाद आलू का ही नंबर आता है। भारत दुनिया के पाँच बड़े आलू उत्पादक देशों में है। सबसे ज्यादा आलू अमेरिका में पैदा किया जाता है। चीन में तो आलू की उपज का आँकड़ा भी रखा जाता है, जैसे भारत में गेहूँ और चावल का आँकड़ा रखा जाता है। विश्व का ५० प्रतिशत आलू मनुष्य खाते हैं और ३५ प्रतिशत आलू जानवर। आलू का विशेष अध्ययन मैंने इसलिए किया, क्योंकि जनता दल के निर्दलीय नेता विश्वनाथ प्रताप सिंह ने आलू को मैदान में उतार दिया। लालू प्रसाद के बाद जब विश्वनाथ प्रताप सिंह आलू पर आ गए तब मैं आलू के मामले में गंभीर हो गया। वरना मेरा आलू जैसी चीज पर लिखने का कोई इरादा नहीं था। विश्वनाथ प्रताप सिंह और लालू प्रसाद यादव पार्टी के घोषणा-पत्र के बारे में गंभीर नहीं थे। अब समझ में आया कि जब आलू मौजूद था तो घोषणा-पत्र की जरूरत ही क्या थी?

असल में, इलाहाबाद के चुनाव में आलू की चर्चा चल पड़ी है। विश्वनाथ प्रताप सिंह ने कहा है कि इलाहाबाद के मैदानी इलाके के छोटे-छोटे आलू स्वादिष्ट और अच्छे होते हैं। पहाड़ी आलू बड़े तो होते हैं, मगर उसमें वह मजा नहीं होता जो मैदानी आलू में होता है। असल में, भाजपा उम्मीदवार डॉ. मुरली मनोहर जोशी भले ही जिंदगी भर इलाहाबाद में रहे हों, लेकिन मूलतः वह पहाड़ के हैं। विश्वनाथ प्रताप सिंह ने पहाड़ी आलू के उल्लेख के बहाने डॉ. जोशी की आलोचना की थी।

डॉ. जोशी कभी नहीं चूकते। अपने चुनाव अभियान में राजा साहब को जवाब उन्होंने दिया और कहा कि मैदानी आलू के बीज भी पहाड़ से ही आते हैं।

लालू अपने प्रदेश में आलू का चुनावी इस्तेमाल करें, इसका एक तुक है; मगर इलाहाबाद में आलू के शास्त्रार्थ का तुक नहीं था। उधर लालू इस बार भी आलू के पीछे पड़े हैं। जब तक समोसे में आलू रहेगा—लालू बिहार पर राज करेगा। यही बात थी तो लालू-विरोधियों को हलवाइयों से निवेदन करके समोसे का मसाला बदलवा देना चाहिए था। चुनाव के जरिए हटाने की कोशिश फिजूल थी। कई चुनावों में तो लालू और आलू की तुकबंदी का टोटका चला। सब्जी में आलू, जंगल में भालू और नेताओं में लालू वाला मसाला इस बार पुराना पड़ गया है। कोई भी नया चुनाव पुराने टोटके के सहारे नहीं जीता जाता। कहते हैं, इस बार लालू ने सभाओं में पूछा कि 'साल में पटलवा (परवल) केतना महीना चलता है?' लोगों ने कहा, 'एक महीना।' 'और साल में अलूवा (आलू) केतना महीना मिलता है?' लोगों ने कहा, 'बारहों महीना।' तब लालू ने कहा कि 'इ जो 'अटलवा' है उ पटलवा है अऊर इ जो लालू है न उ आलू है।' अर्थात् लालू बारहों महीने मिलता है।

लालू पहले आलू के साथ बैगन, मूली, गोभी की मिली-जुली पंचमेल सब्जी बनाते थे। इसलिए चल जाती थी। इस बार क्योंकि आलू का भुरता बन रहा है। बैगन ने किनारा कर लिया है। वह दूसरी सब्जियों के साथ मिलकर मैदान में उतर गया है। भुरते के साथ केवल थोड़ी लाल मिर्च है। आलू, बैगन, लाल मिर्च वगैरह सब एक थे तो बात दूसरी थी। केवल आलू और मिर्च बच जाए तब तो सिर्फ भुरता ही बन रहा है। आलू के साथ एक बीमारी और है। आपने कभी नहीं देखा होगा कि बाजार में पाँच साल की उम्रवाला आलू बिक रहा है। आलू तो एक साल में सड़ जाता है। उसमें बदबू आने लगती है। वह उपयोग के लायक नहीं रहता।

□

महानरक की तैयारी

अगली शताब्दी में विश्व की असंख्य गरीब आबादी शहरों में आ जाएगी और उनका जीवन-स्तर बदतर हो जाएगा। विश्व बैंक और संसाधन संस्थान के एक अध्ययन का यह निष्कर्ष है। अध्ययन में कहा गया है कि विकासशील देशों में प्रतिदिन डेढ़ लाख लोग शहरों में आ रहे हैं। इसका मतलब हुआ कि इन देशों में प्रतिवर्ष पाँच करोड़ लोग बड़े शहरों की आबादी बढ़ा देते हैं। ऐसी बात नहीं कि ये शहर स्वागत-द्वार बनकर फूलमालाओं के साथ इनका इंतजार करते हैं। ज्यादातर मामलों में तो फुटपाथ पर ही इनका बेडरूम होता है और बेडरूम समेट लेते हैं तो वहीं किचन बन जाता है। फुटपाथ का किनारा ही बच्चों का शौचालय होता है। बड़े लोग नालों के किनारे कहीं बैठ जाते हैं।

अध्ययन में कहा गया है कि सन् २०१५ में दुनिया में तैंतीस ऐसे शहर होंगे जिनकी आबादी अस्सी लाख से ज्यादा होगी, पाँच सौ ऐसे शहर होंगे जिनकी आबादी दस लाख से ज्यादा होगी। शहरों से निकलनेवाली ग्रीन हाउस गैस के बारे में आकलन किया गया है कि वह वातावरण को कहीं अधिक दूषित कर देंगी। इस साल तक दुनिया में कारों की आबादी अस्सी करोड़ हो जाएगी, जबकि उस समय मनुष्यों की आबादी आठ सौ करोड़ होगी। मगर ये गरीब बहुत बदतर हालत में होंगे। बहुतों को तो पीने का पानी भी मयस्सर नहीं होगा। भारत में यह अभी वर्तमान ही है। अभी उस दिन खबर आई थी कि दिल्ली से लगे हुए गाजियाबाद में पानी से पैदा होनेवाली बीमारियाँ बढ़ रही हैं।

आखिर क्यों भागमभाग मची है शहरों की तरफ? एक तो शहर की चमक-दमक का एक नशा होता है उनके दिमाग में। फिर सोचते हैं, शहर में कुछ-न-

कुछ कर लेंगे। इन शहरों में कुछ-न-कुछ करने के लिए होता भी है। गाँव में ज्यादातर समय कुछ भी क़रने को नहीं होता। सो गठरी बाँधकर चले आ रहे हैं। गाँव में वैसी दुर्गंध तो नहीं होती जैसी शहरों में गरीब इलाकों में होती है। मगर चले आ रहे हैं ये लोग। किसी-किसी शहर में तो मीलों जमीन देखने को नहीं मिलती। लोग बहुमंजिले मकानों में रहते हैं। समझिए, आसमान में रहते हैं। मगर गरीब तो जमीन पर ही रहेगा। और जमीन होगी नहीं। तो वह क्या करेगा? आसमान के इलाकों में छोटी-छोटी झोंपड़ियों के अंबार लग जाएँगे। अभी भी लगे हैं और ज्यादा बढ़ जाएँगे।

बिजली, पानी, स्कूल, अस्पताल का अकाल। करोड़ों लोगों की अभाव भरी जिंदगी और भयानक गैर-बराबरी अपराधियों को जन्म देती है। देती क्या है, अभी दे रही है। पंद्रह-बीस साल बाद स्थिति और भी भयानक हो जाएगी। जो बात रिपोर्ट में, विकासशील देशों पर कही गई है वह भारत पर हू-बहू लागू होती है। चीन की राजधानी बीजिंग भी दुनिया के सबसे बड़े शहरों में है। वहाँ कोई नया आदमी आ नहीं सकता। बसने के लिए आ सकता है तो वर्क परमिट जरूरी है। मगर हिंदुस्तान में तो कोई कोलकाता, मुंबई, दिल्ली आदि में ऐसी रोकथाम की तो कल्पना भी नहीं कर सकता। चीन में कम्युनिस्ट पार्टी की तानाशाही है। सो चल जाता है। यहाँ कोई रोककर देखे। चीख-पुकार मच जाएगी। सो हमारे ये महानगर तो पहले से ही नरक बनने लगे हैं। महानगरों का भविष्य महानरक बनने का ही है। क्यों नहीं बनेंगे। जिन नगरों की आधी आबादी के लिए शौचालय नहीं होंगे, वे तो महानरक बनेंगे ही।

□

ताकि उनकी शांति-कामना पूरी हो

वे कह रहे हैं—संयम बरतिए, जिद मत कीजिए। अमेरिका कह रहा है—मुशर्रफ को और टाइम दीजिए। युद्ध को टालिए। चीन और ईरान की भी यही सलाह है। यूरोपीय संघ का भी यही उपदेश है। हम बारह साल से संयम ही तो बरतते रहे हैं। कब तक बरतें? अब तक हमारे पचास हजार लोग पाक द्वारा प्रायोजित आतंकवाद में मारे जा चुके हैं। हमें साफ बताइए कि क्या हम पचास लाख लोगों के मरने तक धैर्य रखें? दूसरे देशों की बात ही अलग है, हमारे तो घर के लोग भी यही सलाह दे रहे हैं। मार्क्सवादी पार्टी आदतन अमेरिका से चिढ़ती है। कभी किसी अच्छे की उम्मीद अमेरिका से नहीं करती। परंपरा तोड़कर उसके महासचिव हरकिशन सिंह सुरजीत ने प्रधानमंत्री वाजपेयी से कहा कि अमेरिका से आग्रह करें कि अमेरिका पाकिस्तान की बाँह मरोड़े। पाकिस्तान घुसपैठ बंद कराए। आतंकवाद खत्म हो, मगर युद्ध समाधान नहीं है।

बाघा सीमा पर शांति की मोमबत्तियाँ जलानेवाले बुद्धिजीवियों की जाति भी युद्ध के खिलाफ है। सीधे-सीधे उपदेश की मुद्रा में आकर बयानबाजियाँ चालू हो गई हैं; जैसे सरकार युद्ध-पिपासु हो, सरकार से ही युद्ध का खतरा हो। एक तरीका हो सकता है। ऐसे तमाम लोगों को जम्मू-कश्मीर से लगनेवाली नियंत्रण रेखा के आस-पास भेज दिया जाए और सरकार मय सेना के वहाँ से हट जाए, ताकि वे अपनी शांति-पिपासा बुझा सकें।

विचित्र तो यह है कि जो देश आतंकवाद के खिलाफ भीषण युद्ध लड़ रहे हैं, वे भी हमें संयम का उपदेश दे रहे हैं। इजराइल लड़े तो ठीक है, अमेरिका लड़े तो ठीक है, ब्रिटेन लड़े तो न्यायपूर्ण है और हम पचास हजार लोगों के मारे जाने के बाद

भी युद्ध की बात करें तो गलत है। इजराइल मानव बमों के विस्फोट से दो-चार लोगों के मरने पर युद्ध के लिए उतारू हो जाए तो कोई बात नहीं। तीन हजार लोगों की मौत पर अमेरिका गोलबंद होकर अफगानिस्तान पर हमला बोल दे तो वह न्याय के लिए युद्ध है। अमेरिकी दादागिरी के लिए यह युद्ध नहीं है। भारत की तो ऐसी कोई महत्त्वाकांक्षा भी नहीं। वह तो केवल आतंकवाद रोकना भर चाहता है।

लगता है कि आज की बाजारवादी व्यवस्था में हमसे ही कहीं भूल हो रही है। भारतीयों की प्रति व्यक्ति मृत्यु या हत्या की आखिर कीमत ही कितनी है? दस-बीस डॉलर हो या हजार-पाँच सौ डॉलर! अमेरिकी नागरिक और गोरों की जिंदगी की कीमत का भारत के लोगों की कीमत से क्या तुलना! पचास हजार मरें या लाख मरें, सस्ते भारतीय मर रहे हैं न! इजराइलियों की तरह महँगे मरते तो अमेरिका चिंता करता। अगर दुश्मन को यह ज्ञात हो कि चाहे आतंकवादी कितनी ही घटनाएँ करें, भारत के संयमवादी लोग लड़ाई नहीं होने देंगे तो अगला आतंकवाद क्यों रोकेगा?

आपको याद होगा, काठमांडू से इंडियन एयरलाइंस के विमान का अपहरण किया गया था। विमान कंधार पहुँच गया। इधर टी.वी. चैनलों ने यात्रियों के रिश्तेदारों के आँसू की नदियाँ बहा दीं। कहा जाने लगा कि कोई भी कीमत दे दें, मगर उन्हें बचा लें। मीडिया ने तो जैसे सारे देश के रोदन समारोह का नजारा ही पेश कर दिया। सौदेबाजी करने गए बड़े अधिकारियों में से एक मेरे मित्र भी थे। बड़ी भारी रकम और पैंतीस आतंकवादियों को छोड़ने की शर्त को घटाते-घटाते वे तीन आतंकवादियों पर लाने में कामयाब हुए। समय बहुत गुजर गया था। कंधार हवाई अड्डे पर सारी दुनिया से कैमरामैन पहुँच चुके थे। अंतरराष्ट्रीय दबाव खासा बन गया था; मगर मीडिया ने दिल्ली पर ज्यादा दबाव बनाया। कोई भी कीमत दीजिए, मगर जल्दी छुड़वाइए। यात्रियों को बचाकर लाइए। हर दो घंटे पर उन्हें आदेश मिलता कि जल्दी सौदा निपटाइए। थोड़ा सा धैर्य रखते तो तीन आतंकवादियों को छोड़ना न पड़ता। उनमें से एक ने जाकर 'जैश-ए-मोहम्मद' नामक आतंकवादी संगठन का निर्माण किया। इस आतंकवादी संगठन ने उसके बाद जितना खून बहाया है वह बहुत महँगा पड़ा। मीडिया के हाय-तौबा मचाने की कीमत चुकानी पड़ी। धैर्य रखो, संयम बरतो, समय दो, पहले अन्य विकल्पों को खलास कर लो—कुछ भी करो, मगर युद्ध मत करो। ऐसी सलाहें युद्ध से भी ज्यादा महँगी पड़ सकती हैं।

□

निर्दलीयों को नमस्कार

❖

लोकसभा के चुनावों में निर्दलीय उम्मीदवारों की संख्या देखकर हैरानी होती है। एक-एक सीट पर तीस-तीस, चालीस-चालीस निर्दलीय होते हैं। कई सीटों पर तो सौ से डेढ़ सौ तक निर्दलीय खड़े हो गए हैं। इसका एक मतलब तो यह है कि पार्टियों की माँग ज्यादा है और आपूर्ति कम है। जो चार-पाँच महत्त्वपूर्ण पार्टियों की टिकट सूची में नहीं समा पाते वे निर्दलीय हो जाते हैं। कई बार अंग्रेजी के 'इंडिपेंडेंट' शब्द के आधार पर हिंदी में इन्हें स्वतंत्र उम्मीदवार कहा जाता है। ये स्वतंत्र उम्मीदवार हुए तो दलों के साथ जुड़े हुए उम्मीदवार परतंत्र हुए। निर्दलीयों के बड़ी संख्या में मैदान में आ जाने से चुनाव चिह्नों का टोटा पड़ने की संभावना भी बढ़ गई है। मौजूदा सूची में सिर्फ डेढ़ सौ मुख्य चुनाव चिह्न हैं। उसमें कुछ नमूने देखिए—बैलून, बैगन, किताब, बस, रेलगाड़ी, कुरसी, पावरोटी, खाट, शेख, गुड़िया, दरवाजा, बाँसुरी, हैट, जीप, पतंग, सीढ़ी, आम, पेंसिल, सेब, अँगूठी, जहाज, टेबल, टेलीविजन, छाता। पहले बैलों की जोड़ी और गाय का बछड़ा भी था, घोड़ा और हाथी भी थे। अब हाथी चला गया बहुजन समाज पार्टी के पास। कुत्ता, गधा वगैरह कोई लेना नहीं चाहेगा।

क्यों खड़े हो जाते हैं ये ? सारे हिंदुस्तान में मिलाकर दस निर्दलीय उम्मीदवार नहीं जीतते और खड़े होते हैं दस हजार। एक सज्जन ने लिखा है कि कुछ लोग तो राजनीतिक चंदा माँगनेवालों से बचने के लिए खड़े हो जाते हैं। खड़े होकर वे बैठ जाते हैं। चुनाव नहीं लड़ते। कोई चंदा माँगने आता है तो कहते हैं—जनाब, मैं तो खुद खड़ा हूँ। निर्दलीयता के विस्फोट का एक कारण और है। सरकार चुनाव के लिए निजी वाहनों का अधिग्रहण कर लेती है। सरकारी लोग जिन कारों, ट्रकों को

दस-पंद्रह दिन रखते हैं उनकी मरम्मत में बीस-पच्चीस हजार रुपए लग जाते हैं। गाड़ी निर्मम सरकारी ढंग से चलेगी तो मरम्मत का यह खर्चा तो आएगा ही। उम्मीदवारों की गाड़ियाँ अधिग्रहीत नहीं होतीं।

कुछ भाई पैसा लेकर वोट काटने के लिए खड़े होते हैं। कुछ दूसरे से पैसा लेकर उसके पक्ष में बैठने के लिए खड़े होते हैं। कुछ ऐसे भी होते हैं जो पैसा फूँकने के लिए खड़े होते हैं। इन्हें पहचान का संकट होता है। दीवारों पर बड़े-बड़े नाम लिखवाकर, पोस्टर छपवाकर, बैनर लगाकर, लाउड स्पीकर घुमाकर ये अपने नाम का डंका बजवा लेते हैं। अच्छी तरह जानते हैं कि जीतेंगे नहीं, फिर भी खड़े होते हैं। इस प्रसिद्धि का इन्हें लाभ मिलता है। अगर वे वकील हैं तो उनकी वकालत चल निकलती है। अगर उनकी मिठाई की दुकान है तो उनका व्यापार बढ़ने लगता है। अगर वे बीमा कर्मचारी हैं तो जिन लोगों ने उन्हें वोट नहीं दिया वे भी उनसे बीमा तो करा ही सकते हैं। निर्दलीयों की संख्या में दलीय लोग भी इजाफा करते हैं। मतदान केंद्र हो या मतगणना केंद्र, सब जगह बड़ी-से-बड़ी पार्टी को सीमित और बराबर प्रतिनिधित्व मिलता है। अगर कोई पार्टी दस निर्दलीय उम्मीदवार खड़े कर दे तो उस पार्टी के दस लोग मतदान केंद्र में और तीस लोग मतगणना केंद्र में होंगे। हर मामले में यह पार्टी दूसरे दलों पर भारी पड़ेगी।

अभी तो निर्दलीयों की संख्या सौ-डेढ़ सौ ही पहुँची है। संख्या बढ़ भी सकती है। मान लीजिए, अगले चुनाव में कुछ क्षेत्रों में दो हजार उम्मीदवार खड़े हो जाते हैं तो एक-एक मतपत्र साड़ी के बराबर होगा। कैसे वह मतपत्र छापा जाएगा। कानूनी तौर पर इतने उम्मीदवार हो तो सकते हैं, चुनाव लड़ने का फैशन भी बढ़ सकता है। इस समस्या के समाधान के लिए मैं एक सुझाव देना चाहता हूँ। पार्टी उम्मीदवारों को टिकट पार्टी देती है। बाकी उम्मीदवारों को अर्थात् निर्दलीय उम्मीदवारों को टिकट चुनाव आयोग दे। कोटा तय कर दे कि फलाँ-फलाँ सीट पर इतने उम्मीदवार निर्दलीय रूप से खड़े हो सकते हैं। कोई पूछ सकता है कि अगर चुनाव आयोग के पास चालीस निर्दलीय टिकट हों और चार सौ की माँग आ जाए तो चुनाव आयोग क्या करेगा? चुनाव आयोग वही करेगा जो क्रिकेट के खेल के समय टिकटों के लिए होता है। जो पहले आए वह पाए, देर हुई तो बात गई।

□

खुली अर्थव्यवस्था

मोटर पार्ट्स, स्कूटर पार्ट्स, टायर-ट्यूब, साइकिल, बच्चों की साइकिल, रेफ्रिजरेटर, टी.वी., गुड़िया, पैंट, शर्ट, कोट, कलम, चॉकलेट, हेयर पिन, जींस, जूते, चप्पल, माचिस के डिब्बे, बरतन, टेबल मैट, सजावट के सामान—सूची अनंत है और सबकुछ वहाँ मिलता है। खुले मैदान में मिलता है। यह मैदान लाल किले के पीछे है। हर रविवार की सुबह इस मैदान में बाजार लगता है। मेरे खयाल से रेल के इंजन, टैंक और हवाई जहाज को छोड़कर यहाँ आप कुछ भी खरीद सकते हैं और सस्ते में खरीद सकते हैं। मारुति का दो हजार का टायर यहाँ आप छह-सात सौ में खरीद लीजिए। बेचनेवाले को जल्दी हो तो पाँच सौ में खरीद लीजिए। कोई नहीं जानता कि यह बाजार कब से लग रहा है। मैं इतना कह सकता हूँ कि सन् १९६७ में जब मैं पहली बार दिल्ली आया था तब यह बाजार नहीं लगता था। कैसे यह बाजार लगना चालू हुआ, इसकी जानकारी स्थानीय पुलिसवालों को भी नहीं है।

इस सस्ते बाजार का लोकप्रिय नाम है—चोर बाजार। नाम हो चोर बाजार और फिर भी वह इतना लोकप्रिय हो, यह आश्चर्य की बात लग सकती है। रविवार के दिन इस विशाल मैदान में बीसियों हजार लोग आते हैं और अपनी जरूरत की चीजें ले जाते हैं। चोर बाजार चोर बाजारी से भिन्न है। चोर बाजारी तो राशनिंग के दिनों में अभाववाली वस्तुओं के मामले में होती है। मसलन कैरोसिन तेल के कार्ड पर करीब साढ़े पाँच रुपए प्रति लीटर की दर है, लेकिन बाजार में यह पंद्रह रुपए प्रति लीटर की दर से मिलता है। पहले इस तरह की बिक्री को चोर बाजारी कहते थे, अब नहीं कहते। चोर बाजारी में चीजें कई गुनी महँगी हो जाती

हैं। चोर बाजार की खासियत यह है कि यहाँ चीजें कई गुनी सस्ती हो जाती हैं क्योंकि यहाँ बिकनेवाली चीज का लागत मूल्य होता ही नहीं।

चोरी के माल का लागत मूल्य क्या होगा? मान लीजिए, बिड़ला मंदिर, कालकाजी मंदिर या ऐसे किसी मंदिर से कुछ कलाकार जूते उड़ा लेते हैं। नंगे पाँव आए, पहना और चल दिए। चोर बाजार के विक्रेताओं से इनका सीधा संबंध है। ये व्यापारी चोरी नहीं करते, सिर्फ चोरी का माल खरीदकर बेचते हैं। दसियों हजार चोर इस बाजार की अर्थव्यवस्था को बनाए रखने में जी-जान से जुटे हैं। लाखों लोगों की सस्ती चीजों से सेवा कर रहे हैं। यहाँ आपको साबुन की बारह रुपए की टिकिया पाँच रुपए में मिल जाएगी, क्योंकि रेलवे के गोदाम और मालगाड़ी के डिब्बे से यह कीमती साबुन बेमोल आए हैं। चोर इसके पूरे दाम वसूल नहीं करता। जैसे ही मुनाफा कम होगा तो चोर बाजार का व्यापारी पोल खोल सकता है। अगर सस्ता नहीं बेचेगा तो कोई चोर बाजार में क्यों जाएगा? इसकी सारी अर्थव्यवस्था सस्तेपन पर टिकी है।

कुछ सहूलियत पुलिसवालों को भी हो जाती है। अगर कोई चोर मोटर साइकिल उठाकर ले गया है, चोरी की रिपोर्ट दर्ज की गई है तो वह मोटर साइकिल कहीं-न-कहीं तो जाएगी। चोरी का सौ में से पचास माल इस चोर बाजार में आता है। पुलिसवाले सादे कपड़े में, अकेले या मालिक के साथ यहाँ घूमते रहते हैं। किसी का माल पकड़ में आते ही वह आसानी से मिल भी जाता है, क्योंकि चोर बाजार का व्यापारी बहुत ही कम कीमत में उसे खरीदता है। इसलिए उसे बहुत कम घाटा होता है। चोर बाजार के कारण ही मैं यह नहीं मानता कि खुली अर्थव्यवस्था पूर्व वित्तमंत्री डॉ. मनमोहन सिंह की देन है। खुली अर्थव्यवस्था तो उनके बहुत पहले ही चोर बाजार से शुरू हो गई थी। चोर बाजार से ज्यादा खुली अर्थव्यवस्था क्या हो सकती है?

□

आया चुनाव संग सट्टा

भारतवासी महाभारत में भी जुआ खेलते थे। इसका पक्का प्रमाण हमें महाभारत धारावाहिक में मिलता है। हालाँकि महाभारत काल में दुर्योधन के पत्र सूचना विभाग ने प्रेस नोट जारी करके यह जरूर बताया होगा कि युधिष्ठिर जुए में द्रौपदी को हार गए हैं। मगर अब तक उस प्रेस नोट पर किसी की नजर नहीं पड़ी है। लिहाजा धारावाहिक महाभारत को ही प्रामाणिक साक्ष्य मानना होगा। मैंने जुए की चर्चा इस समय इसलिए की है, क्योंकि मुझे खबर मिली है कि बहुत सी लोकसभा सीटों पर होनेवाली टक्करों के लिए बाजार में सट्टा चालू हो गया है। लोग उम्मीदवारों पर लाखों रुपए का सट्टा लगा रहे हैं। जिस दिन चुनाव परिणाम आते हैं उस दिन उम्मीदवार तो हारते-जीतते हैं ही, पार्टियाँ भी हारती-जीतती हैं, लेकिन बड़ी हार-जीत सट्टा लगानेवालों अर्थात् सटोरियों की होती है। कई मरतबा तो कुछ महत्त्वपूर्ण सीटों पर करोड़ों का सट्टा लग जाता है। इतने ज्यादा लोगों का पैसा फ़ँस जाता है कि सट्टा लगानेवाले चुनाव अभियान में कूदकर अपने लगाए गए दाँव के पक्ष में प्रचार करने लगते हैं।

अब तक चुनावी धाँधली के करीब-करीब हर पहलू पर चुनाव आयोग का ध्यान गया है। मगर सट्टे पर आयोग का ध्यान नहीं गया। सच पूछा जाए तो सट्टे के भाव चुनाव परिणाम के जनमत सर्वेक्षण से ज्यादा ही संकेतक होते हैं, क्योंकि सर्वेक्षण में अपना मत बतानेवाले का पैसा खर्च नहीं होता। सट्टे में अपना पैसा लगाने के पहले आदमी दस बार सोचता है। सट्टे भाव के आधार पर आजकल पत्रकार चुनाव की हार-जीत के विश्लेषण लिखने लग गए हैं। मैं किसी चुनाव में ऐसे जमाने के आने की कल्पना करता हूँ जब पार्टियों के चुनाव प्रबंधकों में एकाध

प्रबंधक थैली लेकर सट्टा बाजार के जरिए चुनाव अभियान कर रहा होगा।

मेरी तो इच्छा है कि चुनावों में सटोरिये दखल न दें। सट्टा लगाने के लिए सैकड़ों विषय हैं। मैं जानता हूँ, कहीं-कहीं बादलों पर भी सट्टे लगते हैं और आकाश में बादल दिख जाएँ तो वारे-न्यारे हो जाते हैं। बरसात पर भी सट्टे लगते हैं। एक कार्टूनिस्ट हैं। नाम है काक। उनके पॉकेट कार्टून में एक बुड्ढा रहता है। बुड्ढा जूतों के मामले में उन दिनों विचित्र हरकत कर रहा था। मसलन वह जूते कभी पैर में नहीं पहनता था। कभी वह हाथ में रखता था, कभी काँख में दबा लेता था, कभी वह गठरी के अंदर रख लेता था। मैंने सुना कि राजस्थान की कुछ जगहों पर उस बुड्ढे के जूते को लेकर सट्टा लगने लगा। सट्टे का क्या है, यह तो किसी भी बात को लेकर हो सकता है। इसीलिए मैं कहता हूँ कि सट्टा बाजार चुनावों को माफ कर दें।

सट्टा करना ही है तो सर्वोच्च न्यायालय के फैसले पर कर लें। रोजाना चार-पाँच महत्त्वपूर्ण विषयों पर फैसला आता है। सट्टों के लिए विषय की कमी नहीं होगी। गाड़ी टाइम पर आ रही है या नहीं, हो जाए सट्टा इसपर। हंगामा के हिट गीतों पर सट्टा हो सकता है। टेलीविजन में ऐसे दर्जनों विषय मिल जाएँगे जिन पर देश की सारी आबादी चाहे तो रात-दिन सट्टा लगाती रहे। मगर मेहरबानी करके सट्टावाले चुनावों को छोड़ दें। एक तो चुनाव वैसे ही जुआ होता है। चुनाव पर सट्टा तो जुए पर जुआ हुआ। अगर ऐसा ही चलता रहा तो खुद सट्टे पर सट्टा होने लग जाएगा। चुनाव को छोड़ दीजिए। चुनाव एक गंभीर जुआ है। सट्टे में तो सिर्फ पैसा आता-जाता है। चुनाव में डूबनेवाला सिर्फ पैसे नहीं हारता, वह पैसों के अलावा भी बहुत कुछ हार जाता है। सो, कृपया चुनाव में सट्टा निषेध का विचार कीजिए।

□

नोट का बाजार भाव

❖

नोट का जो महत्त्व परीक्षा के लिए होता है, उसका वही महत्त्व चुनाव के लिए भी होता है। नोट अपने यहाँ एक का भी होता है और पाँच सौ का भी। पाँच, दस, बीस, पचास का भी होता है और सौ का भी। चुनाव में टिकट काल के गुजरते ही भाषण काल के पहले नोट काल आता है। टिकट युद्ध में विजयी होने वाला उम्मीदवार पैसे के जुगाड़ में जुटता है। अब दस-पाँच, सौ-दो सौ का चंदा करके चुनाव राशि एकत्रित करने का जमाना खत्म हो गया है। बीस साल पहले तक बड़े नेता हिम्मत से कह देते थे कि नोट भी दो और वोट भी दो। अब जमाना बदल गया है। अब कुछ मतदाता कहने लगे हैं—तुम हमें बोतल दो, हम तुम्हें वोट देंगे। चुनाव आयोग चुनाव काल में शराब की दुकान और शराब की थोक आपूर्ति पर नियंत्रण लगाने में लगा है। कुछ जगह बाजार संबंधी ऐसी जटिलता पैदा हुई है कि शराब शरबत के भाव बिक रही है।

चुनाव के खर्चीले होने के कारण लोकसभा के उम्मीदवार के पंद्रह-बीस लाख रुपए भी खर्च हो जाते हैं। कुछ तो इससे भी ज्यादा खर्च करते हैं। पैसा तो पैसेवालों के पास से ही आता है। और पैसा मिलने के बाद वही समस्या आती है जो हर्षद मेहता के सामने आई थी। समस्या थी कि सौ-पचास के नोट में वह प्रधानमंत्री को एक करोड़ रुपए कैसे देता? प्रधानमंत्री को नांदयाल से चुनाव लड़ना था। बक्से के बक्से भर जाते। एक सूटकेस में पचास-पचास की गड्डियाँ हों तो मुश्किल से पाँच लाख रुपए उसमें समाते हैं। सौ की गड्डियाँ हों तो ज्यादा-से-ज्यादा दस लाख रुपए। रुपए कोई बोरी में भरकर ले जाने की चीज तो हैं नहीं। इससे नोटों की मानहानि होती है। सो हर्षद मेहता ने बड़े नोटों का इंतजाम किया।

नोट काल में हर्षद मेहतावाली समस्या बहुत उम्मीदवारों के सामने आती है। हजारों उम्मीदवारों को पैसा दिल्ली या बंबई से ले जाना होता है। सबकी कोशिश होती है कि इन नोटों को पाँच सौ की गड्डियों में बदल दिया जाए। सो आजकल पाँच सौ की गड्डियाँ बिकने लगी हैं। नोट से कोई कुछ भी खरीद सकता है। मगर यहाँ नोट भी बिक रहे हैं।

आम दिनों में पाँच-पाँच सौ के नोटों की गड्डी सौ रुपए में मिल जाती है। अर्थात् गड्डी के पचास हजार अलग और नोटों के ऊँची जाति के कारण सौ रुपए अलग। जब से नोट काल आया है तब से एक गड्डी का भाव दो सौ रुपए हो गया है। अर्थात् पचास हजार दो सौ रुपए दीजिए और एक गड्डी लीजिए। पाँच-पाँच सौ के ताजे नोटों की गड्डी हो तो भाव और भी बढ़ जाएगा। लेकिन एक सुविधा होती है—आप पाँच लाख के नोट किसी प्लास्टिक की थैली में इस तरह ले जा सकते हैं मानो एक मोटी किताब ले जा रहे हैं। वरना रेल में जाएँ तो पकड़े जाएँ, हवाई जहाज में एक्स-रे मशीन की पकड़ में आ जाए। चुनाव धरा रह जाए। कौन खतरा उठाए। अच्छा उपाय यही है कि पाँच सौ की गड्डियाँ खरीद ली जाएँ।

पहले नोटों का एक ही धंधा था। कुछ लोग औने-पौने में फटे-पुराने नोट खरीदते थे। अब पाँच सौ के नोट का अपना बाजार है। यह नहीं कि नोट सिर्फ चुनाव में बिकते हैं, शादी-विवाह में नए नोटों की गड्डियाँ भी बिकती हैं। लोग नए नोट की मालाएँ वर-वधू को पहनाते हैं। कड़क नोट की माला पहनाने का रिवाज चल पड़ा है। खुले बाजार में नोट या तो अधेड़ मिलते हैं या बूढ़े। कई तो जर्जर होते हैं। ऐसे नोट की माला से न पहननेवाले की शोभा बढ़ती है, न पहनानेवाले की। लगता है, पाँच सौ के नोट का बाजार भाव और बढ़ेगा। उम्मीदवारों के नाम वापसी की तारीख से नोट काल जवान होगा। कम-से-कम तीन हजार लोगों का उम्मीदवारों को नोट का स्थानांतरण करना होगा। इस बार पाँच सौ की गड्डी साढ़े पचास हजार में बिके तो आश्चर्य नहीं करना चाहिए। चार सौ का प्रीमियम तो पिछले चुनाव में था। व्यापार नहीं तो कम-से-कम चुनाव की आवश्यकता को देखते हुए रिजर्व बैंक ने अब हजार का नोट निकाल दिया है, ताकि लोगबाग एक लाख की रकम ताश की गड्डी की तरह जेब में लेकर चल सकें।

□

अंतरराष्ट्रीय निठल्ला दिवस

❖

अर्जेंटीना में राष्ट्रीय निठल्ला सम्मेलन हो रहा है। तैयारियाँ चल रही हैं। आनेवाले सितंबर में यह होगा। मुझे मालूम नहीं कि निठल्लों के सम्मेलन के लिए काम कौन कर रहा है। निठल्ले तो करने से रहे। मैं ऐसे-ऐसे निठल्लों को जानता हूँ, जो छह-छह, आठ-आठ घंटे निठल्ले बैठे रहते हैं। बाद में आराम करते हैं। निठल्लों के संगठन ने एक वाजिब माँग की है। वह अंतरराष्ट्रीय निठल्ला दिवस मनाने का आग्रह कर रहे हैं। उन्होंने एक तारीख भी सुझाई है। १ मई को अंतरराष्ट्रीय श्रमिक दिवस होता है। इसी के जवाब में २ मई को अंतरराष्ट्रीय निठल्ला दिवस मनाया जाय। यह माँग वाजिब तो है, लेकिन अपर्याप्त है। एक मई को श्रमिक दिवस घोषित कर मानवता के लिए इस महीने के पहले दिन को ही अभिशाप बना दिया गया है। इसकी क्षतिपूर्ति २ मई को 'निठल्ला दिवस' घोषित करने से ही नहीं हो सकती।

रणनीति का तकाजा यह है कि बाकी ग्यारह महीनों की पहली तारीखों को कामकाज से सुरक्षित कर लिया जाए। ग्यारह महीनों की शुरुआत निठल्लेपन से होगी तो एक महीने के अपवाद को बरदाश्त किया जा सकेगा। वरना कामकाज के नशेड़ी, जिन्हें संक्षेप में कामेड़ी कहना चाहूँगा, इस दुनिया को रहने लायक नहीं रहने देंगे। आप खुद सोचकर देख सकते हैं कि कामकाज कितना बोरियत भरा होता है। मगर दुनिया को देखिए। इसपर कामकाज करनेवालों का राज है। सुबह से शाम तक लोग काम करते हैं। बहुत से लोग तो रात को भी नहीं छोड़ते। ऐसे बनते हैं जैसे दुनिया के वही मालिक हैं। जीवन आनंद के लिए है, ये लोग उसे कामकाज के लिए बना देना चाहते हैं। यह तर्क का विषय है ही नहीं। किसी को

रिक्शा चलाना अच्छा लगता है क्या? कोई सड़क कूटकर खुश है क्या? कोई सुबह उठते ही ऑफिस जाकर आनंदित होता है क्या? इन कर्मवादियों ने दुनिया को नरक बना दिया है।

निठल्लापन स्वर्गिक है। आप कुछ भी करने के लिए खाली हैं। कुछ न करने के लिए स्वतंत्र हैं। एक बड़ा अंतर देखिए। काम करते-करते आदमी थक जाता है। क्या आपने किसी को निठल्ला रहते-रहते थकते देखा है? निठल्ला ऊब तो सकता है, मगर थक नहीं सकता। देश भर में बीसियों लाख साधु हैं। मुश्किल से दो-चार लाख धर्म और अध्यात्म के कारण साधु हुए होंगे। बाकी लोगों को निठल्लेपन के आकर्षण ने साधु बनाया होगा। क्या उन्मुक्तता है निठल्लेपन में! निठल्ले व्यक्ति को घड़ी देखने की चिंता नहीं। वह चाहे तो कैलेंडर भी न देखे। वह चाहे तो सूरज डूबने तक सोए। लेकिन कृपया निठल्लों और बेरोजगारों को एक मत समझिए। बेरोजगारों पर भरोसा नहीं किया जा सकता। उन्हें रोजगार मिला नहीं है कि निठल्लों की बिरादरी को छोड़कर चल देंगे। उनकी मौलिक आस्था निठल्लेपन में है ही नहीं। मूलत: ये भी कामकाज में विश्वास रखते हैं।

इसी प्रकार निठल्लों और आलसियों को एक मत समझिए। आलस्य एक शारीरिक और मानसिक निकम्मेपन की मजबूरी है। निठल्लापन मजबूरी नहीं, उन्मुक्तता है। पक्षियों की उन्मुक्तता देखिए। निठल्लापन करीब-करीब इससे मिलता-जुलता है। इन्हें भी न कार-कोठी की चिंता है, न बेटे-बेटी की शादी की और न इन्हें कोई इम्तिहान देना होता है। भूख लगी, नजर दौड़ाई और कहीं से कुछ खा लिया। बाकी समय निरुद्देश्य उड़ान है। दुनिया दरअसल निठल्लेपन के लिए ही बनी है। पथभ्रष्ट होकर लोग कामकाजी या कामकाज के नशेड़ी या कामेड़ी हो जाते हैं। जरूरत इस बात की है कि निठल्लेपन में विस्थापित हुए इन लोगों को फिर से निठल्लेपन में पुनर्वासित कर दिया जाए। एक बार अगर कामकाज की लत लग जाती है तो छूटती नहीं है। कुछ लोग तो रिटायर होने के बाद भी कामकाज करते हैं।

□

कैसी-कैसी पार्टियाँ

मेरे सामने भारत सरकार के पत्र सूचना ब्यूरो की चुनाव पुस्तिका है। उसमें पंजीकृत और मान्यता प्राप्त पार्टियों की सूची भी है। कुछ पार्टियों के बारे में मैं बताना चाहता हूँ। एक पंजीकृत पार्टी का नाम है—'अखंड भारत महासंघ सर्वहारा क्रांतिकारी पार्टी'। इसमें अखंड भारत महासंघ का उल्लेख है। इससे संकेत मिलता है कि इस पार्टी का संबंध किसी-न-किसी तरह संघ परिवार से रहा होगा। लेकिन यह शंका तब मिट जाती है जब हम सर्वहारा क्रांतिकारी पार्टीवाला अंश देखते हैं। यह पार्टी कहाँ है? क्या बेचती है? कौन इसके अध्यक्ष हैं? इस पार्टी का लेटर पैड है या नहीं? इन सवालों के जवाब इस पुस्तिका को देखने में नहीं आए। एक और पार्टी है—'अखिल भारतीय भारत माता पुत्र पक्ष'। नाम से तो यह पार्टी सपूत पार्टी लगती है, लेकिन यह सपूत है कहाँ, इसका पता कभी किसी अखबार में नहीं छपा।

ऐसी ही एक अगली पार्टी का नाम है—'अखिल भारतीय गरीब पार्टी'। बढ़िया है। देश में गरीबों का बहुमत है। लेकिन गरीब अपनी इस पार्टी को जानते नहीं। वरना आज अखिल भारतीय गरीब पार्टी भी कोई चीज होती। मैं इस गरीब पार्टी, गरीब और गरीबों की दीर्घायु की शुभकामना करता हूँ। 'अखिल भारतीय मानव कल्याण रामराज्य कमेटी' नामक एक अन्य पार्टी भी चुनाव आयोग में पंजीकृत है। एक और अखिल भारतीय पार्टी है 'अखिल भारतीय जनहित जागृति पार्टी'।' मैं अनुमान लगाता हूँ कि आजकल तो जनहित याचिकाएँ उच्च न्यायालय और सर्वोच्च न्यायालय में दायर की जाती हैं। जरूर इस पार्टी के लोग उसे दायर करते होंगे। अगर इस पार्टी का कार्यकर्ता मेरा यहं आलेख पढ़े तो दो-तीन याचिकाओं

का आइडिया मैं दे सकता हूँ। एक तो माध्यमिक बोर्ड परीक्षा के नोएडा केंद्र में विद्यार्थियों को जूते उतारकर बोर्ड का इम्तिहान देना पड़ता है, दूसरे एक प्रश्नपत्र से दो-दो विद्यार्थी उत्तर पुस्तिका भरते हैं। इसके खिलाफ जनहित याचिका दायर की जा सकती है। अगर वक्त बच जाए तो सर्वोच्च न्यायालय में क्रिकेट के खेल के बारे में याचिका दायर की जाए, ताकि सर्वोच्च न्यायालय क्रिकेट खेल विकास गतिविधि भी सीधे मॉनीटर कर सके।

एक अन्य पार्टी का नाम मुझे और दिलचस्प लगा। यह है 'अन्नदाता पार्टी'। मेरे खयाल से एन.टी. रामाराव ने जब दो रुपए किलो चावल देने का वचन घोषणा-पत्र में दिया था तो इसी अन्नदाता पार्टी की विचारधारा से प्रभावित हुए होंगे। एक वयोवृद्ध पार्टी भी है। मेरा मतलब एक सौ ग्यारह साल पुरानी कांग्रेस से नहीं है। इस पार्टी का नाम है—'अखिल भारतीय पेंशनर्स पार्टी'। जाहिर है, पेंशन याफ्ता ये लोग बूढ़े ही हैं। जिस अगली पार्टी का मैं उल्लेख कर रहा हूँ उसके होते देश की ऐसी दुर्दशा हो जाए, इसकी कल्पना भी नहीं की जा सकती। एक चाणक्य ने पूरे भारत की तकदीर बदल दी थी। पंजीकृत 'चाणक्य पार्टी' में तो अनेक चाणक्य होंगे। एक है 'महाभारत सभा'। मैंने पूरी सूची देख डाली, मुझे रामायण सभा नाम की पार्टी नहीं मिली। पार्टी बनाने के शौकीन लोगों के लिए यह जानकारी उपयुक्त हो सकती है।

मुझे नहीं मालूम कि 'नई पार्टी' का पंजीयन कितने दशक पहले हुआ था। हरियाणा विकास पार्टी, बिहार विकास पार्टी, बुंदेलखंड विकास पार्टी, विदर्भ विकास पार्टी, महाराष्ट्र विकास पार्टी, पंजाब विकास पार्टी जैसी कई दर्जन विकास पार्टियाँ पंजीकृत हैं। काश कि इन पार्टियों का राज आता। सारा देश विकसित हो गया होता। ऐसा न होता देख कुछ लोगों ने दो पार्टियाँ बनाईं। एक का नाम 'भारत विकास पार्टी' और दूसरी का नाम—'राष्ट्रीय विकास पार्टी' है। नई पार्टी के तर्ज पर एक पंजीकृत पार्टी का नाम 'सही पार्टी' भी है। एक भाई ने कलियुग में 'सत्ययुग पार्टी' बनाकर उसे पंजीकृत कराया है। और अंत में मैं उस पार्टी के नाम की चर्चा करूँगा जो राजनीति में झूठ और फरेब से तंग आ गई थी और उसने 'यथार्थवादी जनमोर्चा' बनाया।

□

टिकटार्थी

दिल्ली भारत का टिकट धाम है। टिकटार्थी चुनावों के पावन पर्व पर यहाँ तीर्थयात्रा को आते हैं, झुंड-के-झुंड घूमते रहते हैं। यह टिकटार्थी टिकट मंदिरों में माथा टेकने जाते हैं। सुबह से शाम तक दर्जनों नेताओं के पास, नेताओं के चमचों के पास दस्तक देते हैं। एक ही पुकार होती है—टिकटं देहि, टिकटं देहि। उनके विन्यास में सांस्कृतिक झलक होती है। 'चाणक्य' धारावाहिक में आपने ब्रह्मचारियों को सुबह-सुबह ही 'भिक्षां देहि, भिक्षां देहि' करते सुना होगा। एक-एक सीट के लिए दस-दस, बीस-बीस टिकटार्थी आते हैं। और हर एक के साथ उनका समर्थक मंडल होता है। सभी उम्मीदवारों के पास अपने जीतने के समीकरण होते हैं। लोकसभा चुनाव-क्षेत्र में उनकी जाति के कम-से-कम दो लाख वोट तो होते ही हैं। और किस-किस जाति में कितना समर्थन मिल जाएगा, इसका पूरा हिसाब होता है।

जीतने का विश्वास उनमें लबालब भरा होता है। उनके और उनकी जीत के बीच में सिर्फ टिकट बाधा होती है। टिकट साधना करते हैं। मैं साधना जानबूझकर कह रहा हूँ। उन्हें न भोजन की याद आती है, न नाश्ते की। न उन्हें नींद आती है, न चैन आता है। साधना में वे टिकटलीन हो जाते हैं। इन्हें देखकर लगता है कि भारत सचमुच ही एक आध्यात्मिक देश है। जो टिकटलीन हो सकता है, वह ईश्वर में भी ओत-प्रोत हो सकता है।

एक पेज का यह टिकट जिसपर पार्टी अध्यक्ष के हस्ताक्षर होते हैं, कितनी अद्‌भुत वस्तु है। जिसको मिल गई, उसके नगाड़े बज जाते हैं। गाँव-गाँव में खुशियाँ मनाई जाती हैं। फलाने बाबू को टिकट मिल गया, फलाने बाबू को टिकट

मिल गया। जैसे टिकट न हुआ, कुबेर का खजाना हो गया। जिसको नहीं मिला, समझिए, उसका जीवन निस्सार हो गया।

मैंने आज तक टिकट साधना नहीं की है। करूँ भी कैसे? मेरे पास वोट नहीं हैं। कभी नहीं रहे। इसलिए मैंने कभी चुनाव में लड़ने की हिम्मत नहीं की। मैं चुनाव ब्रह्मचारी हूँ। मुझपर कोई यह आरोप नहीं लगा सकता कि मैंने कभी चुनाव लड़ा है। लोग कहते हैं कि मुझे अगर टिकट मिल जाए तो लोग मुझे वोट दे देंगे। मेरे पास देने के लिए कुछ है ही नहीं, लोग मुझे वोट क्यों देंगे? अपनी इसी अवस्था के कारण मैं टिकटार्थियों को साहसी व्यक्ति मानता हूँ। वह टिकट माँगने की हिम्मत तो करते हैं। पहले टिकट माँगते हैं, फिर वोट। पाँच-सात साल माँगते-माँगते जीत भी जाते हैं। कई लोग हर पार्टी में टिकट का आवेदन देकर रखते हैं। इधर से नहीं मिला तो उधर से मिल जाएगा।

जीतने के बाद टिकट योग उनके जीवन में आता रहता है। और वह महान् होने की लाइन में लग जाते हैं। फिर लोग माँगते हैं और वह गरदन टेढ़ी करके एक नजर देख लेते हैं तो इस तरह कि मानो उपकार कर रहे हैं। सच पूछिए तो टिकट व्यापार भी है। कहते हैं कि उत्तर प्रदेश के एक धाकड़ पहलवान नेता इन दिनों बड़े ऊँचे दामों में अपनी पार्टी के टिकट बेच रहे हैं। यह ज्यादा सही तरीका है। खुले बाजार में टिकट बिके। जो दाम दे सके वह ले। यह ज्यादा न्यायसंगत तरीका होगा। खुला खेल फरुक्खाबादी। जेब में दाम हो तो टिकट खरीद लें। दिल्ली का न मिले तो लखनऊ का ले लें। मगर यह आदर्श व्यवस्था है कहाँ?

एक-दो पार्टियों को छोड़कर सब में बड़े नेताओं की मनमानी चलती है। वह एक को टिकट देते हैं, बाकी टिकटार्थियों के टिकट की अरथी निकल जाती है। आज टिकट प्राप्त करने की भी एक टेक्नोलॉजी बन गई है। अखबारों के जरिए यह काम होता है। अखबार लिखते हैं—फलाँ उम्मीदवार का नाम चल रहा है, फलाँ को टिकट मिलने की संभावना है, फलाँ को टिकट मिला तो वह अपने विरोधी पर भारी पड़ेगा। ऐसा कुछ छपने पर धीरे-धीरे उसका नाम चर्चा में आ जाता है। कुछ टिकटार्थी इस कला में माहिर होते हैं। बस एक समानता है पार्टी टिकट और रेल टिकट में। कई बार भीड़भाड़ में रेल का टिकट नहीं मिलता। मगर कुछ लोग बेटिकट ही रेल में बैठ जाते हैं। चुनाव में बेटिकट निर्दलीय रूप में खड़े हो जाते हैं। इतने निर्दलीय खड़े हैं कि कोई चाहे तो निर्दलीयों की पार्टी बना ले। □

सलाहकारों का मेला

हमारे देश में सबसे ज्यादा पैदावार किस चीज की होती है? आप कहेंगे—गेहूँ की। कोई कहेगा—नेताओं की? मैं मानता हूँ कि गेहूँ और नेताओं से ज्यादा पैदावार सलाह की होती है। जिसे हिंदी में 'परामर्श' और अंग्रेजी में 'एडवाइस' कहते हैं। अनेक पत्र-पत्रिकाओं में सलाह के स्तंभ छपते हैं। किशोर-किशोरियों के लिए गोपनीय सलाह दी जाती है। व्यापारियों के लिए ज्यादा मुनाफा कमाने और टैक्स बचाने की सलाह का अपना व्यापार है। रोगियों के लिए तरह-तरह के उपचार से लबालब सलाहों का मेला लगा करता है। बूढ़ों के लिए जवानी लौटाने की कीमती सलाह का भी अपना बाजार है। सच पूछिए तो अपने देश में तीन चीजों की आपूर्ति माँग से ज्यादा है—टैक्स, संकट और सलाह।

सलाह की आपूर्ति इसलिए भी ज्यादा है, क्योंकि इसकी खपत कम है। लोग सलाह का इस्तेमाल ही नहीं करते। इस कान से सुनते हैं और उस कान से निकाल देते हैं। सलाह की कमी तो कुँवारों को भी नहीं होती। विवाहितों की तो बात ही छोड़िए। वे तो सलाह के महासमुद्र में रहते हैं। पुराने जमाने में राजा सलाह के लिए मंत्री रखता था। मंत्रियों के पास मंत्र होता था, सो उन्हें मंत्री कहते थे। आज मंत्री मंत्रवाले नहीं होते। मंत्री लोग दूसरों से मंत्र लेते हैं और मंत्री खुद बने रहते हैं। मंत्रियों को भी मंत्र की कमी नहीं होती। जो मिलता है वही उन्हें ढेरों सलाह दे देता है। यहाँ तक कि अखबारवाले, जिन्हें प्रशासन और सरकार के बारे में कोई अनुभव नहीं होता, वे दिन-रात मंत्रियों को सलाह ही दिया करते हैं।

अगर सरकार सबकी सलाह सुने तो सलाह सुनने के अलावा कोई काम नहीं कर सकती। संभवतः इसी तरह की परेशानी से बचने के लिए सरकार अपने

विभिन्न मंत्रालयों और विभागों के लिए सलाहकार समिति बना देती है। सलाहकार समितियाँ बैठती हैं और एक-दूसरे को सलाह देकर उठ जाती हैं; क्योंकि ज्यादातर मामलों में सलाह न मानना ही गुणकारी होता है। सलाहकार समितियों में विभिन्न परामर्श आपस में ही लड़-भिड़कर एक-दूसरे को खत्म कर देते हैं। कुछ सलाहकार समितियों के आकार को देखकर अंदाजा लग सकता है कि देश की आबादी वाकई बढ़ गई है। मसलन पश्चिम रेलवे की उपभोक्ता सलाहकार समिति में सुरेश कलमाडी के काल में ग्यारह सौ पचास सदस्य हो गए थे। यही नहीं, हर महीने उसमें बीस-पच्चीस की बढ़ोतरी भी होती रहती थी। भला बताइए, अगर एक हजार से भी ज्यादा लोग सलाह देनेवाले हों तो उस समिति का क्या होगा? रेलवे का क्या होगा? उसकी बैठक में तो चाय के साथ डिस्प्रीन की गोलियाँ बाँटनी होंगी। रेलवे इन सदस्यों को देश भर में घूमने के लिए दूसरे दरजे के ए.सी. का टिकट देती है। बैठक में आने-जाने का भत्ता अलग।

किसी ने ठीक ही सलाह दी है कि सलाह दीजिए मत, सलाह बेचिए। अब जमाना आ गया है, जब मुफ्त में सलाह देने से बचना चाहिए। सलाह भी उपभोक्ता वस्तु हो गई है। सलाह को लोग खरीद सकते हैं। बेचने के लिए अंग्रेजी नाम धारण करना जरूरी होता है। टैक्स एडवाइजर, लीगल एडवाइजर, ब्यूटी कंसल्टेंट, कंपेन एडवाइजर—हजारों तरह के कंसल्टेंट और एडवाइजर आज बाजार में भरे पड़े हैं। उनके यहाँ भीड़ लगी है। इसलिए नहीं कि वे सलाह देते हैं, बल्कि इसलिए कि वे सलाह बेचते हैं। आज इन सलाहकारों की जरूरत सरकारी क्षेत्र से ज्यादा निजी क्षेत्र को हो गई है। मैं मानता हूँ कि कोई मूर्ख सौ सलाह दे सकता है और कोई विद्वान् इसमें से एक का भी पालन नहीं कर सकता। यह अलग बात है कि जो मूर्ख सौ सलाह दे सकता है, वह स्वयं उसमें से एक का भी पालन नहीं कर सकता। बुद्धिमानी सलाहकारों से बचने में नहीं, बल्कि गलत सलाह से बचने में है। लेकिन कहा यह जाता है कि अगर किसी व्यक्ति में अच्छी और बुरी सलाह में फर्क करने की तमीज होती है तो इसका मतलब यह है कि उसे सलाह की जरूरत ही नहीं है।

□

हारोचित स्वागत

❖

जैसा स्वागत पाकिस्तान ने अपनी हारी हुई टीम का लाहौर में किया वैसा स्वागत भारत ने अपने हारे हुए योद्धाओं का कभी नहीं किया; जबकि भारतीय टीम हारने के मामले में पाकिस्तान के मुकाबले कहीं ज्यादा अनुभवी है। लाहौर के करीब पाकिस्तानी एयरवेज का विमान अभी आकाश में ही था कि पायलट को बता दिया गया कि लाहौर का तापमान काफी ऊँचा है। हवा में गरमी है। लोग भी गरमाए हुए हैं। हवाई अड्डे पर पाकिस्तान के जोशीले नौजवानों के जुलूस आए हुए हैं। वे सड़े हुए अंडों और बदबूदार टमाटरों से लैस हैं। जूते तो सबके पास होते ही हैं। पत्थरों की भी कमी नहीं है। हारने के बाद जो टी.वी. तोड़ सकते हैं, आत्महत्या कर सकते हैं वे खिलाड़ियों के खोपड़े भी तोड़ सकते हैं। बताइए, आत्महत्या करनेवाला क्या-क्या कर सकता है। यही सब कल्पना करके विमान चालक को सलाह दी गई कि वह विमान लाहौर में नहीं उतारे, कराची चला जाए। कराची में तकदीर आजमाए।

जब लाहौर की भीड़ को इसका पता चला तो वह आगबबूला हो गई। एक जुलूस निकला। भीड़ ने पाकिस्तानी टीम के कप्तान वसीम अकरम का पुतला जलाया। आगे बढ़ी और वसीम के घर गई। वसीम का सिर नहीं मिला तो उसके घर के खोपड़े पर पत्थर बरसाए। अकरम का कहना है कि उसे जान से मारने की धमकी दी गई है। पाकिस्तान में यह भी कहा जा रहा है कि पाकिस्तानी टीम को बंगलौर में खेलना ही नहीं चाहिए था। खेल में दबाव बना रहा था। पाकिस्तानी टीम के हर खिलाड़ी को डर था कि पाकिस्तान अगर जीता तो उनके खिलाड़ियों की बोटी-बोटी कर दी जाएगी। पाकिस्तान जीतता तो भी भारत में तो ऐसा नहीं हो

सकता था। हाँ, इतना जरूर है कि हारने पर पाकिस्तान में ऐसा हो सकता है। अकरम के घर पर हुए हमले से यह साफ है।

कहा जा सकता है कि अगर भारत-पाक मैच लाहौर में होता तो पाक़िस्तान की टीम ने भारत से हारने की हिम्मत की होती तो दर्शक इन खिलाड़ियों की उन्हीं के बल्लों से ऐसी मरम्मत करते कि फिर कभी खेलने लायक नहीं बचते। या तो अल्लाह को प्यारे हो जाते या फिर उनके डॉक्टर हड्डी-पसलियों के फ्रैक्चर गिन रहे होते। पाकिस्तान के खिलाड़ियों को वे हारने का दंड देते और भारत के खिलाड़ियों को हराने का। विश्व कप मैच का फाइनल लाहौर में हुआ। पाकिस्तान की टीम की किस्मत अच्छी थी कि वह आउट हो गई। भारतीय टीम हो सकता है, आउट न हो। अगर वह आउट न हुई तो उसे लाहौर में खेलना पड़ेगा। और लाहौर के दर्शकों को लाहौर में भारतीय टीम नजर आएगी। यादों में बंगलौर कौंध रहा होगा। कहीं गुस्से में वे बदला चुकाने के लिए भारतीय टीम पर न टूट पड़ें। पाकिस्तान के दिमाग में अभी खासी गरमी बची हुई है। इसलामिक बम जैसी विस्फोटक गरमी।

इसी से अंदाज लगा लीजिए कि एक जनाब पाकिस्तान की टीम के खराब खेल के खिलाफ उच्च न्यायालय में चले गए। न्यायमूर्ति मुनीर शेख खुद भी गुस्से में थे। उन्होंने कहा कि भ्रष्टाचार ने पाकिस्तानी क्रिकेट को तबाह कर दिया है। उन्होंने कहा कि पाकिस्तानी खिलाड़ी लड़कियों के साथ नाचते हैं। और जब खेलने की बारी आती है तो उनकी पीठ में दर्द होने लगता है। एक और जनाब उच्च न्यायालय में गए। याचिका यह थी कि पाकिस्तानी टीम जानबूझकर हारी। जज क्या कर सकते हैं? वह बंगलौर महायुद्ध का परिणाम तो नहीं बदल सकते। बंगलौर में हारी हुई पाकिस्तानी टीम को जीती हुई तो नहीं बता सकते। इसका भी फैसला वह कैसे कर सकते हैं कि पाकिस्तानी टीम जानबूझकर हारी या लाचारी में हारी? शायद याचिकाकर्ता चाहते हों कि गेंद, विकेट, बल्लों—सबकी गवाही हो। लगाए गए एक-एक शॉट की जाँच हो। फेंकी गई एक-एक बॉल का हिंसाब-किताब हो। अब आप ही बताइए, अदालत किस आधार पर यह तय कर सकती है कि पाकिस्तानी टीम जानबूझकर हारी, या सोच-समझकर हारी या रिश्वत लेकर हारी?

□

पाक टीम पर स्त्री ग्रहण

❖

एक चूहा था। उसकी उम्र छह महीने हो गई थी। उसके बिल के पास एक दिन हाथी का एक बच्चा आया। चूहे ने इतना बड़ा जानवर कभी नहीं देखा था। उत्सुकतावश उसने हाथी के बच्चे से पूछ लिया, "भाई साहब, आपकी उम्र कितनी है?"

हाथी के बच्चे ने जवाब दिया, "छह महीने।"

अब चूहे का दिल और भी बैठ गया कि यह भी छह महीने का, मैं भी छह महीने का। लेकिन यह इतना बड़ा और मैं इतना छोटा।

तब तक हाथी के बच्चे ने ही पूछ लिया कि "तुम्हारी उम्र क्या है?"

चूहे को कहना पड़ा कि "मेरी भी उम्र छह महीने हैं।" साथ में सफाई में कह दिया, "लेकिन मैं बीमार रहा करता हूँ।" गलत कारण मीमांसा सिर्फ चूहे ही करते हैं, ऐसा नहीं। बाकी दोपाये, चौपाये जानवर भी करते हैं। सब जगह करते हैं; हर कार्य का कारण होता है। कारण मीमांसा हर स्तर पर होती रहती है। पाकिस्तान में भी इस समय एक कारण मीमांसा चल रही है कि पाकिस्तानी टीम भारत से हारी कैसे? सबकुछ सही था। टीम जीतने वाली थी, अजेय थी, श्रेष्ठ थी; फिर क्यों हारी?

कुछ कट्टरपंथी नेताओं ने कारण खोज निकाला। उनका कहना था कि जिस देश की प्रधानमंत्री महिला हो, वह देश कभी जीत नहीं सकता। वह देश कभी तरक्की नहीं कर सकता। उनसे कहा गया कि श्रीलंका की प्रधानमंत्री और राष्ट्रपति के दोनों पदों पर महिला विराजमान है, फिर भी श्रीलंका कैसे जीत रहा है? मगर उन्होंने तर्क सुनकर नहीं दिया। उनके हिसाब से इसलाम में महिलाओं के शासन

का कोई प्रावधान नहीं है। इसलाम में नहीं होगा, पर लोकतंत्र में तो है। लोकतंत्र में औरत-मर्द सबको एक-एक वोट का अधिकार है। पाकिस्तान के शरीयत कानून में एक मर्द की गवाही दो औरतों के बराबर होती है। लेकिन वोट बराबर हैं। औरतों की गवाही आधी हो तो भी वोट में औरतें आगे निकल जाती हैं। विश्वविद्यालय के छात्र संघ चुनावों में अगर लड़की का मुकाबला लड़के से होता है तो लड़कियाँ अकसर लड़कों को पछाड़ देती हैं। नारी जाति के वोट तो उनको जातिवाद के कारण मिल जाते हैं। मगर लड़के भी न जाने क्यों, ज्यादातर लड़कियों को ही वोट देते हैं। जो बात विश्वविद्यालय चुनाव में लागू होती है वही दूसरी जगहों पर भी।

बेनजीर की जगह अगर भुट्टो का दूसरा बेटा नवाज शरीफ से टकराता तो प्रधानमंत्री नहीं बनता। बेनजीर अगर खुद चुनाव जीत सकती हैं तो उनकी टीम पर स्त्री ग्रहण तो लगने से रहा। मगर मौलाना साहब को कौन समझाए। वे मानते हैं कि स्त्री ग्रहण के कारण ही पाकिस्तानी टीम हारी। यह बहस आगे बढ़ रही है। कहा जा रहा है कि टेलीविजन पर सांस्कृतिक कार्यक्रम के दौरान पाश्चात्य रंग से लबालब नाच-गाने हुए, इसलिए पाकिस्तान हारा। इस तर्क में दम नजर आता है। नाच-गानों में जरूर पराजय छूत की बीमारी के रोगाणु होते होंगे। कहनेवाले यह भी कहते हैं कि अमीरात का खेल भी इसलिए खराब रहा, क्योंकि वहाँ नाइट क्लब और बारवाली संस्कृति है। औरंगजेब एक सच्चा और पक्का मुसलमान था। उसने संगीत और नाच-गाने को कब्र में दफना दिया था। थोड़ा और ज्यादा गहरे दफनाता तो उसके वंशजों को पाकिस्तान में आज ये बुरे दिन नहीं देखने पड़ते।

आज नाच-गाने ने पाकिस्तान की इज्जत मिट्टी में मिला दी। पाकिस्तान इसी वजह से हार गया। मेरे एक दोस्त हैं। अंतरराष्ट्रीय स्तर के विद्वान् हैं। उन्होंने 'नेगेश्निज्म इन इंडिया' नाम की किताब लिखी है। उसकी भूमिका के अंत में उन्होंने लिखा है—तर्क और दलील निश्चित ही इसलाम को पराजित कर देगी। स्त्री ग्रहण ने पाकिस्तान की टीम को पराजित कर दिया। और अब तर्क और विवेक का अपना काम निपटाने की बारी है। कानून मंत्री रब्बानी ने पाकिस्तान की संसद् में कहा कि सीधी बात यह है कि हमारी टीम ने गलती की और वह हार गई। उन्होंने यह भी कहा कि इसलाम को इस खेल के बीच में मत लाइए। याद दिलाया कि खुद आरोपकर्ता के चुनाव अभियान में फिल्मी धुनों का सहारा लिया गया था। मगर तर्कों की चूहेदानी में चूहा तर्क नहीं फँसा।

□

हकलाइए और पाइए

हकलानेवालों के लिए एक खुशखबरी है। बात यह है कि हकलाना कोई अच्छी बात नहीं समझी जाती। जो हकलाता है वह पिछड़ जाता है। जब तक कोई दूसरा तीन वाक्य बोले तब तक वह पहले वाक्य के ही किसी स्टेशन पर हकला रहा होता है। जो वाक्यों में पिछड़ता है, वह जिंदगी में भी पिछड़ जाता है। फिर भी मैं कह रहा हूँ कि हकलानेवालों के लिए एक खुशखबरी है तो इसका एक कारण है। लोग साफ-सुथरे, तमीजवाले उच्चारण से बोर हो रहे हैं। बोलने के अलग-अलग अंदाज, आवाज के आरोह और अवरोह के फर्क के बावजूद श्रोताओं की बोरियत खत्म नहीं हो रही है।

टेलीविजन मूलतः बोरियत भगाओ आंदोलन है और इसीलिए आप देखते होंगे कि चैनल पर चैनल चले आ रहे हैं। सब अपनी-अपनी तरह से बोरियत भगाने के कंपटीशन में लगे हैं। कभी-कभी बोरियत के बादल छँट भी जाते हैं। मगर फिर उमड़ने-घुमड़ने लगते हैं। ब्रिटेन का एक केबल टेलीविजन स्टेशन है, लाइव टी.वी.। उसके प्रधान हैं, मैकनीज। उन्होंने एक विज्ञापन दिया है; इस चैनल को हकलानेवाले समाचार वाचक चाहिए। वहाँ हकलानेवालों का एक संगठन है। उसके बहुत से सदस्यों ने आवेदन दिया। उनमें से पाँच सर्वश्रेष्ठ हकलउओं को छाँट लिया गया।

उन्हें समाचार पढ़ने पर लगाया जाएगा। जब वे समाचार पढ़ेंगे तो जाहिर है, हकला-हकलाकर पढ़ेंगे। हकलउओं को देख-सुनकर बहुतों का मनोरंजन होता है। पूरा वाक्य बोलने में उन्हें तरह-तरह की मुखमुद्राएँ बनानी पड़ती हैं। सबकुछ बड़ा मनोहारी होता है। हकलाहट से भरे-पूरे समाचार सुनने का एक आनंद नाटकीय

चरित्र का तो है ही, मगर इसके और भी फायदे हैं। जो कुछ लोग तेजी से कही हुई बात को नहीं समझ सकते, हकलउआ समाचार वाचक उनके लिए मुफीद रहेगा। हकलानेवाला वाचक वाक्यों को ऐसी नाजुक जगह से तोड़ सकता है, जिससे हास्य विस्फोट हो सकता है। मानवीय आधार पर भी देखें तो मैकनीज की यह पहल बड़ी सदाशय नजर आती है। आर्थिक दृष्टि से तो यह बेजोड़ टोटका है ही। निस्संदेह यह श्रोताओं की बोरियत को उसी तरह खंड-विखंड करके रख देगा जिस तरह हकलउआ समाचार वाचक वाक्यों और शब्दों की तोड़-फोड़ करेगा।

यह अभिनव प्रयोग है। मैकनीज ऐसे प्रयोग करते रहते हैं। उनके समाचार वाचक के साथ एक महाशय बैठे होते हैं। वह बच्चों की सी पोशाक पहने होते हैं। जो समाचार जैसा हुआ, उसके हिसाब से मुखमुद्राएँ बनाते रहते हैं। कोई प्रसन्नता की बात हुई तो वे हँस जाएँगे। कोई शोक की बात हो तो वे मुँह लटका लेंगे। कोई बहुत बड़ा रहस्योद्घाटन हुआ तो उनके चेहरे से विस्मय के भाव प्रसारित होंगे। कोई चिंताजनक बात हुई तो वे गंभीर चिंता की मुद्रा में नजर आएँगे। मतलब यह कि अगर आप समाचार न सुनें, सिर्फ उनके चेहरे की ओर देखें तो आपको यह मालूम चल जाएगा कि कोई हर्षवर्धक समाचार है या दुःखद।

मैं इस समाचार को बहुत महत्त्वपूर्ण मानता हूँ, क्योंकि जो कुछ ब्रिटेन में हो रहा है, वह भारतीय चैनल चालक भी कभी-न-कभी यहाँ दिखाकर भी अपनी मौलिकता की छाप छोड़ेंगे। तब भारत के हकलउओं की भी चाँदी हो जाएगी। जो जितना ज्यादा हकलाएगा वह उतना ज्यादा पाएगा। हो सकता है, किसी निर्माता को हकला-हकलाकर नचाने या गवाने का आइडिया आ जाए तो इसके कलाकारों की जरूरत भी होगी। मानकर चलिए कि हकलानेवालों के लिए महान् अवसर आने वाले हैं। सो, जो न हकलाते हों वे हकलाना सीखें।

□

कलम, घड़ी और जूता

कुछ चीजों की कीमत पर नजर दौड़ाइए। जरा अंदाज कीजिए कि कलम की कीमत क्या होगी ? बॉलपेन एक रुपए में भी मिलता है। लक्जर या रोटोमैक की कलम हो तो पाँच-छह तक में मिल जाती है। कलम पचास-पचहत्तर रुपए में भी मिलती है। अलबत्ता पार्कर और क्रास की बात अलग है। यह हजारों में मिलता है। मगर अब भारत के बाजारों में भी कलम की कीमत पर गर्व किया जा सकता है। वॉटरमैन ब्रांड की कलम पाँच लाख रुपए की होती है। मेरा अपना अंदाज है कि जो लेखक इस कलम से लिखेगा, उसकी कृति को शर्तिया नॉबेल पुरस्कार मिलेगा। अगर तुलसीदास और शेक्सपीयर को नॉबेल पुरस्कार नहीं मिला है तो इसकी वजह जरूर यही रही होगी कि उन्होंने वॉटरमैन से अपनी रचनाएँ नहीं लिखीं। एक रुपए के बॉलपेन से तो पोस्टकार्ड ही लिखा जा सकता है। रोटोमैक वगैरह से हद-से-हद दस-बीस हजार के चैक पर दस्तखत किया जा सकता है। अगर करोड़ों का चैक हो तो हजारों की कलम तो होनी चाहिए। अगर दस हजार करोड़ का एनरॉन जैसा ठेका हो तो उसपर दस्तखत करने के लिए तो वॉटरमैन ही सही कलम है। हमने सुना है कि वॉटरमैन को हाथ में लेते ही वह लिखने लग जाती है, जैसे स्वयं सरस्वती उसके निब में बस गई हों।

अब आइए घड़ी पर। घड़ी वैसे तो प्लास्टिक से बनी इलेक्ट्रॉनिक ही होती है, फुटपाथ पर बीस-तीस रुपए में बिकती रहती है। सौ-दो सौ रुपए की भी होती है और हजार-दो हजार की भी। महँगी-से-महँगी भारतीय घड़ी दस हजार के नीचे की होती है। अभी कुछ दिन पहले एक खबर आई कि कोलींस एंड कंपनी भारत में पूरी तौर से सोने की बनी और हीरे जड़ी घड़ी बनाएँगे। कीमत होगी सिर्फ

साढ़े आठ लाख रुपए। विश्व बाजार में इससे भी कीमती घड़ियाँ हैं। ओमेगा की कीमत दस लाख रुपए और कार्टियर की बारह लाख। फिलिप की साढ़े चौदह लाख और ऑरपेल की साढ़े सोलह लाख। अब मुझे समझ में आया कि समय को कीमती क्यों कहा जाता है। साढ़े सोलह लाख की घड़ी का दैनिक ब्याज एक हजार रुपए से ज्यादा आएगा। कोई भी आदमी दिन भर तो समय देखता नहीं। ज्यादा-से-ज्यादा दस बार देखता है। एक बार समय देखने का खर्च अगर सौ रुपए आता हो तो समय देखने का भी खर्च बढ़ गया। ऐसा बंदा किसी को एक क्षण के लिए अपनी घड़ी दिखा दे तो समझिए, उसने सौ रुपए का एहसान कर दिया।

ऐसे लोगों के एक-एक मिनट लाखों रुपए के हों तो इसमें आश्चर्य क्या? ऐसे कीमती समय के मालिक सोलह लाख रुपए की घड़ी पहनते हों तो इसमें आश्चर्य की क्या बात है? मगर एक रहस्य की बात बताता हूँ। जो समय प्लास्टिक घड़ी में होता है, वही ओमेगा और ऑरपेल में। एक भी सेकेंड का फर्क नहीं होता। होना तो यह चाहिए था कि एच.एम.टी. की घड़ी का एक घंटा अगर साठ मिनट का होता है तो ओमेगा में छह हजार मिनट का हो। वरना इतनी महँगी घड़ियों का फायदा ही क्या? कलम और घड़ी की तरह शरीर पर धारण करने की तीसरी एक वस्तु है जूता। जूतों ने पिछले दिनों कमाल कर दिया है।

भारतीय पगरखियाँ पहनते थे। अभी भी पहनते हैं। रबर की चप्पलें दस-बीस रुपए में मिल जाती हैं। घिसे हुए टायरों की चप्पलों का भी प्रचलन है। स्थानीय कारीगर सौ-पचास में जूते बना देते हैं। मगर अब देश में जूता क्रांति हो रही है। दर्जन भर ब्रांड बाजार में छा गए हैं। बड़े-बड़े होर्डिंग्स लगे हैं। कीमत अब हजारों में है। फीनिक्स के जूते हैं, लिबर्टी है, रिबॉक है। साढ़े छह हजार वाला चर्च है। सात हजार रुपएवाला बैली है। ये जूते जो लगते हैं, तो लगता है कि लगे हैं। सात हजार की चोट पड़े तो लगना ही है। हम तो समझते थे कि रोटी, कपड़ा और मकान माँग रहा है हिंदुस्तान। ये दुनियावाले रोटी, कपड़ा और मकान की जगह घड़ी, जूता और कलम दे रहे हैं। रोटी, कपड़ा और मकान से देश का जीवन स्तर नहीं सुधर सकता। सुधारने की शुरुआत जूते से होनी चाहिए। पैर का स्तर सुधरेगा तो सिर का भी सुधरेगा। कलम अपने आप अच्छा लिखेगी। बड़े-बड़े चैक पर दस्तखत करेगी और फिर घड़ी तो स्वयं समय है। समय ही जीवन है। मेरा अपना खयाल है कि साढ़े सोलह लाख की घड़ी पहनने से आयु भी बढ़ती होगी।

□

दो कौड़ी की इज्जत

कांग्रेस नेता शरद पवार ने नए साप्ताहिक 'आउट लुक' पर सौ करोड़ रुपए का मानहानि का मुकदमा ठोक दिया है। इसपर मुंबई के हिंदी साप्ताहिक 'रविवार सामना' ने 'पवार की इज्जत कितने की?' नामक शीर्षक से सवाल खड़ा किया है। 'आउट लुक' ने पवार पर दाऊद इब्राहिम से उनके रिश्ते होने और हवाला के मारफत बहत्तर करोड़ रुपए लेने का आरोप लगाया था। पवार का कहना है कि यह गलत है। इससे उनकी बदनामी हुई है और इसलिए सौ करोड़ रुपए के मानहानि का मुकदमा उन्होंने किया है। जब खैरनार ने पवार पर हजार करोड़ रुपए का आसामी होने का आरोप लगाया था तब जी.टी.वी. के 'आपकी अदालत' कार्यक्रम में शरद पवार ने कहा था कि मेरी हैसियत मुश्किल से दो करोड़ की है। 'सामना' ने इसी को आधार बनाकर पूछा है कि जब आपकी दौलत दो करोड़ की है तो आपकी इज्जत की कीमत सौ करोड़ की कैसे हो जाएगी?

मैं यहीं असहमत हूँ। मैं दो-दो करोड़ के दसियों लोगों को जानता हूँ जिनकी इज्जत दो कौड़ी की भी नहीं है। इसके विपरीत ऐसे लँगोटीधारी साधु भी हैं, जिनके पास दो रुपए भी नहीं, और लोग हैं कि करोड़ों का चढ़ावा चढ़ाते हैं और वे उसे हाथ भी नहीं लगाते। पैसा इधर से आया और उधर धर्मार्थ में चला गया। लँगोटीधारी बिना संपत्तिवाले साधु-संत की इज्जत की कीमत अरबों-खरबों में भी हो सकती है। संपत्ति इज्जत का पैमाना नहीं हो सकती। ऐसे विद्वान् हो सकते हैं, जिनकी इज्जत टाटा, बिड़ला और अंबानी की इज्जत की जोड़ से भी ज्यादा हो सकती है। दाऊद इब्राहिम तो बहुत पैसेवाला है। तो क्या इज्जतदार भी है? आप ही बताइए कि आप लता मंगेशकर की इज्जत क्या उसके पैसों के कारण करते हैं?

बात कुछ-कुछ उलटी है। जैसे-जैसे किसी के पास पैसा बढ़ता जाता है, वैसे-वैसे सम्मान घटता जाता है। मैं असली सम्मान की बात कर रहा हूँ, लोक-दिखावन सम्मान की नहीं। मनुष्यों की बात कर रहा हूँ, वस्तुओं की नहीं।

वस्तुओं की बात उलटी है। अगर कीमत ज्यादा है तो उस वस्तु को सम्मान ज्यादा मिलता है और अगर कीमत कम है तो उसकी बेकद्री होती है। दुकानदार भी महँगी चीजों के साथ इज्जत का बरताव करते हैं। उन्हें अच्छी जगह रखते हैं। ऐसे जगह रखते हैं, जहाँ वह ग्राहकों को दिखे। वही दुकानदार सस्ती चीजों को कूड़े की तरह रख देते हैं। सोने की इज्जत क्यों है? भाव के कारण है। पत्थरों की कीमत सोने के मुकाबले कुछ नहीं है, इसलिए पत्थर की कोई कद्रदानी नहीं। इसीलिए सड़कों पर ठोकर खाता रहता है। अगर कोई अपने को वस्तु बना ले तो वस्तुवाला सम्मान तो कीमत के कारण मिल सकता है। पैसे वालों को ऐसा ही सम्मान मिलता है। कार को देखिए, बूढ़ी एंबेसडर के मुकाबले दुगुनी कीमतवाली सीएलो की कीमत ज्यादा है। क्योंकि मेरे अनुमान के अनुसार कार भी वस्तु है। हालाँकि कुछ लोग कहते हैं कि इस कार में आत्मा होती है। गति होती है, यह तो मैं जानता हूँ, लेकिन इस कार की आत्मा होती है, इसके पुख्ता प्रमाण अभी तक नहीं मिले हैं।

हीरे-पन्नों से जड़े सोने के जेवरात होते हैं। अगर मैं उसे ताँबे से भी घटिया कह दूँ तो क्या सोना मुझपर मुकदमा कर सकता है? जो वस्तु होती है, वह अपमान होने पर भी मुकदमा नहीं करती। जो व्यक्ति होता है वही अपमान होने पर बदले की काररवाई करता है। फिल्मी दुनिया में भी इज्जत पैसे से नापी जाती है। जो पचास लाख ले वह घटिया कलाकार है, जो एक करोड़ रुपए ले वही बढ़िया कलाकार। यह धारणा कलाकारों के वस्तु बन जाने के कारण हुई है। उपभोक्ता वस्तुओं और मनुष्यों में तो फर्क होता है। बैंकवाले इज्जतदार आदमी को कर्ज नहीं देते। मालदार, साखदार आदमी को कर्ज देते हैं। अकसर मालदार आदमी इज्जत खरीदने के लिए धर्मशालाएँ वगैरह बनवाते हैं, सामाजिक कार्य करते हैं। मगर आजकल तो मुंबई तीनों लोकों से न्यारी है। यहाँ इज्जत रुपए के बराबर होती है और रुपया ही इज्जत का पैमाना होता है।

□

इफ्तार दर्शन

उस दिन केंद्रीय मंत्री (अब पूर्व) करुणाकरण ने अपने यहाँ इफ्तार पार्टी बुला रखी थी। अनेक मंत्री, अनेक अफसर और कुछ उद्योगपति आए हुए थे। करुणाकरण केरल के हैं, सो बड़ी संख्या में ईसाई भी इफ्तार पार्टी में थे। हिंदू तो खैर थे ही। मगर मुसलमान ढूँढ़ने से भी नहीं मिल रहे थे। कुछ रोजा रखनेवाले नमाजी मुसलमानों का विशेष प्रबंध किया गया था। वे भी नहीं पहुँचे थे। नमाज का वक्त आने लगा, मगर कोई दाढ़ीवाला मुसलमान नजर नहीं आ रहा था। जैसे-तैसे कुछ नमाजी पहुँचे और इफ्तार पार्टी सही-सलामत ढंग से गुजर गई। कैबिनेट मंत्रियों के घर इफ्तार पार्टी में नमाजी मुसलमानों का ऐसा अकाल, यह शोचनीय बात है।

पूर्व प्रधानमंत्री नरसिंह राव के यहाँ जो इफ्तार पार्टी हुई थी उसमें तो राव सरकार के ज्योतिष और तंत्र मंत्रालय के अघोषित अनौपचारिक कैबिनेट मंत्री एन.के. शर्मा ने देश के विभिन्न भागों से नामी मौलवियों और इमामों का प्रबंध किया था। असल में, वे राव सरकार के 'मुसलिम पटाओ' मंत्रालय का भी काम-काज देखते हैं। लेकिन बाकी मंत्रियों और नेताओं को एन.के. शर्मा जैसे सहायक मिलने का सौभाग्य प्राप्त नहीं हुआ है। सो नेताओं की अनेक इफ्तार पार्टियों में मुसलमानों की आपूर्ति कम रही। इस बार तो इफ्तार का मौसम खत्म हो गया। लेकिन इसपर गंभीरता से विचार किया जाना चाहिए; क्योंकि आगे आनेवाले वर्षों में इफ्तार पार्टियों की संख्या बढ़ेगी। कुछ वर्ष पहले तक इफ्तार पार्टी एक मजहबी और सामाजिक आयोजन होती थी। अब यह मूलतः राजनीतिक चरित्र की हो गई है।

मुझे भनक मिली है कि अगले साल सैकड़ों नेता पहली बार इफ्तार पार्टी

करेंगे। जाहिर है, इन पार्टियों में रोजा रखनेवाले नमाजी मुसलमानों की माँग बढ़ेगी। अब वह समय आ गया है, जब किराए पर मुसलमानों की आपूर्ति का प्रबंध कुछ लोग धंधे के रूप में सँभालें। बाकायदा रेट तय हो जाए। अचकन और दाढ़ीवाले मुसलमानों के सौ नग सप्लाई करने का क्या रेट होगा? माँग को देखते हुए हर ऐसे नग की दर कम-से-कम एक हजार रुपए और एक नई अचकन तो होनी ही चाहिए। सफेद दाढ़ी हो तो उसका रेट दो हजार भी रखा जा सकता है। किसी मुसलिम संस्था का पदाधिकारी हो तो पाँच हजार की दर पर विचार किया जा सकता है। नेता हो तो कहना ही क्या! किसी इफ्तार पार्टी में शरीक होने के लिए वह दस हजार से बीस हजार रुपए तक चार्ज करे। रमजान के महीने में इससे कुछ आमदनी भी हो जाएगी।

अगर करुणाकरण की इफ्तार पार्टी के पहले ऐसा प्रबंध होता तो वह सौ-दो सौ मुसलमानों के लिए लाखों रुपए खर्च करने के लिए तैयार हो जाते। कम-से-कम उनकी वैसी भद्द तो न पिटती जैसी उस इफ्तार पार्टी में पिटी थी। इफ्तार पार्टियों में नेताओं की भी बड़ी पूछ होती है। कुछ बड़े नेताओं के बिना पार्टी का रुतबा नहीं पैदा होता। उस इफ्तार पार्टी की चर्चा नहीं होती। अगर किसी को अपने घर की इफ्तार पार्टी की फोटो अखबारों में छपवानी है तो भारी-भरकम नेताओं को जरूर बुलाना चाहिए। फोटोग्राफरों को सूचना दे देनी चाहिए। और फिर देखिए कि फोटो कैसे नहीं छपती है या चर्चा कैसे नहीं होती है! चर्चनीय चेहरे जब आएँगे तो छपेंगे और छपेंगे तो चर्चा होगी।

जब से स्वर्गीय हेमवती नंदन बहुगुणा ने राजनीतिक इफ्तार पार्टियों का शुभारंभ किया तब से इसका आयोजन फैलता ही चला जा रहा है। मैं तो यह मानता हूँ कि अब इफ्तार पार्टी का आयोजन विशेषज्ञों का काम हो गया है। इसीलिए बाजार में 'इफ्तार सलाहकार' की जगह बन गई है। अभी तक कोई इफ्तार सलाहकार फर्म नहीं है। इफ्तार का पुण्य अलग। मंत्रियों को इफ्तार पार्टियों में लाखों रुपए खर्च करने पड़ते हैं। समय की माँग है कि सरकारी खजाने में इफ्तार कोष का प्रावधान किया जाए, ताकि खर्च का बोझ इन गरीब मंत्रियों की अपनी जेब पर न पड़े और इन्हें हवाला की शरण न लेनी पड़े। इफ्तार पार्टियों का रंगारंग कार्यक्रम दूरदर्शन पर भी दिखाया जाना चाहिए। कार्यक्रम का नाम 'इफ्तार दर्शन' रखा जा सकता है।

□

मॉडल और कार

दुनिया की तीसरी सबसे बड़ी बीमारी का नाम मोटर वाहन है। तीसरे नंबर पर सबसे ज्यादा लोग इसी बीमारी से मरते हैं और यह बीमारी तेजी से बढ़ती जा रही है। अगर सब प्रकार के जुओं पर पाबंदी लगा दी जाय तो लॉटरी जैसे जुए से छुटकारा मिलेगा ही, शादी और कारों से भी छुटकारा मिल जाएगा। मगर मुझे इसकी कोई उम्मीद नहीं है। दिल्ली में इन दिनों प्रगति मैदान में एक मोटर वाहन मेला लगा है। इसमें दुनिया की बहुत सारी मशहूर कारें प्रदर्शित की गई हैं। हुंडाई, जगवार, रॉल्स रॉयस से लेकर वाक्स वेगन तक। अगर आप समझते हैं कि कारें रंगों की चमचमाहट या इंजन की कुशलता और क्षमता के कारण बिकती हैं, या ये ग्राहकों की नजरों को टोकरीदार सीटों और पैर फैलाने की जगह के कारण प्रभावित करती हैं तो आप गलती करते हैं। इसका यह मतलब भी है कि आप प्रगति मैदान के कार मेले में नहीं गए हैं।

हर कार के साथ लंबी-लंबी टाँगों, सुडौल शरीर और आकर्षक चेहरेवाली मॉडल खड़ी है। कार के रईस खरीदार एक नजर कार को देखते हैं तो दूसरी नजर मॉडल को। मेरा अपना खयाल है कि मॉडल कार के मुकाबले पहले नजर को पकड़ती है। यह कोई प्रगति मैदान की ही बात नहीं है। दुनिया में कार निर्माताओं की कई मैगजीनें निकलती हैं। ऐसी मॉडल कभी अपने संक्षिप्त स्कर्ट में बोनट पर बैठी होगी, किसी दूसरे पेज पर वह दरवाजे से निकल रही होगी या अंदर घुस रही होगी। मैगजीन को देखने से यह भ्रम पैदा होता है कि यह मॉडल के लिए निकाली गई है या कार के लिए? इसीलिए जब प्रगति मैदान में मॉडलों को खड़ा करके कार को पास में लगा दिया गया तो मुझे ज्यादा आश्चर्य नहीं हुआ। मुझे तो

आश्चर्य तब भी नहीं होगा जब कोई कंपनी दाढ़ी बनाने के सेफ्टी रेजर के विज्ञापन के लिए भी किसी मॉडल का सहारा लेगी।

एक बात आप और देख सकते हैं कि कारों की कंपनियाँ जितनी नामी और जितनी ज्यादा बड़ी हैं, उनकी मॉडल की स्कर्ट उतनी ही संक्षिप्त है। कार मेले के बारे में एक समाचार-पत्र ने एक छोटा सा आलेख छापा है। उसमें लिखा है कि क्या आप जानना चाहते हैं कि हुंडाई का स्टॉल कहाँ है? अगर आपने यह टिप्पणी सुनी है—अरे, एलाट्रा को छोड़ो, वो तो देख ही लेंगे। पर क्या पटाका चीज है यार, उस कार के पास। समझ लीजिए कि आप हुंडाई के पैवेलियन में आ गए हैं। पास में ही इसी प्रदर्शनी का एक दूसरा भाग है। वहाँ कार के शीशे, किट, कार की सजावट के दूसरे सामानों की प्रदर्शनी लगी है। दर्शकों को समझाने के लिए गाइड मौजूद है। मगर भीड़ इधर नहीं आती। कोई इक्का-दुक्का आ जाए तो बात अलग है। उमड़-घुमड़कर भीड़ कारोंवाले पैवेलियन की तरफ ही आ जाती है। मॉडल से बात करके आप उस कार का नाम और कीमत जान सकते हैं। बाकी जानकारी आपको विशेषज्ञों से मिलती है। मगर खरीदार वहाँ नहीं जाते। वे या तो मॉडल को देखते हैं या फिर कार को।

बड़े-बड़े रईस किसी कार को खरीदने का फैसला कैसे करते हैं। निश्चय ही कार की खूबियों के आधार पर करते हैं। कार की खूबियाँ उन्हें कैसे मालूम होती हैं? जिस हॉल में वे ज्यादा समय गुजारेंगे, उस कार की खूबियाँ उनके ध्यान में आएँगी। किसी हॉल में ज्यादा समय वह कैसे रहेंगे? यह निर्भर करेगा इस बात पर कि उस हॉल की मॉडलों की संभावित ग्राहकों को ज्यादा देर तक हॉल में बाँधे रखने की ताकत कितनी है? मान लीजिए कि कोई मॉडल दिल्ली के पचास करोड़पतियों को कार की तरफ आकृष्ट करने में कामयाब होती है और वे उस कार को अपना लेते हैं। पचास बड़े आदमी उस कार को खरीदते हैं तो मानकर चलिए कि साल में पाँच हजार दूसरे लोग देखा-देखी वही कार खरीदेंगे। और हो सकता है कि वह कार भारत में बाजार पकड़ ले। सो, बाजार पकड़ने में इस सुंदरी की भूमिका से इनकार नहीं किया जा सकता। कार तो फिर भी दो लाख से लेकर अस्सी लाख तक की होती है। यहाँ तो भाई लोग एक रुपए की चुटकी बेचनेवाले भी मॉडल का इस्तेमाल न करने का खतरा नहीं उठाते।

□

गंगा नहाया धन

धन पर विचार किया जाए, इसके पहले उन सिरफिरों का खयाल बंद कर दीजिए जो कहते हैं कि स्वास्थ्य ही धन है, बुद्धि ही धन है, श्रम ही धन है और संतोष ही धन है। अगर यह सब धन है तब तो दुनिया में कोई ऐसी चीज नहीं है, जो धन न हो। इसमें गाय के गोबर से लेकर मछली की हड्डी तक सबकुछ को शरीक कर लीजिए। मैं गंभीरता से धन पर विचार करना चाहता हूँ। धन कितने प्रकार का होता है, कितने रंगों का होता है, कहाँ से आता है, कहाँ जाता है, कैसे घटता है, कैसे बढ़ता है—ये सब गंभीर सवाल हैं। बल्कि कहिए कि पहेलियाँ हैं। क्या यह छोटी पहेली है कि किसी ब्रीफकेस में रखे दो लाख रुपए के साफ-सुथरे नोटों को कोई काला कहे ? साफ-सुथरे बैंक के कंप्यूटर खाते में सूरज मंडल के ५२ लाख रुपए को काला धन या हवाला धन या रिश्वत का धन या दागदार धन कहने का क्या औचित्य है ? मेरी राय तो यह है कि धन को धन ही रहने दो कोई नाम न दो, कोई इलजाम न दो। धन संग्रहणीय है, सम्माननीय है और मैं तो कहूँगा कि पूजनीय है। पूजनीय धन को काला धन कहना धन की मानहानि करना है।

सफेद धन बड़ी मुश्किल चीज है। आप पाँच लाख रुपए कमाएँ, तब जाकर एक लाख रुपए का सफेद धन बनता है। तब आप ऐकिक नियम से बताइए कि सूरज मंडल बावन लाख रुपए का सफेद धन के लिए कितना कमाते ? वह क्यों बताएँ कि यह धन कहाँ से आया। लोग कहते हैं कि प्रधानमंत्री ने वोट खरीदकर अपनी सरकार बचाने के लिए झारखंड मुक्ति मोर्चा के चार सांसदों को भारी रकम दी। बैंक के खाते गवाह हैं, उनकी परची गवाह है, अविश्वास प्रस्ताव और बैंक की परची की तारीखें गवाह हैं, बूटा सिंह गवाह हैं; जो कहते हैं कि वह इन

सांसदों को ले गए थे। यह एक ख्वाहमख्वाह की कोशिश है। धन बैंक में है। इसी से साफ है कि वह सफेद धन है। बैंकवाले तब तक इतनी बड़ी रकम जमा नहीं करते जब तक कि नोट निरमा से धुले न हों। एक बार बैंक में गया तो मानकर चलिए कि धन गंगा नहाया था।

आप जहाँ कहीं भी रुपया देखते हैं, वह असल में यात्रा पर होता है। बिलकुल पानी की तरह। पानी भाप बन जाता है, बादल बनता है, पहाड़ों में बर्फ बन जाता है; पिघलता है, नदी में आ जाता है, बादल से सीधे भी बरस जाता है। मेरे बाथरूम में आ जाता है। बहकर या तो भाप बन जाता है या जमीन में चला जाता है। धन का भी चरित्र कुछ ऐसा ही है। यह जेब में जाता है, बाजार में जाता है, बैंक में जाता है। धन एक ऐसी भी नस्ल होती है जो बैंक में जाती ही नहीं, दूसरा रूट पकड़ लेती है। रिश्वत में चली जाती है। राजनीतिक चंदे के मारफत चुनाव में चली जाती है। चुनाव के मारफत इस धन का केंद्रीयकरण और विकेंद्रीयकरण हो जाता है। वह फिर बैंक-बाजार का रूट पकड़ लेता है।

रिश्वत में सफेद धन वर्जित है। आपने कभी नहीं सुना होगा कि किसी ने चैक से रिश्वत दी या ली हो। सारी दुनिया दो भागों में विभाजित है—एक भाग है रिश्वत देनेवालों का और दूसरा रिश्वत लेनेवालों का। दोनों में से किसी से पूछ लीजिए कि आपने कभी चैक से रिश्वत दी या ली ? कुछ लोग मानते हैं कि दुनिया में दो अन्य प्रकार के लोग भी हैं। एक तो वे जो रिश्वत लेने को तैयार हैं, मगर उन्हें कोई रिश्वत देता नहीं। दूसरे वे जो रिश्वत देने को तैयार हैं, मगर उनके पास रिश्वत देने की हैसियत नहीं। यह भी जानते हैं कि बैंक में रिश्वत नहीं जमा कराई जाती। चैक और रिश्वत की राशियाँ अलग-अलग हैं। मगर हिम्मती होते हैं वे लोग जो रिश्वत में मिली राशि को बैंक में जमा करा देते हैं। सूरज मंडल ऐसे ही योद्धा हैं। हवाला युग में रिश्वत को अवैध नहीं मानना चाहिए। अब वक्त आ गया है जब रिश्वत को विधि-सम्मत, नैतिकता-सम्मत आर्थिक गतिविधि का दरजा मिल जाना चाहिए। जो लोग रिश्वत लेने-देने के दायरे में नहीं आते, उनको अच्छा नागरिक कैसे मान लिया जाय। जैसे घर में कुछ कपूत होते हैं, उसी तरह समाज में कुछ कुनागरिक होते हैं। इन कुनागरिकों को अब ज्यादा दिन बरदाश्त नहीं किया जा सकता।

□

रेजर की जगह लेजर

❖

करोड़ों महिलाएँ और लाखों पुरुष ब्रिटेन की एस.एल.एस. लिमिटेड को धन्यवाद देंगे, क्योंकि इसने ऐसी लेजर विधि का आविष्कार कर लिया है, जिससे मनुष्य के शरीर के बाल जड़-मूल से खत्म हो जाते हैं। लेजर जड़ पर ही प्रहार करता है और बाल निर्मूल वृक्ष की तरह निकल आता है। दुनिया भर में, विशेषकर विकसित देशों में, यह धारणा है कि चिकनी टाँगें औरतों को ज्यादा सुंदर बनाती हैं। चिकनी टाँगों के इर्द-गिर्द अरबों रुपयों के उद्योग चल रहे हैं। क्यों चल रहे हैं, मुझे नहीं मालूम। उन बालों को तरह-तरंह से हटाने के तरीकों का आज भी इस्तेमाल किया जाता है। लेकिन बाल सदाबहार फसल की तरह बार-बार निकल आते हैं। बाकी फसलें चाहे मौसम के हिसाब से आती हों, मगर बाल एक ऐसी फसल है जो चौबीस घंटे, तीसों दिन, बारहों महीने आती रहती है। बिना खाद-पानी के बालों की फसल हर क्षण बढ़ती रहती है। बाल के लिए शरीर के उपजाऊ प्रदेशों में चेहरे की जमीन भी है। कई भाई लोग रोजाना दाढ़ी बनाते हैं और कई दिन में दो बार। एक सुबह ऑफिस जाते समय और दूसरी शाम को पार्टी में जाते समय। पार्टी में जाते समय दाढ़ी क्यों बनाते हैं, इसकी सफाई मैं नहीं दे सकता। जो बनाते हैं वही दें।

मनुष्य समाज के लिए बढ़ते बालों की समस्या एक विकट चुनौती थी। लेजर विधि से दो-चार साल में अवांछित इलाकों की इस फसल से मुक्ति पाई जा सकेगी। टाँगों को चिकना रखने की समस्या भी स्थायी रूप से एक बार के इलाज में ही खत्म हो जाएगी। मगर इस आविष्कार के कुछ प्रतिकूल प्रभाव पड़ेंगे। दाढ़ी और टाँगों के इर्द-गिर्द जो उद्योग पनपे-फैले हैं, उनका ह्रास होने लगेगा। बाजार में

इस समय तिरासी किस्म के सेफ्टी रेजर बिक रहे हैं। मैं उनके भविष्य को लेकर चिंतित हूँ। बड़े-बड़े होटलों में और चीजों के अलावा ऐसा सेफ्टी रेजर भी मिलता है जिससे अतिथि एक बार दाढ़ी बनाता है और कूड़ेदान में फेंक देता है। कई ऐसे रेजर भी मिलते हैं, जिनमें एक के बजाय दो ब्लेड लगे हाते हैं। उनका दावा है कि जो नामुराद बाल पहले ब्लेड की धार से धराशायी नहीं होता वह दूसरे से तो बच ही नहीं सकता।

लेजर विधि के आने से मैं एक खतरा और देख रहा हूँ। भविष्य में क्रांति नहीं हो पाएगी। अब तक जितनी क्रांतियाँ हुई हैं, वे दाढ़ीदार लोगों ने की हैं। चाहे वह मार्क्स हों या मुहम्मद साहब हों। जो भी क्रांति करना चाहता है, वह दाढ़ी जरूर बढ़ाता है। यहाँ तक कि सीमित क्रांति चाहनेवाले चंद्रशेखर भी छोटी ही सही, पर दाढ़ी जरूर पालते हैं। ये जो तरह-तरह की दाढ़ियाँ हम देखते हैं ये दाढ़ियाँ नहीं हैं। ये उतनी ही तरह की क्रांतियों के सपने हैं। लेजर विधि के आविष्कार का दाढ़ी-मूँछ पर क्या असर होगा, यह अभी पूरी तरह साफ नहीं है। सेफ्टी रेजर के आविष्कार से आज मूँछों पर जो संकट आया है उसका अनुमान प्रायः लोगों को है। आप सड़क पर निकल जाइए। ज्यादातर चेहरों से मूँछें गायब पाएँगे। जाहिर है, रेजर ने ही यह मूँछ-हरण किया है। लेजर विधि अपनाने से दाढ़ी-मूँछ सर्वदा के लिए विदा हो जाएगी। लेजर का आगमन दाढ़ी-मूँछ का विदाई समारोह होगा।

यह विज्ञापन भी बड़ी विचित्र चीज है। एक तरफ यह बालों के जड़-मूल से विनाश की विधि बता रहा है तो दूसरी तरफ बाल प्रत्यारोपण की विधियों का भी आविष्कार कर रहा है। कुछ लोग गंजत्व प्राप्त कर लेते हैं। उम्र आने पर या तो बाल सफेद हो जाते हैं या गंजत्व प्राप्त हो जाता है। बाज लोगों पर दोनों एक साथ ही घटित हो जाता है। उनकी समस्या होती है कि बालों की फसल खोपड़ी की सर-जमीन पर कैसे उगाई जाए। सो विज्ञान इसमें भी लगा है। मेरा कहना है कि विज्ञान अपनी भूमिका तय कर ले। वह बालों का शत्रु है या मित्र। यह क्या नीति हुई कि विज्ञान बाल उखाड़ने में भी लगा है और उगाने में भी।

□

होली का नायिका भेद

प्रधानमंत्री नरसिंह राव ने इस बार होली नहीं खेली। कहा गया--डबवाली में इतने सारे बच्चे मर गए, ऐसे में प्रधानमंत्री ने होली नहीं खेलने का निर्णय किया है। मगर मैं इस तर्क और कारण से सहमत नहीं हूँ। मुझे लगता है कि जिस आदमी ने हवाला खेला हो उसे होली खेलने की क्या जरूरत? हमारे देश में कीचड़ से होली खेलने की परंपरा रही है। प्रधानमंत्री ने तो महीनों पहले से अपनी सरकार के पवित्र कीचड़ से हवाला होली खेलना प्रारंभ कर दिया था। खेलते-खेलते वह थक गए थे। होली खेलने की जान नहीं रही, सो न खेलने का फैसला कर लिया। जिस देश का प्रधानमंत्री किसी घटना के कारण होली न खेले, एक अरब से ज्यादा आबादीवाले इस देश में कम-से-कम सौ तो उनके जैसे अनुयायी होने चाहिए थे, जो अपने नेता के तर्ज पर होली न खेलते। मगर सबने होली खेली। अलबत्ता रंगों के चयन में जरूर प्रधानमंत्री के नेतृत्व का बड़ा असर नजर आया।

होली के दौरान पीले, लाल, गुलाबी रंगों के मुकाबले काले और गहरे हरे रंग ज्यादा चले। मैं आश्चर्य करता रहा कि लोग एक-दूसरे के चेहरे पर काला रंग क्यों पोत रहे हैं। असल में, काला रंग समानता पैदा कर देता है। गोरे, साँवले और काले सब चेहरे काले हो जाते हैं। कालिख पोतने के होली के कंपीटिशन का हवाला साम्य बहुत प्रकट था। होली आई और चली गई। जाते-जाते चेहरों पर से काली परत भी उतार गई। न मैंने उसके आने का बुरा माना और न उसके जाने का। क्योंकि 'बुरा न्र मानो होली है'—यह उसका मूल मंत्र है। इसी तर्ज पर कहा जा सकता है कि 'बुरा न मानो हवाला है'।

होली कामदेव का पर्वदिन है। इसे मदनोत्सव भी कहते हैं। इस छोर पर यह

नर-नारी संबंधों से भी जुड़ा है। लगे हाथ हमने होली की नायिकाओं का वर्गीकरण कर डाला। यह नायिका भेद हस्तिनी, हिरणी और खरगोशवाला शारीरिक नायिका भेद नहीं है। यह मानसिक नायिका भेद है। एक प्रकार की होली की नायिकाओं को मैं राजनयिक नायिकाएँ कह सकता हूँ। कोई रंग का टीका लगाए तो वह भी टीका लगा देंगी। कोई पूरा चेहरा रँग दे तो वे भी उतना ही रँग देंगी। कोई उससे आगे बढ़ जाए तो वे भी उससे आगे बढ़ने में नहीं चूकेंगी। बिलकुल हिंदुस्तान पाकिस्तान के तर्ज पर यह राजनयिक होली खेलती देखी गई। हिंदुस्तान पाकिस्तान की बम की जासूसी करता है, पाकिस्तान हिंदुस्तान की। राजनयिक होली में बमों की जासूसी का तर्ज भी कुछ-कुछ वैसा ही होता है। जासूसी भी कर लें और पता भी न चले।

तीसरी तरह की नायिकाएँ होली कुछ यों खेलती हैं मानो मॉडलिंग कर रही हों। दिल्ली के पाँच सितारा होटलों में आएदिन फैशन शो होते रहते हैं। मॉडल्स फैशन शो की परेड में उतरती हैं। मुझे आज तक समझ में नहीं आया कि वे कपड़े और फैशन का प्रदर्शन करती हैं या अपने शरीर का। उनके कारण फैशन बिकते हैं या फैशन के कारण मॉडल के बाजार भाव बढ़ जाते हैं। ऐसी नायिकाएँ होली में खास कपड़े पहनती हैं। कुछ खास जगहों पर कुछ खास रंग डालकर घर से ही निकलती हैं। ये नायिकाएँ होली नहीं खेलतीं, होली दिखाती हैं। दिखाते-दिखाते कोई स्वर्गीय नायक मिल जाए और वह दस-बीस ग्राम होली खेल ले तो बात अलग है।

एक और किस्म की नायिका होती है। इस नायिका में स्कूल टीचर घुसी होती है। वह होली खेलते समय भी ऐसे खेलो, ऐसे मत खेलो, यहाँ लगाओ, यहाँ मत लगाओ, यह रंग नहीं, वह रंग, पिचकारी नहीं, पानी नहीं, रंग बाल में नहीं जैसे निर्देश देती जाती है और होली खेलती जाती है। आजकल हर मुहल्ले में दो-चार नग माधुरी दीक्षित, एक-दो काजोल और दो-तीन मनीषा कोइराला होती हैं। तन-मन से अभिनेत्री, चाल-ढाल से अभिनेत्री, वेशभूषा से अभिनेत्री। इस होली में हमने अपने मुहल्ले की मनीषा कोइराला को होली खेलते देखा। उसके वस्त्र मजबूत धागों के प्रमाण-पत्र थे। कुछ नायिकाएँ जींस पहने हुए, रंगों से लैस आक्रामक मुद्रा में घूमती देखी गईं। सी.बी.आई. छापे की शैली में उनका छापा भी पड़ता। मर्द रिजर्व में पीछे रहते। नायिकाएँ जिस-जिस पर जो-जो रंग डालना चाहतीं, डालकर चली आतीं। इन्हें होली की सी.बी.आई. शैली की नायिकाएँ कह सकते हैं।

□

तो तुम भी हो हवाला

टेली व्यंग्यकार जसपाल भट्टी उलटा-पुलटा के उस्ताद हैं। उन्होंने अभी उस दिन चंडीगढ़ में 'हवाला पार्टी' की स्थापना की घोषणा की। मालूम नहीं ऐसी झूठी घोषणा उन्होंने क्यों की। कई हवाला पार्टियों की स्थापना बहुत पहले हो चुकी है। इतनी सारी हवाला पार्टियों के होते नई हवाला पार्टी बनाने की उनको क्यों सूझी? लेकिन जब कार्यक्रम देखा तो मुझे लगा कि उनका हवाला पार्टी बनाना प्रासंगिक है। पार्टी का एकसूत्री कार्यक्रम यह है कि एक-एक ईमानदार राजनेता को राजनीति से बाहर कर दो। हर साफ-सुथरे अफसर की छुट्टी कर दो। देश से ईमानदारी का नाम मिटा दो। सफेद-झक खादी में भट्टी और भट्टी के साथी गेंदे की फूलमालाएँ पहने हुए थे। भट्टी उन तमाम राजनेताओं पर तरस खा रहे थे, जिनके नाम जैन की डायरी में नहीं हैं। उन्होंने अपनी पार्टी के चुनाव चिह्न की घोषणा कर दी। डायरी उनका चुनाव चिह्न होगा। उन्होंने यह भी कहा कि जैन डायरी में जिन नेताओं के नाम हैं, वे सब हवाला पार्टी के संस्थापक सदस्य बन सकते हैं।

मैं भट्टी के कार्यक्रम से बहुत प्रभावित हूँ। इसलिए नहीं कि यह कार्यक्रम नया है। अर्थशास्त्र में खोटे सिक्के खरे सिक्कों को निकालते रहते हैं। ऐसा एक सिद्धांत भी है। राजनीति में भी यही होता है। बल्कि हवाला कांड की चार्जशीट में भी यही हुआ है। आडवाणी जैसे साफ-सुथरे आदमी को चार्जशीट देकर यही किया गया। उनके जैसा गैरतमंद आदमी वही कर सकता था, जो उन्होंने किया। उन्होंने आरोपमुक्त होने तक चुनाव न लड़ने का फैसला किया—अर्थात् वे संसद् में अब आजीवन नहीं जा सकेंगे। वह लगभग सत्तर साल के हैं। हमारे यहाँ ऐसे

मुकदमे दस-पंद्रह साल तक चलते हैं। जब तक मुकदमा चलेगा, वह चुनाव नहीं लड़ेंगे। वह वचन तोड़नेवाले नेता नहीं हैं। समझिए, वे आउट हो गए। असली हवालावाले लोगों को हलवा खाने से कोई नहीं रोक सकता। अब तो भ्रष्टाचार के जितने भी कांड होते हैं, सौ-पचास करोड़ से कम के नहीं होते। कोशिश यह है कि हम भी हैं हवाला तो तुम भी हो हवाला।

जसपाल भट्टी ने डायरी चुनाव चिह्न रखा है, उनकी मरजी। उनकी पार्टी है, आखिर हम क्या कर सकते हैं? जब इला अरुण ने 'वोट फॉर घाघरा' में घाघरे को चुनाव चिह्न बनाया तब हमने क्या कर लिया? अच्छा होता कि जसपाल भट्टी अपनी हवाला पार्टी का चुनाव चिह्न 'ब्रीफकेस' रखते और पार्टी के कोषाध्यक्ष पद पर या तो एस.के. जैन को रख लेते या हर्षद मेहता को। ईमानदार व्यक्तियों से देश को खाली करा लेने के चालू कार्यक्रम में जसपाल भट्टी की हवाला पार्टी को कितनी सफलता मिलेगी, मुझे मालूम नहीं; क्योंकि असली हवाला पार्टियों पर भट्टी के व्यंग्य का कोई असर नहीं हो सकता। नक्कारखाने में तूती का क्या हश्र होता है? असली हवाला राजनेता बड़ी मोटी खाल का होता है। व्यंग्य की तलवार उसके पास नहीं फटकती। व्यंग्य की चिंता करेगा तो पैसा क्या खाक बनाएगा?

ईमानदार लोगों को निकालने का काम तो बहुत पहले से चल रहा है। जब सन् १९६९ में मोरारजी देसाई और कामराज सरीखे लोग निकाल दिए गए, तभी इसकी शुरुआत हो चुकी थी। राजनीति में ईमानदार लोगों की गुंजाइश निरंतर घटती जा रही है। अब तो प्रशासनिक अफसरों में भी ईमानदार लोगों को किनारे करके चलने का चलन मुख्यमंत्रियों ने अपना लिया है। मानकर चला जा रहा है कि ईमानदारी और राजनीति की राशि नहीं मिलती। मालूम नहीं कि जसपाल भट्टी ने अपनी हवाला पार्टी में सक्रिय सदस्यता का कोई प्रावधान रखा है या नहीं। मगर राजनीतिक दलों में तो वही सक्रिय सदस्य हो जाता है, जो ईमानदार लोगों को परे धकेलने में माहिर होता है। धकेलता-धकेलता वही सक्रिय बच जाता है, बाकी सब पीछे छूट जाते हैं।

□

ग्रास रूट हवाला

❖

मिल्क टेक्नोलॉजी के मामले में भारत में संतोषजनक प्रगति हो रही है। यह प्रगति दूध क्रांति के कारण हुई है या दूध क्रांति इस प्रगति के कारण हुई है, कहा नहीं जा सकता। दूध में मिलावट बड़े दकियानूसी ढंग से होती थी। कुछ लोग दूध में पानी मिला देते, कुछ लोग पानी में दूध मिला देते थे। जैसे भी संभव होता था, जनता की सेवा करते थे। पहले दूध उत्पादन का सारा उत्तरदायित्व गाय और भैंस जैसे जानवरों का था। अब यह कार्यभार गैरजानवरों पर भी आ गया है। अलवर मिल्क को-ऑपरेटिव फेडरेशन के प्रबंध व्यवस्थापक डी.एल. बहल ने एक अखबार को बताया है कि कुछ सेवाभावी किसान कैसे इस कार्यभार को वहन करते हैं। ढाई सौ ग्राम तेल में बीस मि.ली. कपड़ा धोने का पाउडर और सौ ग्राम यूरिया (खेतों में पड़नेवाली खाद) तथा पच्चीस ग्राम चीनी को मिलाकर इलेक्ट्रॉनिक मिक्सर में डाल देते हैं। मिक्सर चलता है और दूध का पेस्ट तैयार हो जाता है। यथा आवश्यकता पानी मिलाकर दूध बन जाता है। यही दूध वे अनेक माध्यमों से दिल्ली भेज देते हैं और पॉलीपैक में बंद होकर यह उपभोक्ताओं के पास गाय-भैंस के दूध की तरह वितरित कर दिया जाता है। इसका निर्माण व्यय दो रुपए लीटर पड़ता है और दिल्ली के बाजार में यह चौदह-पंद्रह रुपए लीटर के भाव से बिक जाता है।

दूध के निर्माण की इस अनोखी टेक्नोलॉजी का आविष्कार किसानों ने कैसे किया? सच पूछिए तो किसानों से जानवरों के पेट की बात नहीं छिप सकती। गाय-भैंसों को खली दी जाती है। खली में तेल होता है। खली पेट में जाकर दूध बनाने में अपना योगदान करती है। गाय-भैंसों को चारा दिया जाता है। चारा खेत

में उपजता है। इसमें यूरिया जैसी खाद की भूमिका होती है। किसानों ने सोचा कि तेल और यूरिया से अगर गाय दूध दे सकती है तो सीधे इससे दूध क्यों नहीं बनाया जा सकता? दूध का रंग बिलकुल सफेद होता है। जरूर गाय-भैंसों के पेट में धुलाई की कोई व्यवस्था होगी। सो वे डिटर्जेंट भी सीधे डाल देते हैं। गाय-भैंसों के दूध को मीठा करने के लिए अनेक खाद्य सामग्रियों से चीनी बनानी पड़ती होगी। सो बनी-बनाई चीनी को सीधे इस्तेमाल कर लेने से उस दूध में मिठास आ जाती है। इस विधि से तैयार दूध को गाय के दूध के साथ आधा-आधा मिला लेने से प्रति किलो बारह रुपए का तो नहीं, परंतु छह रुपए का लाभ तो जरूर होगा। सो बड़े पैमाने पर दूध की नई टेक्नोलॉजी का इस्तेमाल हो रहा है।

दूध को जाँचने की विधियाँ होती हैं। लेकिन लैक्टोमीटर की पकड़ से बचने का इस नए प्रकार के दूध में पूरा इंतजाम है। तेल के इस्तेमाल के कारण 'फैट' या वसा तत्त्व कृत्रिम दूध में मौजूद होता है। चीनी, यूरिया और डिटर्जेंट बाकी संतुलन बनाए रखते हैं। लैक्टोमीटर बेचारा बेवकूफ बन जाता है। दिल्ली के बाबुओं को सुबह जल्दी होती है। एक गिलास गरम दूध को गले के नीचे उतारकर वे बस पकड़ने को दौड़ जाते हैं। मुझे मालूम नहीं कि इस दूध का दही बनता है या नहीं। पर किसान जब दूध बनाने में कामयाब हो गए हैं तो दही का भी कुछ तो इंतजाम किया ही होगा। दिल्ली और बड़े शहरों में रहनेवाले लोग भाग्यशाली हैं कि जिन्हें इस नए प्रकार के दूध का आनंद सबसे पहले मिलता है। गाँवों तक यह दूध पहुँचते-पहुँचते पहुँचेगा। गाय-भैंसें तो दकियानूसी ढंग से तैयार करती हैं। बड़े शहरों के आस-पास के ये किसान बड़े वैज्ञानिक ढंग से दूध बनाकर मानवता की सेवा कर रहे हैं। बिहार के पशुपालन घोटाले को हवाला की तर्ज पर गवाला कहा जाता है। ज्यादा उचित होता कि इस कृत्रिम दूध घोटाले को गवाला कहा जाता। लेकिन वह नामकरण पहले हो चुका है। इसलिए इसे दूध हवाला कहना उपयुक्त होगा। इस हवाला युग में दूध जैसी जरूरी चीज का घोटाला न होता तो एक अभाव खलता रहता। सौभाग्य की बात है कि यह अभाव अब नहीं खलेगा। ऊपर से नीचे तक हर जगह हवाला-ही-हवाला है। हवाला शिखर से चला और ग्रास रूट लेवल तक पहुँच गया है।

□

खाते-पीते खाते

पिछले एक महीने से मैं अपने बैंक में जाता हूँ और बैलेंस पूछता हूँ। हर बार कंप्यूटरवाली लड़की वही पंद्रह-सोलह हजार का बैलेंस बता देती है। मैं हैरत में हूँ कि मेरा बैंक बैलेंस बढ़ क्यों नहीं रहा? दूसरों के खाते में लोग लाखों रुपए जमा करा देते हैं। मेरे खाते के साथ यह संयोग क्यों नहीं होता? मुझे अपनी गलती नजर आ गई। मैंने गलत बैंक में खाता लिया है। मैंने अगर पंजाब नेशनल बैंक की नौरोजी नगर की शाखा में खाता खुलवाया होता तो अब तक मेरे खाते में भी कुछ नहीं तो पच्चीस-तीस लाख की बरकत जरूर हो जाती। झारखंड मुक्ति मोर्चे के सूरज मंडल, शिबू सोरेन, साइमन मरांडी और शैलेंद्र महतो के खाते में कोई आकर करोड़ों की रकम जमा करा गया और इन बेचारों को मालूम तक नहीं कि रकम कहाँ से आई? सिर्फ यह मालूम है कि यह पार्टी के लिए थी और राजनीतिक काम-काज में खर्च होनी है।

चारों के खातों में रकम एक ही दिन—१ अगस्त, १९९३ को जमा कराई गई। उसके दो दिन पहले झारखंड मुक्ति मोर्चे के इन सदस्यों ने अविश्वास प्रस्ताव पर प्रधानमंत्री का साथ दिया। पहले प्रधानमंत्री के खिलाफ वोट देने वाले थे। मगर अज्ञात कारणों से यह फैसला बदल गया। कई बार ज्ञात और अज्ञात के बीच विभाजन रेखा कितनी पतली होती है। मन जो जानता है, जीभ उसे नहीं जानती। जीभ जो बोलती है, मन से पूछकर थोड़े ही बोलती है। देखिए न, इन चारों की कितनी बड़ी विडंबना है! इनके खाते में रकम आ गई। इन्हें मालूम तक नहीं कि यह क्यों आई, कहाँ से आई, किसने जमा कराई और क्यों जमा कराई? ये ठहरे भोलेभाले वनवासी। इन्हें तो अपने सरकारी मकान का पता तक नहीं याद था। याद

होता तो भला ये खाता खोलते समय एम-१२, ग्रीन पार्क का पता क्यों लिखाते ? जो भलामानस उस मकान में रहता है उसको भी नहीं मालूम कि कोई चार सांसद कल्पनालोक के एम-१२, ग्रीन पार्क में रहते हैं। वह भी मेरी तरह सोचता होगा कि काश, उसका खाता भी पंजाब नेशनल बैंक में होता। पता तो उसका उस बैंक में था ही, सिर्फ खाता ही नहीं था। काश कि मकानों के भी खाते होते!

मैं उस फरिश्ते से मिलना चाहता हूँ, जिसने यह रकम जमा कराई है। मैं नहीं पूछूँगा कि वह रकम लाता कहाँ से है। वह चाहे तो प्रधानमंत्री के घर से ही लाए। चाहे तो एस.के. जैन के बयान में प्रधानमंत्री को उन्हीं दिनों जो तीन करोड़ देने का उल्लेख है, उसी में से लाए। मुसीबत में वो डालते हैं, जो ऐसे सवाल पूछते हैं। मैं घोषित करता हूँ कि मेरे खाते में जो रकम जमा कराई जाएगी उसे मैं पढ़ाई-लिखाई में खर्च करूँगा। वे राजनेता हैं, राजनीतिक कामों में खर्च करते हैं। मैं पत्रकार हूँ, लिखने-पढ़ने, खाने-पीने में खर्च करूँगा। इस प्रकरण में मुझे दो बातें अच्छी लगीं। इन सांसदों में से तीन ने अपनी-अपनी पत्नियों के साथ संयुक्त खाते खोले हैं। एक तो अच्छी बात यह है कि झारखंडवाले पार्टी का पैसा व्यक्तिगत खातों में रखते हैं और व्यक्ति का खाता पत्नी के साथ संयुक्त होता है। पार्टी, व्यक्ति और परिवार की इतनी एकात्मकता और कहाँ देखने को मिल सकती है ? जो धन पार्टी का है, वह व्यक्ति का है।

अगर झारखंड मुक्ति मोर्चे के इन चार सांसदों ने वोट नहीं दिया होता और एक वोट से सरकार गिर गई होती तो देश का कितना बड़ा नुकसान हुआ होता। सरकार चली गई होती उसके बाद जितने कांड हुए हैं, उनका लाभ भी देश को नहीं मिलता। अकेले चीनी घोटाले में आम जनता को कोई पाँच हजार करोड़ का नुकसान हुआ। इस सुखद अनुभव से देश के लोग वंचित रह जाते। चीनी पंद्रह रुपए किलो है तो कितनी मीठी लगती है! क्या दस रुपए किलोवाली चीनी भी इतनी ही मीठी लगती ? सूरज मंडल अच्छे आदमी हैं। उन्होंने वोट दान करके राव सरकार को बचाया, यह अच्छा किया। और भी अच्छे काम किए हैं उन्होंने। अपना सरकारी मकान भी दान कर दिया था। उसके बदले में सिर्फ पंद्रह हजार रुपए महीना लेते थे और खुद हेली रोड पर कोल इंडिया लिमिटेड के गेस्ट हाउस में वर्षों तक मेहमान होते थे। एक तो कोल इंडिया पर उपकार किया और दूसरे किराएदार पर। जो लोग इतने परोपकारी हों, वे राव पर या राव उनपर मेहरबान हो जाएँ तो आश्चर्य क्या है!

□

बनो करोड़पति, मगर…

❖

वह करोड़पति बनना चाहता था। कौन नहीं चाहता करोड़पति बनना? क्या यह कोई गलत आकांक्षा है? मगर विनय की मुश्किल यह थी कि वह कद-काठी में तो छह फीट था, मगर पिछले साल दसवीं की परीक्षा पास नहीं कर सका। उसको चिंता होने लगी कि आखिर दसवीं फेल करोड़पति की परीक्षा में कैसे पास हो सकता है। एक बात और थी, वह एक रात में करोड़पति बनना चाहता था। यह और भी बड़ी शर्त थी। विनय अपने पिता की गाजियाबाद स्थित वैल्डिंग की दुकान पर मेहनत-मशक्कत करके सौ पर एक-एक करके शून्य लगाने के रास्ते को असंभव या समयसाध्य मानता था। सवाल था—झटपट करोड़पति कैसे बने? अचानक एक दिन मीट खरीदते समय उसकी नजर कवि नगर में अपेक्षया सुनसान स्थान पर बने बैंक पर गई। यह समझने के लिए कि बैंक में करोड़ों रुपए होते हैं, वहाँ किसी मनमोहन सिंह की जरूरत नहीं होती। यह तो विनय को भी मालूम था।

विनय एक दिन बैंक गया और उसने बैंक का नक्शा तथा खजाने का दरवाजा वगैरह देख लिया। बैंक लूटने की प्रेरणा उसमें मौजूद थी। ऐसी प्रेरणा अकसर फिल्में ही देती हैं। विनय को भी अंग्रेजी से हिंदी में डब की गई एक फिल्म से यह प्रेरणा मिली थी। यह फिल्म उसने कुछ ही दिन पहले देखी थी। अब क्या था? उसके पास करोड़पति बनने की अदम्य आकांक्षा थी, फिल्म की प्रेरणा थी। अपेक्षया सुनसान में बैंक था और टेक्नोलॉजी उसने बाप की दुकान से सीख ली थी। ऑक्सीजन सिलेंडर और कटर से वह लोहे की सलाखों को काट सकता था। शारीरिक शक्ति थी। २६ जनवरी का गणतंत्र दिवस का शुभ मुहूर्त उसके सामने था।

उसने मॉडल टाउन से एक गैस एजेंसी से एक सिलेंडर खरीदा। बाजार से

कटर लिया। रिक्शे पर सिलेंडर लादा। बैंक के दरवाजे पर रिक्शा लगा दिया। बैंक से निकलनेवाली लाईट को तिरपाल से ढक दिया। लोहे के दरवाजे को काटकर भीतर घुस गया। छुट्टी का दिन था। मालूम नहीं बैंक की सुरक्षा व्यवस्था क्या कर रही थी। वह खजाने के दरवाजे तक पहुँच गया। खजाने का दरवाजा वह नहीं काट सका। सायरनवाली पुलिस की गाड़ी आस-पास घूम रही थी। उसकी आवाज से वह चौंका और भाग निकला। सुबह बैंक खुला तो प्रबंधक ने रिपोर्ट लिखाई। मगर पंछी उड़ चुका था। गैस सिलेंडर के नंबर से विनय का पता चला। वह घर से भागा हुआ था। मगर पकड़ा गया।

सवाल है मैट्रिक फेल होनेवाले बालक के मन में करोड़पति बनने की अदम्य आकांक्षा कहाँ से पैदा होती है? हर इलाके में ऐसे फेल होनेवाले लोग जब करोड़पति बन रहे हों तो खयाल क्यों नहीं आएगा? लोग फिल्में देखते हैं। लंबी-लंबी कारें, हवाई जहाज की उड़ान, सजी-धजी पार्टियाँ, भरी-पूरी आकर्षक खाने की टेबलें, मदिरा मगन ऐशो-आराम में डूबे लोग—यह बिंब आज दसवीं फेल भी देखता है और आठवीं फेल भी। ऐसे में रातोरात करोड़पति बनने की नपुंसक आकांक्षाओं का विस्फोट कोई अस्वाभाविक बात थोड़े ही है। बैंक डकैती, अपहरण फिरौती, बसों और रेलों की लूटपाट, चोरी-चकारी सबके लिए अनुकूल मानसिक माहौल है। समाज और सिनेमा में रोजाना इसके प्रशिक्षण के उदाहरण पैदा किए जाते हैं।

ऐसे अपराधों की संख्या में दस गुना से सौ गुना बढ़ोतरी भी हो तो आश्चर्य नहीं करना चाहिए। खासकर तब जब धारणा यह है कि चोर तो चोर है ही, सिपाही भी चोर है। अफसर भी चोर है। ऊपरवाले भी चोर हैं, नीचेवाले भी चोर हैं। दुनिया में सब चोर-चोर। तो भला चोरी से क्या परहेज? मेहनत क्यों की जाए? माथा क्यों पचाया जाए? दिमाग क्यों लड़ाया जाए? रात-दिन एक क्यों किया जाए? एक-एक सीढ़ी क्यों चढ़ा जाए? किसी करामात से हिमालय की बुलंदी क्यों न हासिल कर ली जाए? रात एक हो और करोड़पति बनने की कामना हो तो दो तरीके हो सकते हैं। एक तो वह करोड़पति होने का सपना देख ले या फिर बैंक लूट ले। मगर बैंक लूटना अगर आसान होता तो देश में लाखों बैंक शाखाओं में से आज एक न बची होती। अंत में लुट जाते हैं वही, जो लूटने की कोशिश करते हैं।

□

अस्पताल बीमार नहीं होते

अकसर अखबारों में अस्पतालों के बीमार होने के शीर्षक देखता हूँ। लगता है जैसे पाँच-चौथाई अस्पताल बीमार हो गए हों। मुझे समझ में नहीं आता कि अस्पतालों को बीमार कैसे कहा जा सकता है? अगर साधन नहीं हैं, दवा नहीं हैं, डॉक्टर नहीं हैं तो इन अस्पतालों को भूखा कहा जा सकता है। अगर कोई आदमी गंदे कपड़े पहने हुए है, साफ नजर आ रहा है कि उसने स्नान नहीं किया है, नाखून बढ़े हैं; बाल बिखरे हैं तो आप उसे गंदा कह सकते हैं, बीमार तो नहीं कह सकते। मगर लोग ऐसे अस्पतालों को भी बीमार कहते हैं, जहाँ मरीजों की गंदी पट्टियाँ, दवा-दारू की बोतलें, खून के धब्बेवाले कपड़े, ऑपरेशन से निकली गंदगी इधर-उधर बिखरी होती है। एक बार एक कुत्ता ऑपरेशन से काटे गए हाथ को गंदगी के ढेर से उठाकर लिये जा रहा था। अखबार ने ऐसे अस्पताल को बीमार घोषित कर दिया। इसे आप बीमार कैसे कह सकते हैं। वह अस्पताल गंदा हो सकता है। कुछ अस्पताल अपराधी भी हो सकते हैं। मगर उन्हें हम बीमार नहीं कह सकते। अपराधी तो अकसर हट्टे-कट्टे होते हैं।

आज मैं एक अखबार में पढ़ रहा था कि गोवा का सबसे प्रमुख अस्पताल गंभीर रूप से बीमार है। क्या उसे कैंसर हो गया है? मेरे मन में सवाल उठा। पूरा समाचार पढ़ने से पहले सोचता रहा कि जरूर अस्पताल को हार्ट अटैक हो गया होगा। पढ़ने पर पता चला कि गोवा मेडिकल कॉलेज में जीवनदायी दवाओं का अकाल है। और भी बहुत से अभाव हैं। मसलन उसमें इकतालीस एंबुलेंस हैं। लेकिन उनमें से तीस ऐसी हैं जो एंबुलेंस भी हैं और जीप भी हैं। सो अस्पताल के कर्ता-धर्ता उनको जीप की तरह ज्यादा इस्तेमाल करते हैं। एंबुलेंस की तरह

इस्तेमाल नहीं होने देते। बचीं ग्यारह, वे बूढ़ी हो चली हैं। फिर उनके लिए महीने का साठ लीटर डीजल का कोटा निर्धारित है। प्रतिदिन दो लीटर में एंबुलेंस कितनी चलेगी? और इसलिए एंबुलेंस सेवा उपलब्ध नहीं है।

अब आप ही बताइए कि अगर अस्पताल के प्रबंधकों की नीयत खराब है और वे एंबुलेंस का जीप की तरह इस्तेमाल करते हैं तो क्या इससे अस्पताल को बीमार कहेंगे? ज्यादा-से-ज्यादा प्रबंधकों की नीयत खराब होने का आरोप लगा सकते हैं। उन्हें चतुर भी कह सकते हैं कि उन्होंने ऐसे रोगी वाहन का प्रबंध किया जो टू-इन-वन था। रोगी वाहन की बुजुर्गियत को बीमारी तो नहीं माना जा सकता। बूढ़ा अगर बीमार है, तभी बीमार कह सकते हैं, वरना वह सिर्फ बूढ़ा है। अगर अस्पताल के पास धन नहीं है तो उसे साधनहीन कह सकते हैं। किसी गरीब आदमी को बीमार तो नहीं कहा जा सकता।

आजकल प्राइवेट अस्पताल अमीर होते जा रहे हैं। कुछ तो इतने अमीर हैं, जैसे ऑपरेशन थिएटर के बाहर रिकवरी रूम बना होता है। वैसे भी कैशियर के काउंटर के पास कायदे से एक रिकवरी रूम होना चाहिए। बिल देखकर और देकर जो आघात लगता है, वह कुछ मिनट के लिए ब्लड प्रेशर बढ़ा देता है। बड़े-बड़े नर्सिंग होम्स में इलाज के अनुभवी एक सज्जन ने मुझे बताया था कि जैसे पेन किलर या दर्दनाशक गोलियाँ या कैप्सूल होते हैं वैसे ही भारी-भरकम भुगतान करने के बाद होनेवाले दर्द के लिए भी किसी दर्दनाशक दवा का आविष्कार होना चाहिए।

इन अस्पतालों में इलाज कराने के लिए पहले विभिन्न बीमारियों के इलाज का खर्च मालूम कर लेना स्वास्थ्य के लिए उपयोगी होता है, फिर अपने बैंक-बटुए का हिसाब करना चाहिए। और उस हिसाब को देखकर बीमारी मोल लेनी चाहिए। जिन बीमारियों का खर्च बरदाश्त नहीं किया जा सकता, मेरी सलाह यह है कि मरीज उन बीमारियों से बीमार ही न हों। यह आप जानते हैं कि वहाँ टीका लगानेवाले विशेषज्ञ डॉक्टर अलग होते हैं और टाँका काटनेवाले अलग, और दोनों के बिल भी अलग-अलग होते हैं। कहावत है कि जितनी लंबी चादर हो, पाँव उतना ही पसारना चाहिए। अगर किसी भी तरह पाँव चादर के अंदर न समा सकें तो फिर पाँव को छोटा करने का ही कुछ प्रबंध करना चाहिए; क्योंकि रबर तो है नहीं कि उसको बढ़ा दिया जाए। बहरहाल, चर्चा चल रही थी कि इन खर्चीले अस्पतालों को अगर हम स्वस्थ अस्पताल नहीं कह सकते तो साधनहीन अस्पतालों को बीमार कैसे कह सकते हैं।

□

झूठों का सरताज

फ्रांस में मोनक्राबू नामक गाँव में सन् १७४८ से लेकर अब तक, अगस्त के पहले रविवार को 'झूठा-महासम्मेलन' होता है। इस वर्ष भी अभी कुछ दिनों पहले हुआ। माइकल नामक एक व्यक्ति को झूठों का सरताज घोषित किया गया। एक सिंहासन पर बैठाकर उसे सड़कों पर घुमाया गया। 'झूठ शिरोमणि' का ताज उसके सिर पर था। यह ताज साल भर तक उसके पास रहेगा। यह मालूम नहीं कि 'झूठ शिरोमणि' के चयन के लिए क्या तरीका अपनाया जाता है। उस गाँव में यह परंपरा कई शताब्दियों से है। जरूर झूठ बोलनेवाले व्यक्ति को झूठों का सरताज बना दिया जाता होगा। इस ताज के फैसले में सच्चाई का बरताव किया जाता होगा, वरना यह परंपरा इतने काल तक नहीं चल सकती। मामूली झूठों के मुकाबले हेरा-फेरी करके अगर ताज मिलता तो कर्मठ झूठों की प्रेरणा ही खत्म हो जाती।

झूठ बोलना कोई मामूली साधना नहीं है। एक तो इसके लिए रचनात्मक दिमाग चाहिए। झूठ सच के मुकाबले ज्यादा रचनाशीलता की माँग करता है। ठीक मौके पर चट से झूठ जड़ देना प्रतिभा का काम है। जिसमें रचनात्मक प्रतिभा नहीं हो, वह झूठ क्या खाक बोलेगा! झूठ बोलना एक बेहद नाजुक और कल्पनाशील कला है। इस कला की पहली माँग यह है कि जब कोई झूठ बोले तो उसे सच समझें। झूठ बोलने पर अगर झूठ ही समझा जाए तो ऐसे झूठे से तो वह सच्चा भला जिसके सच को लोग सच समझें। झूठ बोलने पर मजा तो तब है जब लोग झूठे को सच्चा और सच्चे को झूठा समझें।

मैं झूठ बोलनेवाले कलाकारों को जानता हूँ। एक सज्जन हैं, जो दस बजे ऑफिस आने के बाद दो घंटे के अंदर कम-से-कम दस झूठ बोल जाते हैं, कि

आज सुबह प्रधानमंत्री ने उन्हें फोन करके विदेश नीति के बारे में राय माँगी, फलाँ मुख्यमंत्री ने मंत्रिमंडल के गठन के सिलसिले में एक विशेष व्यक्ति के बारे में प्रतिक्रिया पूछी, आदि। वह जब यह झूठ बोलते हैं तो उसे विश्वसनीय बनाने के लिए उसे दूसरे झूठों के आधार पर खड़ा करते हैं। जैसे मुख्यमंत्रीवाली बात करते-करते वे बीच में कहेंगे कि आजकल टेलीफोन बहुत खराब होने लगे हैं। वो बात कर रहे थे और टेलीफोन बार-बार कट रहा था। तीन बार में पूरी बात खत्म हुई। उन्होंने झूठ बोलने की बाकायदा एक टेक्नोलॉजी बनाई है। उनका झूठ कुरसी जैसी रचना हैं। झूठ की चार टाँगें वह पहले बना देते हैं। बातों में कुरसी की बुनाई करते हैं और उसके बाद उनका झूठ कुरसी पर विराजमान होता है।

झूठ बोलनेवाले में उद्यमीवाला गुण होना चाहिए, राजनेतावाली आकांक्षा होनी चाहिए, साधुओं जैसी परोपकार वृत्ति होनी चाहिए। तभी कोई व्यक्ति चहुँमुखी झूठ-प्रतिभा को विकसित कर सकता है। मैं जानता हूँ, बहुत से झूठे कितने विश्वसनीय होते हैं। किसी भी अविश्वसनीय झूठ को अगर बार-बार दोहराया जाए तो वह उस सच के मुकाबले अधिक विश्वसनीय होता है, जिसे पहली बार कहा जा रहा हो। पता नहीं क्यों, लोग सफेद झूठ जैसे शब्द का प्रयोग करते हैं। मैं मानता हूँ कि झूठ का रंग टेक्नीकलर है। विधानसभा और लोकसभा के स्तर के झूठ के बारे में आपने सुना होगा। वहाँ यह बहुत प्रचलित प्रथा है। लोकप्रिय और सम्मानित दरजा प्राप्त करने पर भी 'झूठ' शब्द इन सदनों में असंसदीय समझा जाता है। सांसद किसी को झूठा नहीं कह सकते। कुछ झूठ तो बहुत ही उच्च स्तरीय होते हैं। उनका स्तर लाल किले के परकोटे जितना ऊँचा होता है।

□

पतियो ! सावधान

लंदन की एक लेखिका हैं, नाम है—लिंडा सोनटाग। उन्होंने 'इन साइड मैरेज' (शादी के भीतर) नामक पुस्तक लिखी है। पुस्तक तीन सौ विवाहित जोड़ों की पत्नियों से बात करके लिखी गई है। पत्नियों की धारणाएँ अपने पतियों के बारे में बहुत अच्छी नहीं हैं। कहना चाहिए, खराब हैं। यही होता है। पत्नियाँ पतियों के सबसे करीब रहती हैं। धीरे-धीरे पतियों के गुण उन्हें नहीं दिखते और अवगुण खटकते रहते हैं। इन अंग्रेज पत्नियों की शिकायतों पर एक नजर डालिए। पति महोदय जूता खोलकर एक तरफ फेंक देते हैं और मोजे दूसरी तरफ। बिना धुले मोजे हफ्तों पहनते रहते हैं। जो भी कपड़ा हाथ आया, उससे जूते साफ कर लेते हैं—चाहे वह नीचे लटकता परदा हो या पत्नी का कोई कपड़ा हो अथवा रूमाल हो। ब्रश खोजने की तकलीफ नहीं करते। पत्नी खोज दे, इसका इंतजार भी नहीं करते।

यह एक ऐसी शिकायत है, जो ब्रिटेन के पतियों के मुकाबले भारतीय पतियों पर ज्यादा लागू होती है। कई भारतीय पति तो अभी तक जूते-मोजे खोलने की संवैधानिक जिम्मेदारी पत्नियों की ही मानते हैं। वह काम से लौटकर घर आ गए, यह काफी है। आने के बाद वह नितांत बच्चे हो जाते हैं। पत्नी उनकी माँ हो जाती है। जूते-मोजे तो क्या, बहुत से पति कपड़ों को बेतरतीब ढंग से, बल्कि कहना चाहिए कि बेरहमी से, फेंक देते हैं, मानो जीवन भर उन कपड़ों से उनका तलाक हो गया है। घर लौटते ही अपनी प्राथमिक जिम्मेदारी पूरी करने के लिए पत्नी चाय देने में एक मिनट देर कर दे, तब देखिए उनका गुस्सा। भले ही पति महोदय दिन भर मक्खियाँ मारते रहे हों, मगर घर पहुँचते ही वह इस तरह व्यवहार करते हैं मानो पहाड़ तोड़कर आ रहे हों।

लिंडा ने अपनी पुस्तक में पतियों की दूसरी बहुत सी सामान्य आदतों का जिक्र किया है; जैसे—माचिस की तीली से कान खोदना, जो भी कपड़ा मिल जाय उसमें नाक साफ कर देना, खाने के बाद असभ्यतापूर्वक डकार लेना, आवाज के साथ गैस निकालते रहना, सोते समय खर्राटे लेना। जाहिर है, लिंडा न केवल ब्रिटेन के पतियों की छवि को खराब करने का अभियान कर रही हैं, बल्कि विश्व भर के पतियों की छीछालेदर कर रही हैं। माना कि पत्नियों के काम करने में तरतीब होती है, मगर डकार लेने की आलोचना कैसे की जा सकती है ? विश्व में ऐसे कुछ समाज हैं, जहाँ अतिथि खाना खाने के बाद डकार न ले तो उसका बुरा माना जाता है। घर से बाहर सामाजिक व्यवहार की कसौटियों पर हर पल खरे उतरते-उतरते पति थक जाते हैं। घर आने के बाद वे उन बंधनों से मुक्त अनुभव करते हैं।

हजारों भारतीय पति घरवाली उन्मुक्तता बाहर भी बरतते हैं। कहीं भी सिगरेट-बीड़ी के जलते टुकड़े फेंक देना, थूक देना, कागज या कोई भी रद्दी चीज कहीं भी फेंक देना जैसी हजारों बातें हैं, जो पति लोग घर से बाहर भी उतनी ही उन्मुक्तता से करते हैं जितनी उन्मुक्तता से घर में करते हैं। घर में तो फिर भी पत्नी का थोड़ा-बहुत शर्म-लिहाज करना पड़ता है, बाहर पत्नीवाली लक्ष्मणरेखा नहीं रहती। खतरनाक उम्र में ज्यादातर पतियों को तमाम लड़कियाँ और महिलाएँ, मेनका या रंभा नजर आती हैं। ये पति लोग अकसर चोर नजरों से उन्हें नापते रहते हैं। कुछ तो पलकों में उन्हें नंगा करके भी देखते हैं और कल्पनालोक में पहुँच जाते हैं। अनेक तो मौका मिलते ही छेड़छाड़ की सरहदों पर पहुँच जाते हैं। मेरे खयाल से पति भारतीय हो या गैरभारतीय, अगर वह ऐसा आचरण करता है तो जरूर पतियों के खिलाफ आंदोलन अभियान को जायज ठहराया जा सकता है।

लिंडा की किताब में पतियों की शिकायत खाने के तरीके को लेकर की गई है। ब्रिटिश समाज में यह सही ही होगा। वहाँ आहार की आचार-संहिता पर बहुत आग्रह है। अगर किसी भारतीय महिला ने इस तरह की किताब लिखी तो वह पतियों की पोल खोलकर रख देगी। कुछ पति इस रफ्तार से भोजन करते हैं मानो वे सौ मीटर की दौड़ लगा रहे हों। कब क्या हाथों से उठकर मुँह में आ गया और गले से नीचे उतर गया, पता ही नहीं चलता। मानो उम्र भर की भूख लिये खाने बैठे हों। विशेष रूप से शादी-ब्याह की पार्टियों में खाने की तेज रफ्तार को देखा जा सकता है। कुछ भाई भोजन करते समय चपर-चपर की ऐसी आवाज करते हैं कि बरदाश्त करना कठिन हो जाता है। कुछ चिढ़ानेवाले चटकारे लेते हैं। इसके पहले कि कोई देवी पुरुषों के खाने की विविध ध्वनियों का सांगोपांग विश्लेषण करे, पतियों को इस मामले में ध्यान देना चाहिए। □

क्रिकेटधर्मिता

कलकत्ता के ऐतिहासिक क्रिकेट मैदान ईडेन गार्डेन में एक लाख दस हजार दर्शकों की मौजूदगी में विल्स विश्व कप क्रिकेट का रंगारंग उद्‌घाटन हो गया। मैं आपको बताता हूँ कि यह विश्व कप किसे मिलेगा। जो टीम जीतेगी उसे तो नकली विश्व कप मिलेगा। असली विश्व कप तो सिगरेट सम्राट् विल्स के पास ही रहेगा। यह अंतरराष्ट्रीय आयोजन विल्स नामक सिगरेट के प्रचार के लिए है। विश्वास न हो तो टेलीविज़न में विल्स के विज्ञापनों को देख लीजिएगा। क्रिकेट प्रेम तो आपके मन में है ही। यह मैच तो विल्स प्रेम का प्रस्फोट करने के लिए है। इस तरह क्रिकेट विश्व का सबसे बड़ा स्वास्थ्यनाशक खेल है। एक दर्जन खिलाड़ी मैदान में ठक-ठक करते रहते हैं और विश्व के पच्चीस-पचास करोड़ लोग काम-धाम छोड़कर, हाथ-पैर तोड़कर क्रिकेट की कमेंट्री सुनते रहते हैं। इसीलिए मैं इसे स्वास्थ्यनाशक खेल मानता हूँ। अगर विल्स के हर डिब्बे पर लिखी हुई चेतावनी 'धूम्रपान स्वास्थ्य के लिए हानिकारक है' सही है तो क्रिकेट स्वास्थ्य विनाशक है।

आप टेलीविजन पर कमेंट्री बंद करके क्रिकेट देखिए, फिर आपको पता चलेगा कि यह कितना ढीलाढाला और उबाऊ खेल है। आप कमेंट्री बंद करके फुटबॉल, वॉलीबॉल या ओलंपिक में खेले जानेवाले दूसरे खेलों को देखिए। उसमें आपके हाथ-पैर फड़कने लग जाएँगे। क्रिकेट देखते-देखते आपकी इच्छा होगी कि आप लेटकर देखें। आखिर इस मनहूस खेल को ओलंपिक में क्यों नहीं खेला जाता? खेलकूद में दुनिया के अग्रिम पंक्ति के देश अमेरिका, रूस, चीन, जापान, दक्षिण कोरिया आदि देशों में क्यों नहीं खेला जाता क्रिकेट? क्रिकेट ब्रिटेन को

छोड़कर सारे यूरोप में कहीं नहीं खेला जाता। क्रिकेट केवल उन्हीं एक दर्जन देशों में खेला जाता है, जहाँ अंग्रेजों की हुकूमत थी या अंग्रेजों का प्रभाव था। क्रिकेट का प्रसारण रोक दीजिए, फिर देखिए क्रिकेट की लोकप्रियता की असलियत। हमारे देश के अखबार पिछले महीने भर से क्रिकेट के प्रसारण को लेकर बहस कर रहे हैं।

अब बाकायदा क्रिकेट का एक शास्त्र बन गया है। क्रिकेट के आँकड़ों का, क्रिकेट के खिलाड़ियों का, क्रिकेट के मैदानों का, उसके पिच आदि का बाकायदा इतिहास रखा जाता है। सारी बारीकियाँ क्रिकेट पंडितों को जबानी याद होती हैं। क्रिकेट प्रेमी बच्चे अपने चचेरे भाई का नाम भले ही न जानते हों मगर वह इमरान खान की बीवी ने शादी के दौरान मुंबई के किस दरजी के सिले कपड़े पहने, यह बता सकते हैं। क्रिकेट प्रेमी छात्र अंकगणित में भले ही फेल हो जाएँ, मगर फलाँ ने कितने ओवर में कितने रन बनाए, यह सब जानकारी उनसे सोते से उठाकर पूछ लीजिए।

क्रिकेट नामक महामारी जब फैलती है तब मंत्रालयों में भी काम नहीं होता। दफ्तरों में आधे बाबू छुट्टी पर होते हैं। आधे जो आते हैं, वे भी ट्रांजिस्टर के इर्द-गिर्द मँडरा रहे होते हैं। जैसे अणु विस्फोट से हानिकारक रेडियोधर्मिता फैल जाती है वैसे ही क्रिकेट मैच से वातावरण में क्रिकेटधर्मिता नामक खतरनाक प्रदूषण फैल जाता है। आमतौर पर इक्के-दुक्के लोग जिस तरह रोककर 'क्या टाइम है बाबूजी' पूछ लेते हैं वैसे ही क्रिकेट पंचमी के दिन रास्ता चलते कोई भी आदमी कब पूछ लेगा, 'बाबूजी क्या स्कोर है' कहा नहीं जा सकता। मेरा जी करता है कि क्रिकेट का स्कोर पूछनेवाले आदमी का मुँह नोच लूँ। स्कोर पूछने पर कानूनी पाबंदी होनी चाहिए। जब कोई स्कोर पूछता है तब मैं अपमानित अनुभव करता हूँ कि इस आदमी ने मुझे भी निठल्ला समझ रखा है। समझता है कि मैं भी क्रिकेट रस से तर-ब-तर हूँ। मुझे ताज्जुब है कि अब तक क्रिकेट जैसे विनाशक खेल पर सर्वोच्च न्यायालय क्यों चुप बैठा है। कहीं सर्वोच्च न्यायालय में भी तो क्रिकेट प्रेमी नहीं पहुँच गए हैं?

□

लज्जित करने का सिद्धांत

वह जमाना और था, जब गुरुजी शिष्यों को दंड देकर बच जाते थे। माँ-बाप खुद कहते थे कि अगर बेटा पढ़ने में मन नहीं लगाए तो उसे पीटिए। मास्टरजी का क्लास में बड़ा दबदबा होता था। हेडमास्टर का स्कूल भर पर दबदबा होता था। आज क्लास में मास्टरजी बच्चों से दबते हैं। माता-पिता अकसर मास्टरों की शिकायत करने स्कूल में और कभी-कभी तो थाने में पहुँच जाते हैं। अभी तक का चलन था कि प्रोफेसर साहब बच्चों की हाजिरी लेते थे। आज जगह-जगह से खबर आ रही है कि बच्चे मास्टरों की हाजिरी ले रहे हैं। दिल्ली विश्वविद्यालय छात्र संघ ने तो गैरहाजिर रहनेवाले अध्यापकों के खिलाफ काररवाई करने का फैसला किया है। लगता है कि छात्रों से ज्यादा प्राध्यापक गैरहाजिर रहते हैं। सप्ताह में दो दिन छात्र गैरहाजिर हो जाएँ और दो दिन प्राध्यापक महोदय, तो स्कूल में पढ़ाई सप्ताह में चार दिन गैरहाजिर हो जाती है। बहरहाल जैसे कारखानों में श्रम संबंध बिगड़ गए हैं वैसे ही शिक्षण संस्थानों में गुरु-शिष्य संबंधों का कबाड़ा हो गया है।

अभी उस दिन तमिलनाडु के मदुरई जिले में कुच्चुनूर के उच्चतर माध्यमिक स्कूल में एक घटना घट गई। स्कूल के प्रधानाचार्य ने जाने किस सनक में पच्चीस लड़के-लड़कियों के बाल काट दिए। या तो प्रधानाचार्य को उनके बालों का फैशन पसंद नहीं आया होगा या फिर इन छात्रों की किसी भूल के लिए वे इन्हें कोई यादगार दंड देना चाहते थे। बच्चों में से बहुतों ने तो सिर का मुंडन करा लिया। लड़कियाँ घर से निकल नहीं रही हैं। बच्चों के माता-पिताओं ने थाने में रिपोर्ट कर दी। मगर पुलिस पकड़े किसे? प्रधानाचार्य महोदय तो बाल काटते ही समझ गए

थे कि इलाके के लोग खासे गुस्से में आ जाएँगे। सो उन्होंने झटपट छुट्टी की अरजी लिखी और स्कूल से ऐसे चंपत हुए कि अभी तक लौटे नहीं हैं।

शर्मिंदा करना दंड देने की एक विधि है। भरी क्लास के सामने बेंच पर खड़ा कर देने से लेकर अच्छे-भले बच्चे को मुरगा बना देने की विधि अपनाई जाती रही है। मुरगा बनाने के लिए घुटनों के बीच में से दोनों हाथ निकालकर कान पकड़वाया जाता है। मारे शर्म के बच्चा पानी-पानी हो जाता है। ऐसा दंड दिया जाए तो बच्चे का पानी उतर ज़ाता है। ऐसे बच्चे को ढीठ कहते हैं। ऐसे बच्चे खुद आगे बढ़कर मास्टर से पूछते हैं कि सर, आज मैंने होमवर्क नहीं किया है। क्या मैं मुरगा बन जाऊँ? समझिए, उसका पानी उतर गया है।

पिछले हफ्ते फ्रांस के नाईस नामक शहर में फ्रैडरिक नामक पच्चीस साल का एक नौजवान एक रेस्टोरेंट में गया। वहाँ उसने खाने की अच्छी-से-अच्छी कीमती चीजें मँगवाईं। खाना महँगा था, मगर फ्रैडरिक ने जमकर खाया। जब वेटर बिल लाया तो उसने कह दिया कि उसके पास पैसे नहीं हैं। आमतौर पर ऐसा नहीं होता। लेकिन कभी-कभी प्राय: हर होटल को इस तरह के कंगाल ग्राहक का सामना करना पड़ता है। कुछ रेस्टोरेंट खाने के बिल न दे सकनेवाले ऐसे ग्राहकों से प्लेट साफ करवाकर अपना बिल वसूल लेते हैं। लेकिन नाईस के इस रेस्टोरेंट ने ऐसा नहीं किया। कुछ वेटर्स ने मिलकर फ्रैडरिक के कपड़े उतार लिये और उसे सड़क के हवाले कर दिया। फॉर्मूला वही था। शर्मिंदा करके दंडित करो। अपराधी का सिर मूँड़कर चेहरे पर कालिख पोतने के बाद जूतों की माला पहनाकर गधे पर सवार कर दिया जाता है। तब बच्चों का जुलूस उसे सड़कों पर घुमाता है। इस तरीके के पीछे भी वही लज्जित करनेवाला सिद्धांत है। मगर सवाल है, जहाँ बेशर्मी और बेहयाई बढ़ रही हो वहाँ इस तरह की दंड व्यवस्था की कितनी उपयोगिता बच पाएगी? फिर भी कुछ तो है। कुच्चुनूर के प्रधानाचार्य शायद इसी डर से भागे होंगे कि कहीं शहरवाले उनके साथ भी मुंडन, कालिख और गधेवाला प्रयोग न कर दें।

□

है न भारत महान्

मौका है, बन जाइए आप भी अमेरिका के नागरिक। अमेरिकी नागरिक बनाने का दफ्तर दिल्ली में खुल गया है। अब इसके लिए अमेरिकी सरकार की भी अनुमति की कोई जरूरत नहीं है। सिर्फ नागरिक नहीं, आप चाहें तो अमेरिका में रह भी सकते हैं। दिल्ली में अमेरिका बन रहा है। उद्योगपति सागर सूरी यह अमेरिका बना रहे हैं। बिलकुल अमेरिका। मकान के नक्शे अमेरिकी, कॉलोनी का नक्शा अमेरिकी। वैसा ही शॉपिंग माल। सब कुछ हू-ब-हू अमेरिका जैसा। अपने पूर्व लोकसभा अध्यक्ष शिवराज पाटिल ने इसका शिलान्यास रखा था। आर.के. धवन साहब भी मौजूद थे। इस अवसर पर अमेरिकी नागरिकता और अमेरिकी जीवन देने का वचन बड़े भारी एक पेजी विज्ञापन के जरिए दिया गया। जब अमेरिका बनेगा तो ब्रिटेन भी बनेगा।

अभी एक दूसरे निर्माता ईरोज ग्रुप ने 'विलासितापूर्ण आलीशान इंग्लिश टाउनशिप' का विज्ञापन दिया है। तमाम सुविधाएँ हैं इसमें। यहाँ तक कि गोल्फ क्लब भी है। इस इंग्लिश टाउनशिप का नाम है रोजवुड सिटी। कैलिफोर्निया में एक खूबसूरत जगह है—मेलूबू। सो वहाँ जाने की भी जरूरत नहीं। मेलूबू टाउनशिप अब दक्षिणी दिल्ली के पास बन रहा है। यहाँ तक कि दिल्ली में सिंगापुर भी बनाया जा रहा है। मुझे लगता है कि भारत का शायद ही कोई अमीर आदमी भारत में रहना चाहता हो। सब-के-सब अमेरिका, इंग्लैंड वगैरह में रहना चाहते हैं। मगर रह नहीं सकते। वहाँ उनको नागरिकता नहीं मिल सकती। मजबूरी में भारतीय बने हुए हैं। इसलिए टाउनशिप के निर्माता अमेरिका और इंग्लैंड को दिल्ली में ही बना रहे हैं, ताकि वे दिल्ली में रहते हुए अमेरिकी जिंदगी का आनंद ले सकें।

तीन-चार करोड़ के बँगले या एक-दो करोड़ के फ्लैट लेने से अगर जिंदगी भारतीय से अमेरिकी हो जाए तो महँगी तो नहीं है।

ऐसे एक टाउनशिप में मैंने उसकी सुरक्षा व्यवस्था देखी। उनकी पुलिस की वरदी दिल्ली पुलिसवालों से बेहतर है। उनकी-नीली सफेद सुरक्षा वैन घूमती रहती है, जैसे दिल्ली पुलिस की जीप घूमती है। अमेरिकी सूटिंग-शर्टिंग मिल ही रही हैं। आयातित जींस भी उपलब्ध है। विदेशी जूते भी धड़ाधड़ बिक रहे हैं। चश्मे, घड़ी, कलम वगैरह तो पहले से ही थे। खाने को मैक्डोनल्ड के रेस्तराँ खुल गए हैं। फिर केंटुकी फ्राइड चिकेन भी है। ब्लैक लेबल, रेड लेबल से लेकर जॉनी वाकर तक विदेशी शराब भी है। मर्सिडीज बेंज जैसी चौबीस लाख की विदेशी कार का आगमन हो चुका है। दुखड़ा यह था कि सब चीज विदेशी मिलती थी, लेकिन मकान आनंद लोक और सुशांत लोक जैसे भारतीय थे। अच्छे-से-अच्छा भारतीय मकान भी विदेशी नक्शे के मकान और टाउनशिप के मुकाबले क्या है! सो अब अमेरिकी टाउनशिप भी मौजूद है। कोई भारतीय चाहे तो अब आसानी से अमेरिकी हो सकता है।

हिंदी या किसी भारतीय भाषा का एक भी शब्द बोले बिना सिर्फ अंग्रेजी में जी सकता है। अब टी.वी. पर भारतीय चैनल देखने की भी मजबूरी नहीं। आप चाहें तो सिर्फ बी.बी.सी. वगैरह सुनकर अपनी भाषाई पवित्रता बचाए रख सकते हैं। हिंदी या दूसरी भारतीय भाषाओं की नुकसानदेह आवाज आपके कानों में जाएगी ही नहीं। तो भाषाई प्रदूषण से भी छुट्टी हुई। अलबत्ता पानी की समस्या बच जाती है। उसकी भी चिंता करने की जरूरत नहीं है। मिनरल वाटर शॉपिंग माल में मिल ही जाएगा। सिंगापुरवाले टाउनशिप के विज्ञापन में इस बात का संकेत था कि किसी बालकनी में कोई भी कपड़ा टँगा हुआ नहीं होगा। है न हमारा भारत महान्! जहाँ के ज्यादातर संपन्न लोग भारत में रहते-रहते ऊब गए हैं और इंग्लैंड-अमेरिका में रहना चाहते हैं। वहाँ की नागरिकता मिल नहीं सकती तो काल्पनिक अमेरिकी जीवन-शैली लेकर दूसरे भारतीयों से अलग रहना चाहते हैं। □

नरक सुधार कमेटी

❖

शैक्षिक शोध और प्रशिक्षण की राष्ट्रीय परिषद् के स्कूली शिक्षण के एक सम्मेलन में एक प्रमुख शिक्षा शास्त्री प्रोफेसर आर.एच. दवे ने कहा कि बच्चा जब बड़ा होकर अठारह वर्ष का हो जाता है, तब तक टेलीविजन के परदे पर हत्या और सेक्स के तीस हजार दृश्य देख चुका होता है। उन्होंने यह भी कहा कि जो कुछ स्कूल मूल्यों के बारे में पढ़ाते हैं, टेलीविजन उसपर पानी फेर देता है। मूल्यों को बच्चा एक उम्र तक वातावरण से ग्रहण करता है और टेलीविजन उस वातावरण को ही प्रदूषित करते हैं। यह सब तो मैं भी जानता था। लेकिन यह तीस हजार का आँकड़ा मुझे चकित किए दे रहा है। मान लीजिए, इसमें दो सौ घटनाएँ पेट में छुरा घोंप देने की हों, पच्चीस घटनाएँ गरदन काट देने की हों, पाँच घटनाएँ गोली मार देने की हों, सात हजार घटनाएँ बलात्कार की हों, तीन हजार घटनाएँ तरह-तरह से उत्पीड़न करने की हों तो देखनेवाले बच्चे पर इसका क्या असर होगा?

बलात्कार देखते-देखते वह कभी करने की भी सोचेगा। पिछले तीन महीनों में बहादुरगढ़ के एक खास चौक पर एक-एक कर पाँच लड़कियाँ गायब हो गईं। बलात्कार करके उनकी हत्या कर दी गई। ऐसी सैकड़ों घटनाएँ अखबारों में छपी मिलती हैं। हजारों अन्य नहीं छप पातीं, वरना अखबार बलात्कार टाइम्स ही बन जाए। लोग मजे-मजे में, शान से गोली मार डालते हैं। मारें भी क्यों नहीं, जब हजार बार उसे देख चुके हैं, तो एक-दो बार मार लेने में क्या लगता है? टेलीविजन कार्यक्रम, गोली मारने का शिक्षण, प्रशिक्षण, साहस, मनोबल, आकांक्षा, जिज्ञासा वगैरह पैदा करते हैं। जो जैसा देखेगा वैसा ही बनेगा और वैसा ही करेगा। अनुकरण तो बाल-मन की पहली प्रतिक्रिया होती है। बढ़ता हुआ बच्चा दर्द, चीत्कार, रुदन

आदि इतनी बार देख चुका होता है कि संवेदना ही भोथरी हो जाती है। ऐसे में हर जिले में अपराध ग्राफ में बढ़ोतरी हो तो आश्चर्य क्या है? कुछ अपराधी पकड़े जाते हैं। ज्यादातर छूट जाते हैं। कुछ जेल जाते हैं।

जेल सुधारनेवाले लोग इस तेजी से लगे हैं कि वह कभी-न-कभी जेल जीवन को फाइव स्टार होटल के समकक्ष ला ही देंगे। जेल तो जेल, मेरा खयाल है, ये सुधारवादी नरक सुधार कमेटी का भी कभी-न-कभी गठन करेंगे; क्योंकि अपराध करनेवाला व्यक्ति जब जेल जाता है तो उनका कलेजा बाहर निकल आता है। वे सोचते हैं कि जेल-यात्रा और पिकनिक-यात्रा में ज्यादा अंतर नहीं होना चाहिए। मजे-मजे में टेलीविजन के मूल्य ग्रहण करें, अपराध करें और जब जेल भी जाएँ तब भी उसे पिकनिक का आनंद तो जरूर मिले। लेकिन अपराधियों को कई बार मृत्युदंड भी मिलता है। कई अपराधी अपराध करते-करते शहीद भी हो जाते हैं। कभी कोई अपराधी किसी दूसरे अपराधी को ही मार डालता है। अर्थात् बहुत से अपराधी मरते भी हैं। जाहिर है कि इन पापियों को स्वर्ग तो मिलने से रहा, नरक ही जाना पड़ेगा। सो मुझे लगता है कि कभी-न-कभी नरक सुधार कमेटी जरूर गठित होगी।

इस कमेटी के सदस्य नरक की दुरवस्था देखने के लिए मौके पर जाएँगे और जेल सुधार की तर्ज पर नरक को सुधारने का प्रयास करेंगे। नरक में तो भगवान् का प्रशासन चलता है। नरक सुधार कमेटी के बुद्धिजीवी भगवान् की आलोचना करते-करते उसकी शैतानवाली छवि बनाने लगेंगे। भगवान् आखिर है तो भगवान् ही। शैतानवाली छवि से वह परेशान हो जाएगा और नरक में सुधार करने लग जाएगा। प्रारंभ में हफ्ते में एक दिन छूट होगी। गरमी कम होगी। भय और आतंकवाला वातावरण कम होगा। लेकिन सुधारवादी छोटे-छोटे सुधारों से नहीं मानेंगे। नरक की व्यवस्था में आमूलचूल परिवर्तन चाहेंगे। भगवान् को अगर अपने पद पर बने रहना होगा तो नरक का सुधार करते जाना होगा। और यह सुधार तब तक होता रहेगा जब तक नरक और स्वर्ग में फर्क समाप्त हो जाएगा। नरक सब तरह से स्वर्ग ही होगा। नाममात्र का नरक होगा। तब पाप करनेवाले नरक से कभी नहीं घबराएँगे। जैसे आज बहुत से अपराधी जेल से नहीं घबराते। पैसेवाले अपराधी जेल में जो चाहें वह प्राप्त कर सकते हैं। न नरक का डर, न जेल की पीड़ा। ऐसी स्थिति में बलात्कार-सुख से अनजान रहने का भी कोई तुक नहीं होगा। बलात्कार का अपना थ्रिल है। फिल्मों में हम यह देख चुके हैं। देखने में थ्रिल होता है तो करने में तो थ्रिल होगा ही। और न फिर जेल का डर, न नरक का। □

ताजमहल आलू

भारत और पाकिस्तान के बीच एक गंभीर समस्या पैदा हो गई है। मुझे डर है कि यह समस्या भी बढ़ते-बढ़ते कश्मीर समस्या बन जाएगी। इसे हम आलू-समस्या कह सकते हैं। पिछले महीने दक्षिण एशियाई देशों के बीच 'साप्टा' संधि हुई थी। उसके अनुसार, सीमित व्यापार का रास्ता खुल गया था। भारत और पाकिस्तान के बीच व्यापार चालू हुआ। इस व्यापार में कुछ चीजों के आयात-निर्यात को छूट दी गई। इस तरह भारतीय आलू का निर्यात पाकिस्तान में होने लगा। स्वाभाविक रूप से पाकिस्तान में भारतीय आलू का विरोध होना था और वह पिछले एक महीने से हो रहा है। बड़ी लंबी-चौड़ी बहस चल पड़ी है। 'नवा-ए-वक्त' नामक दैनिक अखबार में एक कार्टून छपा। कार्टून में एक रेस्तराँ दिखाया गया। रेस्तराँ के बाहर बोर्ड लगा था—'आइए, भारतीय आलू खाइए।' कार्टून में बोर्ड को देखकर तमतमाए एक व्यक्ति को रसोइया कहता है, 'जनाब, भारतीय आलू खाने को कह रहा हूँ, भारतीय जूते नहीं।'

इसी अखबार के प्रथम पृष्ठ पर पाकिस्तान के वाणिज्य मंत्री अहमद मुख्तार का कार्टून बनाया गया है। वह धोती पहने थे। उन्होंने खड़ाऊँ धारण कर रखा था। सिर पर चोटी थी और हाथ में त्रिशूल। वह भारत की दिशा में बढ़ते हुए कह रहे थे, 'महाराज, मैं आ रहा हूँ।' कुछ राजनेताओं ने भी भारतीय आलू का विरोध किया। पाकिस्तानी पंजाब विधानसभा के विपक्ष के नेता हमीद दस्ती ने कहा था कि भारतीय आलू खाकर कौम की मर्दानगी खत्म हो जाएगी। आज जो इस सदन में बैठे हैं, वे भी आनेवाले समय में नहीं रहेंगे।

मैं इसे गंभीर समस्या मानता हूँ। भारतीय आलू के कारण भारत-पाक संबंध

और बिगड़ें, यह अच्छी बात नहीं होगी। तुरंत इसकी उपाय-योजना करनी चाहिए, ताकि पाकिस्तान भारतीय आलू से खफा होकर कोई ऐसा-वैसा कदम न उठा ले। वहाँ कोई बयान दे सकता है कि भारतीय हमला इस बार आलू के जरिए हो रहा है। पाकिस्तान को आलू का जवाब पत्थर से देना चाहिए। इससे पहले कि मामला कोई नाजुक मोड़ ले, अधिकारियों के स्तर पर भारत-पाक वार्त्ता होनी चाहिए। भारतीय वाणिज्य सचिव को कुछ प्रस्ताव बनाने चाहिए, ताकि पाकिस्तान में भारतीय आलुओं का विरोध न हो। अगर वाणिज्य सचिव ठीक समझें तो मैं कुछ सुझाव दे रहा हूँ। उसका इस्तेमाल कर सकते हैं।

हम आलुओं का ब्रांड नाम ऐसा रखें जो पाकिस्तान को स्वीकार्य हो; यथा—ताजमहल आलू, लाल किला आलू, चारमीनार आलू। लेकिन जरूरी नहीं कि नाम आकर्षक कर देने से पाकिस्तानी भारतीय आलू को स्वीकार कर लेंगे। इसीलिए मैं वैकल्पिक उपाय सुझा रहा हूँ।

हमारे वाणिज्य सचिव यह प्रस्ताव रखें, जिसमें कहा जाए कि भारत सरकार आलुओं को पाकिस्तान भेजने से पहले कलमा पढ़ा देगी। अगर इससे भी बात न बने तो आलुओं का खतना कर दें। भारत को पाकिस्तान के जज्बातों का खयाल रखना चाहिए। यह देखना चाहिए कि भारतीय आलू से भन्नाए हुए पाकिस्तानी अखबार ने वाणिज्य मंत्री पर हिंदू होने का आरोप कार्टून में लगा दिया। मेरे खयाल से उक्त दो उपायों के बाद भारतीय आलू में आपत्ति करने लायक कोई बात बचेगी नहीं और भारतीय आलू इसलामी आलू बन जाएगा। जब बम को इसलामी बम बनाया जा सकता है तो आलू को इसलामी आलू क्यों नहीं बनाया जा सकता? दोनों गोल होते हैं। दोनों ठोस होते हैं।

एक आपत्ति और बच गई है। एक नेताजी को डर है कि भारतीय आलू खाने से कौम की मर्दानगी खत्म हो जाएगी। मेरा खयाल है कि उनके अनुसार भारतीय नेताओं की मर्दानगी भारतीय आलू से ही खत्म हुई है। इस बात की जाँच होनी चाहिए। सी.बी.आई. जाँच करे कि क्या यह बात सच है कि भारतीय नेताओं की मर्दानगी खत्म हो गई है और इसका कारण आलू खाना है। अगर यह बात आंशिक रूप से भी सही है तो भारतीय कृषि अनुसंधान परिषद् ऐसे आलुओं का आविष्कार करे, जो मर्दानगी पैदा करते हों। परीक्षण करने के बाद खास किस्म के सफल आलुओं का पाकिस्तान को निर्यात किया जाए। ऐसे आलुओं को भारतीय व्यापारी 'सुहागरात आलू' कह सकते हैं। विज्ञापन कर सकते हैं—चौथी बीवी के शौहर के लिए सर्वथा उपयुक्त आलू। कुछ भी हो, भारत को हर कीमत पर पाकिस्तान के लिए आलू का निर्यात करना चाहिए। □

थाना ही हटा लीजिए

बिहार के गया जिले के टिकारी थाने को माओइस्ट कम्युनिस्ट सेंटर के दो-तीन सौ कार्यकर्ताओं ने घेरकर थाने में मौजूद चार पुलिस जवानों को मार डाला तथा चौदह राइफलें लूट लीं, एक स्टेनगन ले गए, बंदूक की हजार गोलियाँ ले गए। थाने में न सिपाही बचा, न हथियार। बमों के धमाके किए। थाने को जला दिया। बिहार के मुख्यमंत्री लालू प्रसाद यादव मौके पर गए। आस-पास के चार जिलों की संयुक्त कौंबिंग ऑपरेशन की घोषणा की। मारे गए सिपाहियों को सरकारी खजाने से पाँच-पाँच लाख रुपए देने का ऐलान किया। साथ ही उनके परिवारजनों में से किसी एक को सरकारी नौकरी देने का वचन दिया। मुख्यमंत्री को मालूम ही नहीं था कि इन जिलों में एम.सी.सी. के गिरोह क्या कर रहे हैं। वरना यह ऑपरेशन पहले ही चालू कर देते। उन्हें मालूम था कि खैनी खाने से स्वास्थ्य पर बुरा असर पड़ता है। सो उन्होंने १ जनवरी, १९९६ से खैनी खाना छोड़ दिया था। मुझे नहीं मालूम कि उन्होंने उसे अभी तक छोड़ रखा है या कि छोड़ने की घोषणा का ही त्याग कर दिया है।

वह पिछले दिनों राज्य के औद्योगिक विकास की बातें करते रहे हैं। टिकारी थाने पर हमला विकास के लिए वातावरण की अनुकूलता प्रदर्शित करता है। असल में, देश के अनेक भागों में राज्य का विकेंद्रीयकरण हो रहा है। जम्मू कश्मीर के आधे भाग पर सरकार का राज नहीं है। वहाँ आतंकवादियों का राज चलता है। डोडा जिले में भी आतंकवादी कई थानों पर हमला करके हथियारों को लूट ले गए, मार-काट की। वहाँ तो सरकार ने अच्छा फैसला किया। वहाँ से थाना ही हटा दिया। ऐसे थाने का क्या मतलब, जहाँ पुलिस न अपनी हिफाजत कर

सके, न हथियारों की! मेरा अपना खयाल है कि बिहार के एक-चौथाई इलाके में अब वहाँ की सरकार का राज नहीं है। हथियारों और जवानों की सुरक्षा के लिए टिकारी जैसी जगहों से थाने हटा लिये जाने चाहिए। पुलिस और थाने से अपेक्षित यह है कि वह लोगों के जान-माल की रक्षा करें। कानून और व्यवस्था का पालन कराएँ। वे पालन कराना तो दूर, थाने के जान-माल की हिफाजत भी न कर सकें तो थाना हटाना ही अच्छा विकल्प है।

यही हालत उत्तर-पूर्वी क्षेत्र और तेलंगाना में है। वे इलाके बढ़ते जा रहे हैं, जहाँ सरकार का राज नहीं है। एम.सी.सी. भी क्रांति ही कर रही है। सन् १९८८ में दलेलचक बघौरा में इस संघटन ने चौवन निर्दोष लोगों की हत्या की थी। यह गाँव राजपूतों का था। एम.सी.सी. के सात लोगों को फाँसी की सजा हुई थी। इस दौर में लालू प्रसाद मुख्यमंत्री नहीं थे। इस संगठन पर पाबंदी लगा दी गई थी। अनेक घटनाएँ बाद में भी हुईं। राजनीति में वोट के लिए प्रच्छन्न समझौते किए गए। उन्हें प्रोत्साहन भी मिला। अब ये लोग सीधे थाने पर चढ़ आए। सत्ता को सीधी चुनौती दे डाली। जवाब में मुख्यमंत्री ने बयान बहादुरी से काम लिया। जिनके बयान बहादुर होते हैं, उनके काम बहादुर नहीं होते। जब काम बहादुर होते हैं तो वही काम बहादुर बयान का काम करते हैं।

इधर सुनता हूँ कि एम.सी.सी. के बहादुर लोग अपने आश्रयदाताओं के साथ वही सलूक कर रहे हैं जो पंजाब और कश्मीर के आतंकवादी करते रहे हैं। आश्रयदाताओं के घर की बहू-बेटियाँ असुरक्षित होती जा रही हैं। जब पंजाब में ऐसे सैकड़ों उदाहरण हो गए तो पाप का घड़ा भरा। जम्मू कश्मीर में भी पाप का घड़ा भर गया है, मगर फूटा नहीं। अच्छा होगा कि बिहार में लालू प्रसाद यादव पाप का घड़ा भरने और फूटने का इंतजार न करें, खुद ही उसे फोड़ दें। दूसरा रास्ता मैं पहले ही बता चुका हूँ कि टिकारी जैसी जगहों से थाने ही हटा लें। जब थाने नहीं रहेंगे तो एम.सी.सी. वाले हथियार लूटेंगे कहाँ से? पुलिसवालों को मारेंगे कहाँ जाकर?

□

हवाला-हवाला

हवाला-हवाला सुनते-सुनते मेरे कान पक गए, मगर दिमाग में उसका अर्थ पिघलकर नहीं आया। मैंने बहुतेरा सिर खुजलाने की कोशिश की, अपने बाल नोचे। बाल पकड़ में आते थे, लेकिन हवाला का अर्थ कभी पकड़ में नहीं आया। किसी ने कहा—हवा जब कुछ लाए तो हवाला कहलाए। अर्थ कुछ-कुछ समझ में आने लगा। फिर कहीं कुछ पढ़ा कि हवाला से दुबई का पैसा किशनगंज में पाँच मिनट में पहुँच जाता है। हद-से-हद एक घंटे में। जब मुझे हवाला का ज्ञान हुआ तो मैं हवाला की गति, ईमानदारी, निष्ठा, देश जन-निरपेक्षता, प्रबंध कुशलता आदि से बहुत प्रभावित हुआ। हवाला के लोग अपने धंधे के प्रति ईमानदार होते हैं। इंग्लैंड से डॉलर चले तो वह कूरियर सर्विस ले आ जाता है। उस डॉलर का रुपए का भुगतान होने तक हफ्ता लग सकता है। ज्यादा भी लग सकता है। लेकिन हवाला की शरण में जाइए तो यही काम आधे घंटे में हो सकता है। टेलीफोन पर कोड मिलते ही आप कोड बताइए और रुपए गिन लीजिए।

आप रुपए के बदले में डॉलर या डॉलर के बदले में रुपए लेना चाहें तो सब बैंक आपकी मदद नहीं कर सकते। कुछ ही बैंक यह काम करते हैं। मगर हवाला की शरण में जाइए तो आप रुपए के बदले में डॉलर, पौंड, दीनार, मार्क कुछ भी लीजिए। कहीं भी भेज दीजिए। घंटे-आधे घंटे में पाँच हजार, सात हजार किलोमीटर की दूरी पर रकम पहुँचा दी जाएगी। रेट भी सरकारी रेट से ज्यादा बेहतर होते हैं। बैंकों के हिसाब में गड़बड़ हो सकता है, हवाला के हिसाब में नहीं। ईमानदारी का अंदाज तो आप इसी से लगाइए कि कभी कोई रसीद लेता-देता नहीं। और फिर भी एक पैसे की बेईमानी नहीं। करोड़ों-अरबों की रकम के लेन-देन बिना रसीद

और हिसाब-किताब के दुनिया भर में चले और कभी कोई झगड़ा न हो। इससे ज्यादा ईमानदारी क्या हो सकती है? सच तो यह है कि हवाला के लेन-देन को लेकर मैं इस नतीजे पर पहुँचा हूँ कि मनुष्य अंदर से जरूर ईमानदार होता है।

प्रबंध कुशलता में हवाला बैंकों के मुकाबले एक शताब्दी आगे है। हवाला धंधे में लगे लोग धंधे के प्रति पूरी निष्ठा रखते हैं। नशीली दवाओं का पैसा हो या हथियारों की तस्करी का, आतंकवाद का पैसा हो या तोड़-फोड़ का। हर किस्म का पैसा बेरोक-टोक, बिना कोई सवाल पूछे हवाला की मशीनरी से वांछित स्थानों पर पहुँच जाता है। बाकी किसी रास्ते से पैसा लाने-ले जाने में सात जगह लोग सत्तर सवाल पूछते हैं। मगर हवाला से भेजे हुए धन के बारे में कोई सवाल नहीं पूछा जाता। धंधे के प्रति यह निष्ठा सराहनीय है। दुनिया भर के कानून हवाला की रोकथाम में लगे हैं; मगर हवाला अत्यंत गोपनीय ढंग से सब जगह कार्यरत रहता है। कोई पूछ सकता है कि हवाला अगर इतनी ही अच्छी चीज है तो गैरकानूनी क्यों है? मेरा जवाब है कि दुनिया की सभी ज्यादा आनंददायक और ज्यादा लाभकारी चीजें गैरकानूनी होती हैं।

सवाल है कि इतनी ही कार्यकुशलता थी तो फिर हवाला कांड कैसे हो गया? यह हुआ हवाला का गैरहवाला से मिलने के कारण। ऐसी मिलावट जब होती है तो हवाला हवालात बन जाता है। एस.के. जैन इसी कारण हवालात में बंद हुए। हवाला करनेवाले आदमी को गैरहवाला धंधों में नहीं कूदना चाहिए। वह कूदा, तभी हवा लग गई और निकल गई। उन्होंने तीन तरह की रकम बाँटी है—एक विदेशों से डॉलर में आई रकम यहाँ नेताओं को रुपए में दी। अब डॉलर में रकम क्यों आई, यह आप मुझसे मत पूछिए, बलराम जाखड़ और नारायण दत्त तिवारी से पूछिए। दूसरी तरह की मिलावट एस.के. जैन ने अपने उद्योग और अपने ठेके को लेकर की। उसने गलती यह की कि अफसरों और मंत्रियों को दी जानेवाली रिश्वत को भी उसी डायरी में दर्ज कर लिया। राजनीतिक दलों के लिए दिए गए चंदे भी उसी में लिख दिए। सो हवाला, रिश्वत और चंदा—सब गड्डमड्ड हो गया और हवाला कांड हो गया।

□

पानीपत के बाद पानी युद्ध

❖

आपने गाँवों के कुओं पर पानी की लड़ाई लड़ते पनिहारिनों को देखा होगा। खेतों में पानी को लेकर खून-खराबा हो जाता है। यह भी एक आम बात है। शहरों के नलों पर पानी को लेकर होनेवाली लड़ाइयों से भी हम सब पूर्ण परिचित हैं। पानी को लेकर पंजाब और हरियाणा में—और पंजाब, हरियाणा, राजस्थान, उत्तर प्रदेश और दिल्ली में घमासान चलता रहा है। इस बार कावेरी के पानी को लेकर तमिलनाडु और कर्नाटक में स्थिति यहाँ तक आ गई कि मुझे लगा कि युद्ध हो जाएगा। कर्नाटक के हथियारबंद लोग एक तरफ होंगे और तमिलनाडु के दूसरी तरफ। कर्नाटक की मदद करने के लिए जंगलों से निकलकर कुख्यात चंदन तस्कर वीरप्पन एक तरफ से नेतृत्व करेगा और श्रीलंका के लिट्टे के सैनिक नेता प्रभाकरन अपने तमिल साथियों के लिए दूसरी तरफ का नेतृत्व करेगा और इस बार तमिल-कन्नड़ युद्ध होगा। इतिहास में इसे कावेरी युद्ध के नाम से जाना जाएगा।

मैं इन युद्धों की चिंता का काल्पनिक खाका खींच रहा था कि इतने में वाशिंगटन का एक समाचार आ गया। अमेरिकी कांग्रेस की एक पत्रिका में एक शोध प्रपत्र छपा है। उसका निष्कर्ष है कि बीसवीं सदी के उत्तरार्द्ध में तेल को लेकर बड़े युद्ध हुए हैं। इक्कीसवीं सदी में पानी को लेकर युद्ध होंगे। प्रपत्र में कहा गया है कि सन् १९९० में संसार में बीस ऐसे देश थे, जहाँ पीने के पानी की कमी थी। सन् २०२५ में ऐसे देशों की संख्या चौंतीस हो जाएगी। इनमें ज्यादातर देश पश्चिम एशिया और अफ्रीका के सहारा के रेगिस्तानी देश हैं। सन् २०५० तक संसार की आबादी एक हजार करोड़ हो जाएगी। उसमें से चार सौ चार करोड़ लोगों के लिए पीने के पानी का अभाव होगा। ऐसे कुछ तथ्यों के आधार पर पानी

युद्ध की कल्पना की गई है। कुछ घटनाएँ ऐसी होती हैं जो आनेवाली घटनाओं का संकेत दे देती हैं। हमारे यहाँ पानीपत की तीन लड़ाइयाँ यों ही नहीं हुईं। असल में, वह इक्कीसवीं सदी में आनेवाले पानी युद्ध की पूर्व सूचना थी।

उस शोध प्रबंध के पानी की कमीवाले देशों में भारत का उल्लेख नहीं है। फिर भी हम जानते हैं कि एक चौथाई भारत के पास पीने का पानी नहीं है। भारत को तो पानी के लिए लड़ने की आदत पुराण काल से है। पानी के लिए तो हमेशा लड़ाई होती रही है। कोई कह सकता है कि पानी का वह संकट दूसरा था और इक्कीसवीं शताब्दी का पानी का संकट दूसरा होगा। मैं मान लेता हूँ। हमारे तो रहीम कवि पहले ही कह गए हैं—

रहिमन पानी राखिए, बिन पानी सब सून।
पानी गए न ऊबरै, मोती मानुष चून॥

भारत में भी छिटपुट पानी युद्ध हो सकते हैं। उन युद्धों में हमारी नगरपालिकाओं का बड़ा योगदान होगा। देश में अनेक ऐसी नगरपालिकाएँ हैं, जिनकी पाइप लाइनों से पचास प्रतिशत पानी रास्ते में ही निकल जाता है। मैं देखता हूँ कि जरूरतमंद लोग ऐसे पाइपों में छेद करके जरूरत भर पानी का इस्तेमाल करते हैं और बाकी समय पानी बहता रहता है। बाकी कसर घरों में निकल जाती है। नल खुले रहते हैं। पानी बहता रहता है। फिर कुछ लोग पानी भले दिन भर में दो लीटर पीते हैं, लेकिन स्नान सौ लीटर के टब में ही करते हैं। पानी की कमी का एक देश है—इजराइल। वहाँ वह एक-एक बूँद पानी का इस तरह इस्तेमाल करते हैं, मानो हर बूँद दस रुपए में खरीदी हो। काम में लिया गया पानी भी बरबाद नहीं करते। उसका तरह-तरह से इस्तेमाल किया जाता है। सच पूछिए तो मैं पानी युद्ध की कल्पना से घबरा गया हूँ। एक ही इलाज है। संसार का कुल पानी का ९८ प्रतिशत खारा पानी है, जो न सिंचाई के काम में आ सकता है, न पीने के और न उद्योग के। उसका अलवणीकरण किया जाए और पीने के काम में लिया जाए। मगर यह बहुत खर्चीला और श्रमसाध्य है। इसका इस्तेमाल भी केवल वही देश कर सकते हैं, जो समुद्र-तट के किनारे हों। हो सकता है, कुछ देश समुद्र-तट के किनारे पहुँचने के लिए युद्ध करें।

□

इतिहासकार नारायणन साहब

अपने उपराष्ट्रपति केरल में जनाब मुहम्मद कोया के नाम पर स्थापित अंतरराष्ट्रीय फाउंडेशन का उद्‌घाटन करने गए थे। कोया साहब मुसलिम लीग के नेता रहे हैं। यही इस बात का प्रमाण है कि संस्था सौ टका सेक्युलर है। अपने नेताओं में एक खूबी होती है कि वे जहाँ जाते हैं वहाँ के श्रोताओं को अच्छी लगनेवाली बातें बोलते हैं। सो कुछ बातें उन्होंने रखीं। एक तो यह कहा कि आदि शंकराचार्य के अद्वैत पर इसलाम के एकेश्वरवाद की छाप है। उपराष्ट्रपति से इतिहासकार बनते हुए उन्होंने फरमाया कि भारत में सभ्यता के प्रसार में इसलाम का भारी योगदान रहा है। पहला कथन दर्शनशास्त्र से ज्यादा ताल्लुक रखता है और इतिहास से कम। दूसरा कथन इतिहास से ज्यादा ताल्लुक रखता है और समाजशास्त्र से कम। मैं मूरख खल कामी—न इतिहास जानता हूँ, न दर्शन। समाजशास्त्र का ज्ञान तो मेरा दर्शन और इतिहास से भी कम है। कहने का अर्थ यह है कि इन तीनों ही विषयों में मैं समान रूप से अधिकारी अज्ञानी हूँ।

लेकिन मेरे खयाल से आदि शंकराचार्य का अद्वैत सीधे वेदों और उपनिषदों से प्राण ग्रहण करता है। वह उतना ही पुराना है जितना कोई पहाड़ होता है। इसलाम की पूरी जिंदगी अभी भी चौदह सौ साल की नहीं हुई है। ताराचंद जैसे सेक्युलर इतिहासकार भी यह मानते हैं कि 'इस तरह की प्रतिस्थापना (शंकराचार्य पर इसलाम का प्रभाव) के पीछे कोई साबित करनेवाला सबूत नहीं है।' कोई चाहे तो डॉ. राधाकृष्णन की 'हैरीटेज एंड इंडियन फिलॉसफी' के सबूत देख सकता है कि आदिशंकर के अद्वैत, उपनिषद् और वैदिक दर्शन के अद्वैत में कितनी निरंतरता का संबंध है। मगर अपने सेक्युलर उपराष्ट्रपति नारायणन साहब

ने कह दिया तो सिर–आँखों पर आ गया है। मैं तो यह भी मान लूँगा कि वेदों पर भी कुरान का असर है।

इतिहासवेत्ता और भूतपूर्व प्रधानमंत्री स्व. राजीव गांधी ने अपने एक भाषण में कहा था कि भारत का इतिहास इसलाम का इतिहास है। न तो मुझे भारत का इतिहास मालूम था और न इसलाम का। सो मैंने राजीव गांधी के कथन को भी ब्रह्म वाक्य मान लिया था। बड़े पद पर बैठा हुआ आदमी जो भी बोलता है, उसे मैं मान लेता हूँ; क्योंकि मेरे पास पद नहीं है, मैं अपने पद पर खड़ा रहता हूँ। नारायणन साहब ने भारत में सभ्यता के विकास में इसलाम के योगदान की बात बिलकुल ठीक-ठीक कही है। मैं भी यह मानता हूँ कि इसलाम के पहले भारत के लोग पाजामे में नाड़ा डालना नहीं जानते थे। औरतें जरूर घाघरे में नाड़ा डाल लेती थीं।

मुझे याद आता है कि भारत को सभ्यता सिखाने का इसलामी दावा नारायणन साहब से पहले जामा मसजिद के शाही इमाम सैयद अब्दुल्ला बुखारी ने भी किया था। बुखारी भारत के सेक्युलर होने का प्रमाण-पत्र हैं। वह जो कुछ बोलते हैं, सेक्युलर और सत्य बोलते हैं। नारायणन साहब ने भी सेक्युलर सत्य का उद्‌घाटन किया है। भारत के किसी इतिहासकार का मैं उल्लेख नहीं करूँगा। विश्व प्रसिद्ध इतिहासकार बिल डूरेंट ने लिखा है कि 'भारत पर इसलामी विजय संभवत: संसार का सबसे रक्तरंजित इतिहास है।' मगर मैं ऐसे ऐरे-गैरे इतिहासकारों को महत्त्व नहीं देता। महत्त्व देने के लिए मेरे पास उपराष्ट्रपति नारायणन और शाही इमाम बुखारी जैसे अनेक इतिहासवेत्ता हैं। एक सेक्युलर मंत्री हुआ करते थे। कांग्रेस के बड़े भारी नेता थे। उन्होंने कहा था कि बाबर भारत के नाम सेंट्रल एशिया का एक बहुमूल्य तोहफा था। मैं आज तक नहीं समझ सका कि बाबर और बर्बर में क्या संबंध है? लेकिन कुछ-न-कुछ तो संबंध होगा। गुरु नानक ने बाबर के नरसंहार का बड़ा बीभत्स चित्रण किया है। न जाने कितने मंदिरों को नेस्तनाबूद किया उसके सैनिकों ने। उन्हीं मंदिरों में एक रामजन्मभूमि मंदिर भी है। इन सबको देखकर लगता है कि बाबर जरूर बहुमूल्य तोहफा रहा होगा।

□

पापी वोट के लिए

उर्दू अखबारों की समस्याएँ ठीक चुनाव के पहले पैदा होती हैं और प्रधानमंत्री या मुख्यमंत्री उन समस्याओं का समाधान तत्काल कर देते हैं। चुनाव के पहले तक उर्दू हिंदू और मुसलमान सबकी भाषा होती है और चुनाव के आते ही वह सिर्फ मुसलमानों की भाषा हो जाती है। आम लोग पापी पेट के लिए सैकड़ों पापड़ बेलते हैं। चुनाव काल में कांग्रेस पार्टी वोट के लिए हजारों पापड़ बेलती है। अभी उस दिन ऑल इंडिया माइनोरिटी फ्रंट की तरफ से उर्दू अखबारों के संपादकों का एक अभूतपूर्व सम्मेलन किया गया। प्रधानमंत्री उसमें बोले। उर्दू प्रेस की परेशानियों का उल्लेख किया। उनको तरह-तरह से मदद देने का आश्वासन दिया। प्रधानमंत्री ने इस सम्मेलन में अपने मंत्रिपरिषद् के आठों मंत्रियों की एक प्रदर्शनी लगाई। साबित कर दिया कि मुसलमानों का मंत्रिमंडल में पंद्रह प्रतिशत आरक्षण है। संपादक भी बड़े उत्साह में तीन सौ की तादाद में आए थे।

उर्दू के संपादकों की याद प्रधानमंत्री को पाँच साल में एक बार आती तो है। कन्नड़, बँगला, हिंदी वगैरह के संपादकों की याद तो एक बार भी नहीं आती। इसका कारण है, इन भाषाओं के अखबारों की पकड़ में जनता नहीं है। ये अखबार सारे वोट नहीं दिला सकते हैं। हद-से-हद दो-एक प्रतिशत का फर्क डाल सकते हैं। उर्दू अखबारवाले अपने इमामों के साथ मिलकर अस्सी प्रतिशत मुसलमानों पर सीधा असर रखते हैं। चाहे वह पढ़ा-लिखा हो या न हो। जिसके पास वोट होगा उससे कौन प्रेम नहीं करेगा! चुनावी उर्दू प्रेम होगा 'चुनावी', मगर उर्दू प्रेम तो है न? पूर्व प्रधानमंत्री ने एक लाख पंद्रह हजार इमामों के वेतन के लिए सरकारी खजाने से छह सौ अड़तालीस करोड़ रुपए का प्रावधान किया था। इमामों के पास

वोट है तो उन्हें वेतन क्यों नहीं मिलेगा। पुजारियों के पास हिंदुओं का वोट नहीं है तो उन्हें सरकारी वेतन नहीं मिल सकता। हाजियों के पास वोट होता है, सो हज यात्रा में सरकारी धन खर्च किया जाता है। मानसरोवर के तीर्थयात्री वोट नहीं दिला सकते तो उनपर सरकारी नोट नहीं खर्च होते। स्वाभाविक है, जब वोट नहीं तो नोट नहीं।

मैं अपने मुसलमान भाइयों से गुजारिश करना चाहता हूँ कि अब रहम कीजिए कांग्रेस पर। दे दीजिए वोट इनको। नरसिंह राव अल्पसंख्यक आसन में बैठकर लगातार तपस्या कर रहे हैं। इतनी तपस्या तो किसी ने नहीं की थी। आत्मसमर्पण करनेवाले डाकुओं तक को लोग माफ कर देते हैं। हे मुसलमान भाइयो! अब नरसिंह राव को माफ कर दो। दे दो वोट इन्हें एक बार। इस बार जीतने पर बाबरी से लेकर औरंगजेबी तक तमाम मुगलिया मसजिदें ये फिर से बनवा देंगे। अगर नहीं टूटी होंगी तो सोने से जड़वा देंगे। एक लाख पंद्रह हजार इमामों के बजाय दस लाख इमामों को सरकारी खजाने से वेतन देंगे। उर्दू की इतनी तरक्की कर देंगे कि पाँच साल बाद तीन हजार उर्दू अखबारों के संपादकों का सम्मेलन होगा। यह सचमुच सच्चे वोट-प्रेमी हैं, इसलिए सच्चे उर्दू समर्थक हैं। वोट के लिए वह किसी भी सीमा तक जा सकते हैं। धर्मनिरपेक्षता का क्या करेगा? वोट अगर तुष्टीकरण में हो तो क्यों न करे वह तुष्टीकरण? मुसलमान चाहे लाख दुत्कारें, लेकिन उनका प्रतिकार यह सत्कार से करते हैं। दूध पिलानेवाली गाय के सींग मारने का भला किसने बुरा माना है! लेकिन सींग भी मारो और दूध भी न पिलाओ तो मानकर चलो कि तुम्हारे लिए कांग्रेस से बुरी कोई पार्टी नहीं होगी।

□

अदालत को डॉक्टरी जवाब

आजकल बच्चे नर्सिंग होम में ही पैदा होना चाहते हैं। कारण कुछ भी हो, लेकिन शहरों के बच्चों को वहीं पैदा होना पसंद है। यह बच्चे की पहली पसंद होती है। इसलिए माँ-बाप तुरंत मान भी जाते हैं। नर्सिंग होम की डॉक्टरनी कोई दाई तो होती नहीं। उसको सिजेरियन ऑपरेशन करना ही अच्छा लगता है। माँ-बाप को यह पता होता है कि सौ में से साठ तो स्वेच्छा से सिजेरियन ऑपरेशन करा लेती हैं। बच गईं चालीस। उन्हें बता दिया जाता है कि इनकी पत्नी का सिजेरियन ऑपरेशन करना क्यों जरूरी है। वरना खतरा हो सकता है। सिजेरियन ऑपरेशन से पैदा हुआ बच्चा जन्म से ही महँगा पड़ता है। ऑपरेशन का भारी बिल चुकाकर जब माँ-बाप लौटते हैं तो उन्हें अपना बच्चा ज्यादा प्यारा लगता है। महँगा बच्चा प्यारा तो लगेगा ही।

अभी पिछले दिनों सर्वोच्च न्यायालय ने गलत चिकित्सा करने या चिकित्सा संबंधी भूल-चूक के लिए डॉक्टरों को उत्तरदायी ठहराने का न्यायिक प्रबंध किया था। उसके लिए दंड विधान की भी व्यवस्था की गई थी। फैसले के तीन दिन बाद पटेल नगर की गुरशरण कौर पूसा रोड के नर्सिंग होम में शिशु को जन्म देने के लिए दाखिल हुई और नर्सिंग होम की प्रथा के अनुसार शीघ्र ही उसका सिजेरियन हुआ। ऑपरेशन के बाद पेट टाँकों से सी दिया गया। महीने भर तक गुरशरण परेशान रही। फिर गंगाराम हॉस्पिटल में दिखाया। पता चला कि सिजेरियन के वक्त पेट में तौलिया छूट गया था। गुरशरण का दोबारा ऑपरेशन हुआ। तौलिया निकाला गया। जान बच गई।

नर्सिंग होम ने पेट में तौलिया क्यों रख दिया? जरूर इसका कोई डॉक्टरी

कारण होगा। मैं गुरशरण कौर के सिजेरियन ऑपरेशन का बिल देखना चाहता हूँ। उस बिल में इस कीमती तौलिए का खर्च जरूर जोड़ा गया होगा। बिना पैसा लिये तौलिया छोड़ने की गलती नर्सिंग होम में नहीं की जाती, सरकारी अस्पताल भले ही कर दे। हो सकता है कि अब सिजेरियन ऑपरेशन की कला में कुछ विकास हुआ हो। एक बार ऑपरेशन करके बच्चा निकाला, महीने भर बाद फिर ऑपरेशन करके तौलिया निकाला। उसे सिजेरियन पार्ट टू कहा जा सकता है। अगर सिजेरियन पार्ट टू में तौलिए का बिल नहीं है तो उपभोक्ता न्यायालय काररवाई कैसे करेगा? तौलिए का बिल तो था ही नहीं। बिल नहीं तो जिम्मेदारी नहीं। उलटे गुरशरण पर नर्सिंग होम का तौलिया अवैध रूप से छिपाकर घर ले जाने का मामला बन जाएगा।

इस घटना से यह भी स्पष्ट हो गया कि डॉक्टरों पर सर्वोच्च न्यायालय के फैसले का कितना असर पड़ा। कई बार लगता है कि सिजेरियन ऑपरेशन में तौलिया अंदर छोड़कर उस डॉक्टरनी ने डॉक्टर समाज की ओर से सर्वोच्च न्यायालय के फैसले पर अपनी प्रतिक्रिया व्यक्त की है। इसका अर्थ यह बताना भी हो सकता है कि सर्वोच्च न्यायालय का काम फैसला करना है, वह फैसला करे। हमारा काम चिकित्सा करना, ऑपरेशन करना है। ऑपरेशन करने की स्वतंत्रता में बदन के अंदर हम तौलिया छोड़ें या कैंची, वह हमारी पेशागत स्वतंत्रता है। अगर सर्वोच्च न्यायालय ने इस मामले में डॉक्टरों से टक्कर ली तो डॉक्टरों का अगला जवाब क्या होगा? मेरा एक सुझाव है कि जैसे ही कोई जटिल ऑपरेशन का केस आए, डॉक्टर उसे सर्वोच्च न्यायालय के मुख्य न्यायाधीश के पास रेफर कर दें। अगर मुख्य न्यायाधीश सुनवाई न करें तो मरीज को सर्वोच्च न्यायालय के फुल बेंच पर सुला दिया जाए। मुख्य न्यायाधीश और बाकी न्यायाधीश जैसे ऑपरेशन करना चाहें, करें। डॉक्टर भी वीटो लगा सकते हैं। वीटो केवल सर्वोच्च न्यायालय के पास ही नहीं है।

□

व्यवस्था बदल गई है

बहुत से लोग संसद् नहीं चलने से चिंतित हो जाते हैं। इस बार विपक्ष ने संसद् सत्र को अंतिम तेरह दिनों तक नहीं चलने दिया। पिछले सत्र में भी ऐसा ही कुछ हुआ था। पिछले से पिछले सत्र में भी संसद् में आठ-दस दिन की कारवाई नहीं चल सकी थी। कुछ वर्षों से संसद् का सत्र जब प्रारंभ होता है तो कुछ दिन विपक्ष कारवाई नहीं चलने देता। पिछले दौर में और अब के दौर में एक अंतर है। तब कारवाई ज्यादा चलती थी और जाम कम होता था। अब जाम ज्यादा दीर्घजीवी होता है और कारवाई अल्पजीवी। मेरे खयाल से व्यवस्था बदल रही है। संसदीय दायरे के अंदर रहते हुए लोकतंत्र जब लूटतंत्र बन जाता है तो संसद् में जामतंत्र स्थापित हो जाता है। लोकतंत्र से लेकर जामतंत्र तक सभी संसदीय व्यवस्थाएँ ही हैं। बल्कि ये लोकतंत्र की विभिन्न अवस्थाएँ हैं। इसमें सिस्टम अर्थात् व्यवस्था बदलती है; मगर दिखती नहीं।

संसद् में कारवाई का न चलना या न चलने देना उसी बदली हुई व्यवस्था का भाग है। सभी पार्टियाँ व्यवस्था बदलने का नारा लगाती हैं। इसीलिए संसदीय व्यवस्था ने अपने आपको बदल लिया है। सत्ता पक्ष और विपक्ष दोनों ने व्यवस्था परिवर्तन के इस काम में सहयोग किया है। आप पूछेंगे कि फिर सरकार कैसे चलेगी? मैं कहना चाहता हूँ कि सरकार के चलने की जरूरत क्या है? वह बैठी रहे तो आपको इसमें दिक्कत क्या है? मैंने यह जवाब एक जगह दिया तो एक सज्जन सिर पकड़कर बैठ गए। कहने लगे—तो फिर महत्त्वपूर्ण फैसले कौन करेगा?

मैंने उन्हें समझाया कि अव्वल तो किसी फैसले को करने की कोई जरूरत

ही नहीं है और अगर फैसला जरूरी ही है तो सर्वोच्च न्यायालय कर देगा। न्यायालय फैसला करने के लिए ही है। उसने सरकार के बदले अनेक महत्त्वपूर्ण फैसले किए हैं। कूड़ा उठाने से लेकर जाँच तक के फैसले। तबादला से लेकर के.पी.एस. गिल पर मुकदमा चलाने तक के फैसले। सर्वोच्च न्यायालय रात-दिन तो फैसले ही कर रहा है। सरकार बैठी है और अदालत फैसला कर रही है। इसीलिए मैं कह रहा हूँ कि व्यवस्था बदल रही है। इसपर किसी ने मुझसे कहा—तो मंत्री क्या करेंगे? मैंने उन्हें बताया कि वह तो व्यापार कर ही रहे हैं। अनेक के नामी-बेनामी व्यापार चल रहे हैं। कुछ के खानदान अचानक बड़े कारोबारी हो गए हैं। उदारीकरण के बाद यह ज्यादा हुआ है। व्यापार में काला धन सफेद हो जाता है। सारा सिस्टम बदल रहा है। आप आँख खोलकर देखिए, आपको व्यवस्था परिवर्तन नजर आ जाएगा।

आप वाजिब तौर पर पूछ सकते हैं कि जब राजनेताओं के व्यापार चलने लगेंगे तो उद्योगपति और व्यापारी क्या करेंगे? मेरा कहना है कि बहुराष्ट्रीय निगम बड़ी संख्या में चले आ रहे हैं। हमारे उद्योगपति और व्यापारी उनके साथ साझेदारी या उनकी दलाली कर सकते हैं। सवाल हो सकता है कि ऐसे में नौकरशाही की क्या भूमिका होगी? जनाब, नौकरशाही तो अपनी भूमिका पहले से ही बदल रही है। यह जो अखबार में आप सनसनीखेज खबरें देखते हैं वे कहाँ से आती हैं। सरकारी खबर निकालकर अखबारों तक पहुँचा देने का पवित्र काम अब नौकरशाही ही करती है। चाहे वह मंत्री के खिलाफ हो या मंत्रीजी के शत्रु के खिलाफ, चाहे वह पक्ष के खिलाफ हो या विपक्ष के खिलाफ, नौकरशाही ही समाचारों की गंगोत्तरी है। इस बात को अच्छी तरह समझ लिया जाना चाहिए कि बदली हुई व्यवस्था में कोई भी अपना काम नहीं करता है। हर संस्थान किसी-न-किसी दूसरे संस्थान का काम करता है।

□

इधर भी जाम, उधर भी जाम

प्रधानमंत्री रफी मार्ग पर स्थित मावलंकर हॉल में तीन सौ सैंतालीस लोगों के बीच भाषण दे रहे थे और करीब आधा किलोमीटर दूर मेरी कार विंडसर प्लेस में ट्रैफिक जाम में फँस गई थी। विंडसर प्लेस से निकलनेवाली सभी सड़कें—फिरोजशाह रोड, अशोक रोड, जनपथ, रायसीना रोड सब-के-सब दोनों तरफ से वाहनों से पटी पड़ी थीं। प्रधानमंत्री का भाषण चल रहा था और हजारों गाड़ियाँ जहाँ-की-तहाँ रुकी हुई थीं। किसी गाड़ी के खिसकने की कहीं कोई गुंजाइश नहीं थी। उस दिन मेरी कार ने रिकॉर्ड बनाया। सवा किलोमीटर की दूरी सैंतालीस मिनट में पूरी की। मेरा खयाल है कि कोई खाता-पीता मेढक इस रफ्तार से सैंतालीस मिनट से कम समय में पहुँच सकता था।

उस दिन मेरी तकदीर ही खराब थी। मैं अखबारों के दफ्तार आई.एन.एस. भवन में गया था। मुझे पैकिट डलवाने थे। मुझे मालूम नहीं था कि सामने की बिल्डिंग में प्रधानमंत्री के भाषण का शुभ मुहूर्त भी उसी समय था। प्रधानमंत्री की सुरक्षा व्यवस्था इतनी चुस्त है कि एक घंटे पहले से ही चार्टर्ड बसों का यातायात आस-पास की सड़कों पर रोक दिया गया था। रफी मार्ग और आस-पास के सरकारी दफ्तरों के बीसियों हजार कर्मचारी उन्हीं बसों से आते-जाते हैं। वे सब पैदल हो गए थे। भीड़ कुछ इस तरह फुटपाथ से गुजर रही थी मानो नई दिल्ली रेलवे स्टेशन पर राजधानी एक्सप्रेस आ गई हो। दो-दो, तीन-तीन किलोमीटर की दूरी पर जाकर उन्हें अपनी वैकल्पिक बस से यात्रा करनी थी। रास्ते भर पैदल यात्री प्रधानमंत्री के लिए शुभ-वचन बोलते जा रहे थे।

प्रधानमंत्री के आगमन के एक घंटा पहले रफी मार्ग की सभी चाय-पान की

दुकानों को बंद कर दिया गया था। प्रधानमंत्री का भाषण इस इलाके में आफत बनकर टपका था। दस मिनट पहले सारे कर्मचारी और बाकी के लोग उन भवनों के दरवाजे के अंदर डाल दिए गए। बाहर ट्रैफिक की जीपें रास्ता रोके खड़ी थीं। सड़क पर कोई आदमी नहीं था। मालूम नहीं एक कुत्ता किधर से निकला। ट्रैफिक की जीप से उसे खदेड़ा गया। ट्रैफिक पुलिस का ड्राइवर कमाल का था। जीप द्वारा कुत्ते को खदेड़ने का उपक्रम मैंने पहली बार देखा था। हो सकता है कि वह ह्यूमन बम हो। हम सब बाड़े में बंद रहे। प्रधानमंत्री मावलंकर भवन में आ गए।

तीस मिनट बाद ट्रैफिक खुला। मगर चारों तरफ से खुला और आस-पास की तमाम सड़कों पर जाम हो गया। इसलिए मैंने कहा कि प्रधानमंत्री का भाषण चल रहा था और मेरी कार जाम में रुकी खड़ी थी। कोई उपाय नहीं था। बहुत से लोग हॉर्न दे रहे थे; लेकिन हॉर्न देने से जाम खत्म नहीं होता। वह दिन ही कुछ खराब था। सुबह टेलीफोन की घंटी बजी थी। फोन उठाया, कोई आठ-दस आवाजें एक साथ आ रही थीं। कोई चीख रहा था—आप रख दीजिए। दूसरा तर्क दे रहा था कि मेरे यहाँ तो घंटी बजी है, मैंने फोन नहीं किया है। एक सज्जन मनमोहन सिंह, मनमोहन सिंह कह रहे थे। मगर उन आवाजों में किसी ने अपने को मनमोहन सिंह नहीं बताया। टेलीफोन पर ट्रैफिक जाम था।

संसद् में भी काररवाई जाम थी। मगर संसद् की काररवाई जाम होने से किसी का कुछ नहीं बिगड़ा। सांसदों का तो वेतन-भत्ता वैसे ही खर्च होना था, चाहे बहस में खर्च हो या बहस जाम में। फायदा हुआ तो प्रधानमंत्री नरसिंह राव का हुआ। न तो उनके दफ्तर से गायब हुई राजीव गांधी हत्याकांड की फाइल की चर्चा चली और न उनके और चंद्रास्वामी के मधुर संबंधों के बारे में, और सारा सत्र निकल गया। जाम चाहे संसद् में हो या सड़कों पर, कारण प्रधानमंत्री होते हैं। और लाभ में भी वही रहते हैं। नुकसान हमेशा मुझे होता है। संसद् की काररवाई जाम में भी विषय-वस्तु के अकाल को मैं ही भुगतता रहा।

□

तोहफे का नाम है सी.बी.आई.

❖

बीसी नाम की उस भैंस के नामकरण की एक कहानी है। जब वह बीस किलो दूध देने लगी थी, तभी से उसके मालिक ने 'बीसी' कहकर उसकी पीठ थपथपाई थी। आदतन वह सड़क के बीच से निकलती थी। ट्रैफिक पुलिसवालों ने कई बार उसे साम, दाम और दंड से समझाया था। इधर ट्रैफिक पुलिस ने मुँह मोड़ा, उधर वह फिर सड़क के बीच में। कई बार वह दिल्ली देहात की सड़कों पर ट्रैफिक जाम कर चुकी थी। एक बार एक अखबारवाले ने ट्रैफिक जाम करते बीसी की फोटो भी छाप दी थी। तभी से बीसी गाँव की प्रतिष्ठा का प्रतीक बन गई थी। अखबार के पहले पन्ने पर बीसी की फोटो छपी थी। लोगों ने उसे काटकर रख लिया था। एक दिन बीसी अचानक मर गई। पूरे गाँव में शोक व्याप्त हो गया।

बीसी क्यों मरी, कैसे मरी ? यह रहस्य बन गया था। जितने मुँह उतनी बातें। गाँव के उप-सरपंच ने किसी पत्रकार की खुशामद करके यह खबर छपवा दी कि गाँववालों ने माँग की है कि इस मशहूर भैंस बीसी की मृत्यु की जाँच सी.बी.आई. करे। गाँव के बड़े-बूढ़ों ने जब यह खबर पढ़ी तो कहने लगे कि बात तो सही है। कभी किसी भैंस की मृत्यु पर सी.बी.आई ने जाँच नहीं की है। सी.बी.आई. अगर इसकी जाँच करेगी तो बीसी की मौत अमर हो जाएगी। गाँव को शोहरत मिलेगी। स्कूल के मास्टर ने हाँ में हाँ मिलाई। लोगों ने संशोधन रखा। न करे सी.बी.आई. जाँच तो कम-से-कम केंद्रीय जाँच ब्यूरो ही कर ले इसकी जाँच। दूध-का-दूध और पानी-का-पानी हो जाए। उप-सरपंच ने कहा कि सी.बी.आई. की जाँच से अच्छी जाँच हमारे थाने का सिपाही माँगेराम कर देगा।

मेरा खयाल है कि सी.बी.आई. की जाँच अब एक फैशन है। स्कूल में बच्चा

फेल हो जाए, सी.बी.आई. जाँच करे। साइकिल में पंचर हो जाए सी.बी.आई. जाँच करे। सब्जी में नमक ज्यादा हो तो पति पत्नी को धमका दे कि मैं सी.बी.आई. से जाँच कराऊँगा। पान में चूना ज्यादा लग जाए तो कराओ सी.बी.आई. से जाँच। कहीं भी कुछ गड़बड़ हो जाए तो सी.बी.आई. की जाँच की माँग उठ जाती है। मानो सी.बी.आई. कोई रामबाण हो। जिन्हें यह नहीं मालूम कि सी.बी.आई. किस कबूतर का नाम है, वे भी सी.बी.आई. से जाँच की माँग करते हैं। तो क्या यह समझा जाए कि सी.बी.आई. जाँच बहुत प्रामाणिक जाँच करती है ? ऐसा तो शायद ही कोई कह सके। असल में, तरह-तरह के अपराधों की जाँच करने की यह सर्वोच्च संस्था है। जब यह भारत सरकार के गृह मंत्रालय के अधीन थी तब अगर चाहती तो जटिल-से-जटिल मामले की जाँच कर सकती थी।

मगर अब यह प्रधानमंत्री के तहत है। अब इसकी भूमिका ही बदल गई है। अगर आदेश हो कि मामले को लटका दो तो मामला लटका ही रहेगा। भले ही सर्वोच्च न्यायालय निपटाने का आदेश मय तारीख के बता दे। अगर उसको निर्देश मिल जाए कि मामले को भटका दो तो मुंबई का मामला कलकत्ता की सड़कों पर भटकता मिलेगा। अगर उसको आदेश मिल जाए कि मामले को पलटा दो तो सी.बी.आई. गंगादास को छोड़कर जमनादास को अपराधी के कठघरे में खड़ा कर देगी। अगर सी.बी.आई. को इशारा हो जाए कि प्रधानमंत्री के पुत्र प्रभाकर राव के मामले को सुलटा दो तो शेयर घोटाले में फँसे साबित शुदा गोल्ड स्टार प्रकरण को सी.बी.आई. एक लाइन में मामले को सुलटा देगी कि प्रभाकर राव पर कोई केस ही नहीं बनता। अगर सी.बी.आई. को यह बता दिया जाए कि फलाँ कंपनी को एक झटका दो तो दूसरे दिन ही कंपनी के सत्ताईस ठिकानों पर एक साथ छापे पड़ जाएँगे। कंपनी और कंपनी के मालिक दोनों को बिजली का झटका लगेगा। सी.बी.आई. एक चामत्कारिक संस्था है। कहावत है कि तीर एक बार जब निकल जाए तो उसे रास्ते में नहीं रोका जा सकता। परंतु सी.बी.आई. के साथ ऐसा नहीं है। वह छोड़े हुए तीर को कभी भी पकड़ सकती है। एक बात और है। जब सरकार कुछ भी नहीं दे सकती तब भी सी.बी.आई. जाँच का तोहफा दे सकती है। □

चरित्रवान् विभाग का संकट

बताइए, देश का सबसे भोला-भाला, शरीफ, कर्तव्यपरायण, सत्यवादी, शाकाहारी विभाग कौन सा है? सब जानते हैं कि पुलिस विभाग नहीं है। पुलिस मांसाहारी मंत्रालयों में सर्वोच्च माना जा सकता है। कोई कह सकता है—सूचना और प्रसारण मंत्रालय। जी नहीं। यह और भले कुछ हो, मगर भोला-भाला नहीं है। खासकर टेलीविजन क्रांति के बाद तो उसे कोई नासमझ आदमी ही भोला-भाला कह सकता है। 'जी. टी.वी.' के एक सीरियल में एक लड़की अपनी माँ को चाँटा मार देती है। जाहिर है, यह मंत्रालय भोला-भाला नहीं है। कोई कहेगा कि विदेश मंत्रालय इन कसौटियों पर खरा उतर रहा है। मैं नहीं मानता। राजनयिक झूठ बोलते हैं। यह दीगर बात है कि देश के लिए झूठ बोलते हैं। सच्चाई से झूठ बोलते हैं। या यों कह लीजिए कि सच्चाई चुपड़कर झूठ बोलते हैं। किसी भी तरह हम विदेश मंत्रालय को सत्यवादी मंत्रालय नहीं कह सकते।

मैं ही बता देता हूँ। इस विभाग का नाम है डाक-तार विभाग। डाकिया उसकी पहचान है। डाकिए, सिपाही और मास्टर में मुझे सबसे शरीफ डाकिया नजर आता है। डाकिए का दरवाजे पर स्वागत है, सिपाही का नहीं। दस साल पहले भारत का डाक-तार विभाग दुनिया का सबसे बेहतर डाक-तार विभागों में से माना जाता था। अब ऐसा नहीं है। अभी भी ऊपरवाले गुणों से विभूषित तो है। मगर सक्षम नहीं है। कभी कम वेतन के कारण हड़ताल और कभी ओवर टाइम न देने के कारण हजारों डाक गट्ठरों का इकट्ठा हो जाना। कभी लिफाफे का संकट तो कभी पोस्टकार्ड का संकट। आज फिर यह विभाग संकटग्रस्त है। एक नए संकट के बारे में सुन रहा हूँ। एक रुपए के टिकटों का अकाल पड़ गया है। मालूम

नहीं कि डाक टिकटों का अकाल कागज की कमी के कारण पड़ा या स्याही की कमी के कारण पड़ा या फिर नासिक, हैदराबाद, चेन्नई और कानपुर स्थित टिकटों के छापेखाने की मशीनों ने हड़ताल कर दी है। मगर एक रुपए के डाक टिकटों की कमी जरूर है।

कहीं ऐसा तो नहीं कि डाक विभाग के किसी बड़े आदमी की गोटी डाक टिकट छापनेवाली किसी विदेशी कंपनी से फिट बैठ गई हो? और अब सिक्कों की तरह डाक टिकट भी आयात करने की चीज बनने वाली हो? बहरहाल नए साल की शुभकामनावाले मौसम में एक रुपए के करोड़ों डाक टिकटों की अतिरिक्त माँग होती है। वैसे भी दिल्ली में एक रुपएवाले टिकट हर महीने एक करोड़ सत्तर लाख की संख्या में खप जाते हैं। भोपाल जैसे शहर में महीने में सड़सठ लाख टिकट की जरूरत पड़ती है। बंगलौर के डाकघर डेढ़ करोड़ ऐसे टिकट हर महीने बेचते हैं। अब लगता है कि डाक-तार के काम का भी निजीकरण करने की माँग कहीं-न-कहीं से उठेगी। हो सकता है कि आंशिक रूप से ही उठ जाए। कोई शुरुआत कर दे कि डाक टिकटों की छपाई निजी क्षेत्र में हो, ताकि टोटा न पड़े। जब आपूर्ति कम हो तो बाजार के नियमों के हिसाब से एक रुपए का डाक टिकट डेढ़, दो, तीन रुपए तक में बिके और जब टोटा खत्म हो जाए तो सौ डाक टिकटों के एक पत्ते पर दस-पाँच प्रतिशत कमीशन मिले।

अनौपचारिक रूप से तो डाक-तार सेवा का निजीकरण एक तरह से चालू हो ही गया है। देश भर में सैकड़ों बड़ी कूरियर सेवाएँ और दसियों हजार छोटी कूरियर सेवाएँ यही काम कर रही हैं। कूरियर सेवाएँ अगर अपना जाल थोड़ा और फैलाएँ तो डाक बाँटने के विशेषज्ञ डाकिए त्यागपत्र देकर कूरियर की सेवा में आ जाएँगे और दोगुना-तिगुना कमाएँगे। यही लाभ है निजीकरण का। मगर तब होगा यह कि चिट्ठी भेजना विलासिता की गिनती में आ जाएगा। लोग महँगे तरीके से बहुत जरूरी चिट्ठी भेजेंगे। कूरियर सेवा आज एक लिफाफे को देश के किसी शहर में पहुँचाने के लिए तीस रुपए से सौ-डेढ़ सौ रुपए लेती है। मगर पहुँचा देती है। चौबीस नहीं तो अड़तालीस घंटे में पहुँचा देती है। डाक विभाग अलग-अलग राज्यों में अलग-अलग रफ्तार से चिट्ठी पहुँचाता है। महाराष्ट्र यह तीन दिन में पहुँचा देती है। बिहार के गाँवों में सात दिन में। कुछ लेट-लतीफ चिट्ठियाँ स्वयं के आलस्य के कारण दो-तीन हफ्ते का वक्त भी ले लेती हैं। इस सब माहौल में मुझे चरित्रवान् डाक-तार विभाग पर संकट के बादल मँडराते नजर आ रहे हैं।

□

जूता वर्ष

सन् १९९५ को क्या कहा जाए? मेरा यह सुविचारित मत है कि यह 'जूता वर्ष' था। इस वर्ष एन.टी. रामाराव की पत्नी लक्ष्मी पार्वती पर जूता चलाया गया और उसने सधे हुए क्रिकेट खिलाड़ी की तरह उस जूते को कैच भी कर लिया। एक अखबार ने इस उपलक्ष्य में लक्ष्मी पार्वती को वर्ष का बाटा पुरस्कार देने का प्रस्ताव रखा है। लेकिन मेरे 'जूता वर्ष' घोषित करने के पीछे केवल एक ही कारण नहीं है। इस वर्ष रिबॉक नामक जूते का अवतार हुआ। बाकी अवतारों ने जन्म लेना बंद कर दिया है। इसलिए विदेशों से आजकल भारत में जूतों का अवतरण होता है। सस्ता रिबॉक बारह सौ रुपए का है और महँगा साढ़े छह हजार रुपए तक का होता है। जूता अगर साढ़े छह हजार रुपए तक पड़े तो सोचिए, कार कितने की पड़ेगी? मर्सिडीज बेंज ई-२२० नामक एक कार इसी वर्ष आई है। वह चौबीस लाख रुपए की है। जो एक कार ले ले, समझिए चौबीस लाख का जूता तो उसे पड़ गया।

इसी वर्ष क्रिकेट के कैप्टन मोहम्मद अजहरुद्दीन पर हैदराबाद में लोग जूते बरसाते। उसने जूते की रिबॉक नामक कंपनी को अपने नाम के साथ विज्ञापन की आजादी दी थी। भाई ने एक जूते पर अपना हस्ताक्षर कर दिया। कंपनी ने उसका विज्ञापन कर दिया; क्योंकि उसके नाम में मोहम्मद साहब का नाम भी शामिल है। लिहाजा मोहम्मद साहब के अपमान का आरोप लगा। यह मामला तो किसी तरह सुलटा लिया गया। वरना एक जूते पर हस्ताक्षर करने के अपराध से उसे हजारों जूतों की बौछारें झेलनी पड़तीं। सन् १९९५ अक्षरशः जूता वर्ष था। 'टफ' नामक जूते का विज्ञापन बना। मुंबई के दो मॉडल मिलिंद सोमण और भारती सुंदरी मधु सप्रे ने उसका विज्ञापन किया। विज्ञापन किया—अर्थात् 'टफ' जूते तो पहन लिये और

बाकी पहनना वे दोनों भूल गए। यहाँ तक कि दोनों में से किसी ने अंडरवियर भी नहीं पहना और दोनों आमने-सामने से जुड़ गए। उन्हें शर्म आ रही थी। अलबत्ता उन्होंने एक साँप पहन रखा था। बाद में इस फोटो पर राज्य सरकार ने पाबंदी लगा दी। इस विज्ञापन का असली मॉडल कुछ लोगों ने साँप को बताया है। मगर मेरे खयाल से विजेता मॉडल का नाम वह 'टफ' था, जिसे दोनों ने पहन रखा था।

इसलिए मैं कहता हूँ कि यह अक्षरशः जूता वर्ष था। अगर नहीं होता तो अपने पूर्व संचार मंत्री सुखराम ने हजारों करोड़ रुपए का जूता देश को न लगाया होता। अपने पुराने मंत्री हरि किशन लाल भगत ने भी अपने तरीके से देश के खजाने को सोलह लाख का जूता लगाया। असल में, वह भारी-भरकम मंत्री थे। मंत्री नहीं रहे तब भी मंत्रीवाला बँगला उनके पास था। अखबारों में छपा कि उस बँग़ले का किराया सोलह लाख को छूने लगा। चूँकि यह जूता वर्ष था, सो जूतम पैजार चलती रही। इस वर्ष जूतों की बड़ी माँग रही। राजनीतिक दलों की तरफ से जूतों के बहुत बड़े-बड़े ऑर्डर आए। जूतों का थोक व्यापार करनेवाली बड़ी-बड़ी कंपनियाँ जहाँ जूतों की आपूर्ति करती हैं वहीं राजनीतिक दलों की सुविधा के लिए रियायती दाम में दाल भी बेचती हैं, ताकि दलों को सुविधा हो। जूतों में दाल बाँटने के लिए जूता कहीं से खरीदे और दाल कहीं से, यह जूतों के व्यापारियों को व्यापारिक नियम के हिसाब से सही नहीं लगा।

कभी-कभी मुझे लगता है कि सर्वोच्च न्यायालय ने जूतों का इस्तेमाल कुछ ज्यादा ही करना चालू कर दिया है। पंचायतवाली न्याय व्यवस्था में कभी-कभी सरपंच अभियुक्त को दस-पाँच जूते मारने का आदेश देता था। हमारे सर्वोच्च न्यायालय ने भी जूता मारने के आदेश का सिलसिला चालू किया है। मुख्य चुनाव आयुक्त टी.एन. शेषन पर निशान अभी तक पड़े हुए हैं। अभी हाल में सर्वोच्च न्यायालय के एक फैसले ने नकली सेक्युलरिस्टों को हिंदुत्व के फैसले में जो कुछ कहा वह जूते का इस्तेमाल ही था। एक जनाब इतना चिढ़े कि सर्वोच्च न्यायालय को 'डॉ. हेडगेवार पुरस्कार' दे दिया। जाहिर है, जूता जरा जोरदार लगा था। कोई यह न समझे कि केवल भारत में ही यह जूता वर्ष था। मुझे लगता है कि राष्ट्र संघ की ओर से अनौपचारिक रूप से जूता वर्ष मनाया गया। अगर ऐसा न होता तो राजकुमारी डायना ने प्रिंस चार्ल्स को वह न दे मारा होता।

□

टिकटोपहार

देश भर के पत्रकार भाइयो, अपना स्काई-बैग तैयार कर लीजिए। उसमें सूट डाल लीजिए। शेविंग-किट रख लीजिए। दवा-दारू, जो लगती हो, वह भी भर लीजिए। एअर इंडिया ने यह प्रावधान किया है कि अब हर साल पत्रकारों को ढाई सौ टिकट मुफ्त में दिए जाएँगे। यह भारत की आंतरिक उड़ानों के लिए होगी। आप जानते हैं कि एअर इंडिया अंतरराष्ट्रीय विमान सेवा है। एअर इंडिया ने यह प्रावधान किया है तो इंडियन एअर लाइंस भी पीछे रहनेवाली नहीं है। वह भी पत्रकारों की सेवा में मुफ्त टिकट देगी। मुफ्त टिकट वितरण की सफाई देते हुए इंडिया के जन-संपर्क निदेशक जितेंद्र भार्गव ने जो बयान दिया है, जी करता है, उसे चूम लूँ।

भार्गव कहते हैं कि यह सामान्य लोक-व्यवहार है। बड़ी-बड़ी टेक्सटाइल कंपनियाँ पत्रकारों को सूट-लैंथ देती हैं। यह कोई रिश्वत नहीं होती। सूट-लैंथ लेकर भी पत्रकार जो चाहते हैं, वही लिखते हैं। उस कंपनी के खिलाफ भी लिख देते हैं। पत्रकार चाहे तो एअर इंडिया के मुफ्त टिकट को लौटा भी सकते हैं। उपहार लेने की पत्रकारों की बढ़ती हुई प्रवृत्ति को सरकारी मान्यता मिलने से मुझे बड़ी प्रसन्नता हुई है। दस-पाँच हजार के एअर इंडिया के मुफ्त टिकट को मैं भी रिश्वत नहीं, उपहार ही मानता हूँ।

बस दो-चार सवाल हैं मेरे। भार्गव साहब उनका खुलासा कर दें। एक तो यह कि उन टेक्सटाइल मिलों के नाम बताएँ, जो पत्रकारों को सूट-लैंथ देती हैं। मैं यह नहीं कह रहा हूँ कि सूट-लैंथ का चलन नहीं है या पत्रकार सूट-लैंथ लेते नहीं; लेकिन कोई कंपनी छाती ठोककर यह घोषणा नहीं करती कि हम दो-तीन हजार रुपए का सूट-लैंथ वर्ष में दो-चार सौ पत्रकारों को देते हैं। पत्रकारों को

कीमती उपहारों के रूप में दी जानेवाली रिश्वत को छिपाकर दिया जाता है। जो काम निजी कंपनियाँ छिपाकर कर रही हैं, यह अब एअर इंडिया जैसी सरकारी कंपनी खुल्लम-खुल्ला कर रही है। भार्गव साहब से एक सवाल यह भी पूछना चाहता हूँ कि कृपया उन पत्रकारों के नाम बताएँ, जिन्होंने सूट-लैंथ लिये हों और कंपनी के खिलाफ लिखा हो। भार्गव साहब मेरी बिरादरी को भ्रष्ट या बेईमान तो कह सकते हैं, मगर नमकहराम नहीं कह सकते। हम जिसका खाते हैं उसका गाते भी हैं।

एक सवाल यह खड़ा होता है कि यह टिकट किनको दिए जाएँगे। क्या वरिष्ठता के क्रम में दिए जाएँगे? पहले संपादकों को, उनसे बच गया तो वरिष्ठ संपादक और समाचार संपादक को? उसके बाद ब्यूरो चीफ, विशेष संवाददाता, उप-संवाददाता वगैरह को। कुछ तो सोचा होगा भार्गव साहब ने। ये ढाई सौ टिकट किन्हें देंगे? यदि ये सारे टिकट नागर विमानन मंत्रालय के बारे में लिखनेवालों को ही देने हैं तो भार्गव साहब ने सारी पत्रकार बिरादरी के मुँह से लार टपकानेवाली घोषणा क्यों की? एक सवाल और है, यह मुफ्त टिकट साल में एक बार मिलेगा या दो-चार-छह बार भी? चूँकि भार्गव साहब ने पत्रकारों को खरीदने और खुश करने की चीज समझ रखा है, इसलिए मैं अपना नंबर लगा देना चाहता हूँ। मुझे साल में चार-पाँच बार दिल्ली से मुंबई जाना होता है। एअर इंडिया के कुछ विमान दिल्ली से मुंबई होते हुए भारत के बाहर निकलते हैं। कृपया आने-जाने की चार ओपन टिकट मेरे लिए रजिस्टर्ड पोस्ट से भेज दें। मैं वचन देता हूँ कि अपनी लेखनी से एअर इंडिया की हड़ताल के समय प्रबंधन के पक्ष में हवा बनाऊँगा। वह मानकर चल सकते हैं कि विमान सेवा की अनियमितता और सेवा संबंधी भूल-चूक की ऐसी सफाई पेश करूँगा, जिससे एअर इंडिया की छवि सुधरती चली जाएगी। विमान की खरीद के घोटालों को मैं पाताल में गाड़ दूँगा। विभिन्न अंतरराष्ट्रीय विमान सेवाओं की साझेदारी में एअर इंडिया जो घोटाले करती है, उसपर प्रकाश डालने के बजाय मैं अंधकार डालूँगा। लेकिन तब, जब चार जोड़े टिकट मेरे पास आ जाएँगे।

□

नाम परिवर्तन संस्कार

अपने यहाँ सोलह संस्कारों का विधान है। गर्भाधान संस्कार, नामकरण संस्कार, उपनयन संस्कार, विवाह संस्कार वगैरह से लेकर दाह संस्कार तक। आजकल तो कंपनियों के नामकरण संस्कार भी धूमधाम से होते हैं। विश्वविद्यालयों के नामकरण संस्कार से लेकर मैदान, चौक और सड़क तक के नामकरण संस्कार भी होते हैं। लेकिन अब तो नाम परिवर्तन संस्कार भी होने लगे हैं। शास्त्रों के नाम परिवर्तन संस्कार का उल्लेख नहीं है। राजनीतिक दलों के नाम की भी बड़ी समस्या रहती है। पिछले वर्षों में जनता दल के इतने विभाजन हुए कि हिंदी का ककहरा कम पड़ने का डर पैदा हो गया। जनता दल (अ), जनता दल (ब), जनता दल (स), जनता दल (गु), जनता दल (दि)। खैर, अब इसका डर नहीं है। कम-से-कम साल-छह महीने के लिए नहीं, क्योंकि यह पार्टियों के मिलने और मोर्चा बनाने का मौसम है। जब मौसम बदलेगा तो फिर पार्टियाँ टूटेंगी। एक पार्टी है कांग्रेस (इ)। इंदिराजी के जाने के बाद भी इसे कांग्रेस (इ) के ही रूप में मान्यता मिली हुई थी। फिर इसमें विभाजन हो गया। नारायण दत्त तिवारी इसके अध्यक्ष हो गए। इसे लोग कांग्रेस (ति.) कहने लगे। अच्छा होता कि कांग्रेस 'इ' टूटकर बनी इस पार्टी को कांग्रेस (इति) कहते। इसमें 'इ' भी आ जाता और 'ति' भी। यह ज्यादा तथ्यपरक होता। कांग्रेस 'ति' से वह भान नहीं होता। 'इति' का एक खास अर्थ है। कांग्रेस (इति) का भी वैसा ही भवितव्य है।

हमने कांग्रेस से टूटकर बनी बड़ी-बड़ी पार्टियाँ देखी हैं। कांग्रेस संगठन देखा है। वह कांग्रेस इति ही थी। बाद में इस स्वर्गीय कांग्रेस की कोई चर्चा हमने नहीं सुनी। कांग्रेस 'अर्स' भी बनी, कांग्रेस 'स' भी बनी। असल में, सब-के-सब कांग्रेस

'इति' बनी थी। इसलिए मैं कहता हूँ कि तिवारीजीवाली कांग्रेस को कांग्रेस इति ही कहना चाहिए। मगर दोबारा नामकरण किया गया और अब इसे इंदिरा कांग्रेस कहा गया। कांग्रेस (इ) में भी 'इ' इंदिरा के लिए ही था। मैं थोड़ा चकित हुआ। बच्चों का नामकरण संस्कार होता है, बूढ़ों का नहीं। उनका तो बस एक ही संस्कार बचता है—अंतिम संस्कार। मैं यह देखकर भी दंग रह गया, कि इन नेताओं में स्वर्गीय इंदिरा गांधीजी के लिए कितनी भक्ति है! इस खानदान के प्रति कितनी निष्ठा है! सोनिया गांधी के जन्मदिन पर इस पुरानी पार्टी का नामकरण हुआ।

अगर दिल्ली की एक-एक सड़क पर आदमी एक बार महीना-पंद्रह दिन लगातार घूम जाए तो वह इंदिरा सहस्रनाम का प्रकाशन कर सकता है। हजारों ऐसी चीजें हैं जिनका नाम इंदिराजी से जुड़ा है। मुझे इसमें कोई आपत्ति नहीं कि पार्टी का नाम भी फिर से जुड़ जाए, लेकिन पार्टी हो तब न। जो पार्टी है ही नहीं उसके साथ इंदिरा का नाम जोड़ने से इंदिराजी की प्रतिष्ठा कम, अप्रतिष्ठा अधिक जुड़ेगी। वैसे भी किसी भिखारी का नाम करोड़ीमल होने मात्र से कोई दस रुपए उधार नहीं देता। मैंने बहुत सोचा, आखिर विद्वान् नेताओं ने यह नाम परिवर्तन संस्कार क्यों किया? क्या सचमुच उन्हें उम्मीद है कि इससे सारे कांग्रेस जन भाग-भागकर इधर आ जाएँगे? बदले हुए नाम से मतदाताओं के झुंड-के-झुंड मतपेटियों से इंदिरा कांग्रेस को विजय दिला देंगे? मैं तो नहीं समझता कि विद्वान् नेता ऐसा मानते हैं।

अर्जुन सिंह और नारायण दत्त तिवारी दोनों का संकल्प यह लगता है—हम तो डूबेंगे सनम, तुम्हें भी ले डूबेंगे। इंदिरा कांग्रेस के नाम से लड़कर उसे महापराजय दिलाकर ये भाई लोग यह साबित करना चाहते हैं कि इस नाम में अब कुछ नहीं रखा है। इस नाम की इज्जत रखनी हो तो सोनिया गांधी कूदें और नाक बचाने लायक विजय दिला दें। अब भी सोनिया न आएँ तो इंदिराजी का नाम डुबोने का श्रेय सोनिया गांधी को जाएगा। अर्जुन-तिवारी जोड़ी ने शायद यह समझा हो कि हम पार्टी से अलग हुए नहीं कि कांग्रेस महासमिति के सदस्य और संसद् सदस्य इंदिरा कांग्रेस के दफ्तर के सामने सदस्यता के लिए लाइन लगाकर खड़े हो जाएँगे। मगर वैसा कुछ हुआ नहीं। उन्होंने बहुत सोचा कि आखिर ऐसा क्यों नहीं हुआ? समझ में यह आया कि ऐसा इंदिराजी के साथ होता था और किसी के साथ नहीं। अब इंदिराजी नहीं हैं, सो न सही इंदिराजी, इंदिराजी का नाम तो है। पार्टी के नाम में उनका नाम मिलाने से शायद काम बन जाए। सोचते हैं, न मिले राजपाट तो भी क्या हुआ, पार्टी को मोक्ष तो मिल जाएगा।

□

जीते हैं नींद के लिए

यह संभव है कि सर्दियों में आप कर्ज से निकल जाएँ, लेकिन कंबल से निकलना बहुत संभव नहीं। दूसरे मौसम में अकसर होता यह है कि एक तारीख में आप सोएँगे तो उसी तारीख में दूसरी बार नहीं सोएँगे। मैं उन लोगों की बात नहीं कर रहा हूँ, जो नींद को जीवन का उद्देश्य मानते हैं। वह काम इसलिए करते हैं कि सो सकें। वह खाना इसलिए खाते हैं कि सो सकें। नींद उनके जीवन का केंद्रबिंदु होता है। जब हम सोते हैं तो अपने लिए सोते हैं। जब हम काम करते हैं तो दूसरों के लिए काम करते हैं। नींद ही एक व्यक्तिगत चीज है। यह न पारिवारिक है, न सामाजिक। यह नितांत ऐकांतिक है। सुख की नींद सोए व्यक्ति को जगाना पाप समझा जाता है। इसी पाप से बचने के लिए वैज्ञानिकों ने अलार्म घड़ी का आविष्कार कर डाला। नींद को जीवन का उद्देश्य माननेवाले बहुत से लोग शादी नहीं करते। छोटे बच्चों और बीवी को नींद चौपट कर देने की बुरी आदत होती है। इसी डर से बहुत से लोग शादी नहीं करते। नींद चौपट करने के लिए वह अलार्म का उपयोग करते हैं।

हमारे देश में नींद के मामले में एक आदर्श पुरुष हुआ है—कुंभकरण। अगर वह नींद का इतना साधक नहीं होता तो आज हम उसे आदर के साथ याद नहीं करते। मेरा खयाल है कि भारत में पैदा होनेवाले हर आदमी के अंदर छोटा-बड़ा कुंभकरण जरूर होता है। अगर ऐसा नहीं होता तो लोग दफ्तरों में सोते नहीं। टेबल पर अपने हाथ का तकिया लगाकर बाबू साधना में लीन हो जाता है। प्रवचनों और भाषणों के समय का इस्तेमाल ये लोग नींद निकालने के लिए करते हैं। बसों में यात्रा करते समय भी लोग सोते हैं। बगल में अगर कोई लड़की बैठी हो तब तो

नींद जरूर आती है। और वह रह-रहकर लड़की के साइड में झुक जाता है। नींद में भी वह ऐसी गलती कभी नहीं करता कि एकाध बार दूसरी तरफ गिर जाए। बहुत से लोग लेटने की जगह मिलते ही नींद को प्राप्त होते हैं। इधर से उठे, उधर सो गए। उधर से उठे, तीसरी जगह सो गए। व्यक्ति जब सोता है तो सपने देखता है। एक-से-एक अच्छे सपने। ज्यादा सोने के कारण उसके वे सपने पूरे नहीं होते। जैसे व्यक्ति सोते हैं वैसे देश भी सोते हैं।

भारत एक सोता हुआ देश है। भारत सरकार भी सोनेवाली सरकार है। सोनेवाली नहीं होती तो अभी हाल के महीनों में प्रति टन एक सौ पचहत्तर डॉलर के हिसाब से लाखों टन गेहूँ का निर्यात न करती और आज दो सौ तीस से दो सौ पचहत्तर डॉलर प्रति टन के हिसाब से बीस लाख टन गेहूँ के आयात का फैसला न करती। साफ है कि सरकार सोई हुई थी। सरकार की इस नींद के कारण ही गेहूँ के इस एक सौदे में कम-से-कम पाँच सौ करोड़ रुपए का घाटा हो गया। भारत तो सोया हुआ देश है ही। पचास साल तक हम सोते रहे। इस दौर में दक्षिण-पूर्वी एशिया के छोटे-छोटे देश कहाँ से कहाँ पहुँच गए। हम सोए हुए थे, पहुँचते कहाँ? ज्यादा-से-ज्यादा करवट लेते-लेते बिस्तर के इस कोने से उस कोने। सो हमने बिस्तर के इस कोने से उस कोने तक तरक्की की है। इतना तो मानना पड़ेगा कि लेटे-लेटे इतनी तरक्की की जा सकती है।

हमारी नई सरकार आई है। वह तो खुलेआम सोती है। दिन-दहाड़े सोती है। आप अपने पूर्व प्रधानमंत्री देवेगौड़ा को किसी सभा में देख लीजिए। वह डंके की चोट सोते हैं। हमारी संसद् सोती है। सत्रावसान में तो सोती ही है, सत्रावधान में भी सोती है। भरी संसद् में बहस के दौरान सांसद भी सोते हुए पाए जाते हैं। सोया हुआ आदमी लाश की तरह होता है। फर्क यह होता है कि लाश के उठने की संभावना नहीं होती, जबकि सोया हुआ आदमी देर-सबेर उठ जाता है। बीमार देश ज्यादा सोते हैं। हमारे देश के ज्यादा सोने का भी यही रहस्य है। आप पूछेंगे कि अगर सरकार सोई हुई है तो चलती-फिरती कैसे नजर आती है? बहुत से लोग नींद में भी चलते-फिरते हैं, और बोलते भी हैं। चलना-फिरना और बोलना जागे हुए होने का पक्का प्रमाण नहीं है। सरकार अगर जागी हुई होती तो खतरों से बेखबर न होती। यह बेखबर होना ही बताता है कि सरकार निद्रा में है। देश तंद्रा में है। मैं भी नींद में हूँ और आप भी।

□

पटना का आनंद विहार

❖

जब नरसिंह राव, सुखराम जैसे महाविभूतियों के तिहाड़ धाम की यात्रा की संभावना बनी थी और जब जेल में महत्त्वपूर्ण व्यक्तियों के लिए साफ-सुथरे कक्ष बनाए और सजाए गए, तब मैंने तिहाड़ जेल को तिहाड़ विहार कहा था। असल में, दिल्ली के अच्छे-अच्छे रिहायशी इलाकों के नाम में 'विहार' लगे हुए हैं—जैसे बसंत विहार, विवेक विहार, आनंद विहार, मयूर विहार आदि। तिहाड़ विहार बनकर तैयार हो गया। सुखराम तो वहाँ सुखपूर्वक रहकर आ गए, लेकिन यह सौभाग्य नरसिंह राव को अब तक नहीं मिला। मुझे प्रधानमंत्री देवेगौड़ा की क्षमता पर विश्वास है। मेरा अनुमान है कि अगर नरसिंह राव को जेल हो भी जाए तो वे तिहाड़ जेल नहीं जाएँगे। मैं तो तिहाड़ की सुविधाओं, रंग-रोगन वगैरह के बारे में जानकर उसे तिहाड़ विहार कहने लगा था। लेकिन मेरी आँखें खुली रह गईं, जब मैंने पटना जेल की एक खबर पढ़ी।

मार-पीट कांड के कारण पटना जेल की तलाशी हुई। जेल में बीस कलर टेलीविजन, छह किलोग्राम गाँजा, विदेशी मुद्रा, देशी मुद्रा, हथियार, कारतूस, डिश एंटीना और पोरनोग्राफिक किताबें बड़ी मात्रा में मिलीं। यह अभूतपूर्व घटना है। आज तक किसी जेल में बीस टेलीविजन सेट नहीं निकले। आखिर जेल में टेलीविजन का क्या काम? ये सब-के-सब पशुपालन घोटाले के सिलसिले में पकड़े गए अफसर, व्यापारी और राजनेता हैं। इन्हें जेल में लाया गया। मुझे शक है कि पुलिस ने इन्हें मय टी.वी. और हथियार के गिरफ्तार किया। मुझे जानकारी नहीं है कि टी.वी. को किस दफा के तहत जेल में बंद किया गया है। हथियार तो खैर अपराधियों के जीवनसाथी होते हैं। ये भाई जिस चैन की जिंदगी के साथ मनोरंजनपूर्ण

ढंग से नशे-पत्ते के बाहर रहते थे, उसी शैली में जेल में भी रहते हैं। कानून उन्हें बाहर नहीं रोक पाया। कानून उन्हें जेल के अंदर नहीं रोक पाया। हो सकता है कि इन महानुभावों के जेल आगमन पर जेल अधीक्षक ने उनके सम्मान में मनोरंजन के इन साधनों का प्रबंध कर दिया हो।

कब-कब ऐसे चारा-घोटाला-महारथी आते हैं। इनका आगमन जेल अधिकारियों के लिए भी एक महान् अवसर था। सो उनकी आवभगत में जेल के नियम-कानूनों ने पलक पाँवड़े बिछा दिए। आप जिनके करीब होते हैं वो खुशनसीब होते हैं। ऐसे रईस नवधनाढ्य घोटालाकर्ता के सामने जेल की किस नियम की क्या औकात है? टी.वी. क्या, जरूरत पड़े तो जेल में इन लोगों के पास टैंक पहुँच जाएँ। जिन हथियारों की जरूरत पड़ती है वे पहुँचते ही हैं। मेरा खयाल है कि जब जेल में इनका टी.वी. सेट जा सकता है और वह भी बीस-बीस सेट तो दोनों शाम किसी बड़े होटल से शानदार खाना भी जाता ही होगा। ऐसे लोग हो सकते हैं, जो बाहर रहने के बजाय जेल की इन सुविधाओं के लिए जेल में रहना पसंद करें। ऐसे लोग भी हो सकते हैं कि जो इन महानुभावों के बदले जेल काट लें। बेरोजगारी के जमाने में वेतनभोगी कैदी मिलना कठिन काम नहीं है।

मुझे आश्चर्य इस बात का है कि जेल अधिकारी चारा घोटाले के इन महानुभावों को ऐसी-ऐसी सुविधाएँ प्रदान करते रहे, वे पकड़-धकड़ क्यों नहीं रोक सके? इसका एक किस्सा है। जिसका सार यह है कि एक म्यान में दो तलवारें नहीं रह सकतीं। एक माफिया सरदार पटना जेल में पहले था, दूसरा राँची जेल से स्थानांतरित होकर आया। दोनों खूँखार सम्मानित दादा थे। पैसेवाले कैदियों से बड़ी-बड़ी रकम झटक लेना इनके लिए बहुत आसान काम था। इसी में दो दादाओं में झगड़ा हो गया। छुरे चल गए। पाँच घायलों को पटना मेडिकल कॉलेज में दाखिल कर दिया गया। तब पुलिस हरकत में आई। टी.वी. सेट और पोरनोग्राफिक साहित्य के अलावा भी बहुत सी चीजें पकड़ी गईं।

□

खबर घोटाला

लगता है, बिहार में कोई विदेशी प्रशिक्षित कुत्तों का खाना खा गया। बिहार पुलिस के पास जर्मन शेफर्ड और डोबरमैन कुत्ते हैं। अपराधियों और विस्फोटकों की खोजबीन के लिए मशहूर ये दोनों नस्ल के कुत्ते पुरस्कार प्राप्त हैं। इन कुत्तों की कीमत लाखों में होती है। लाखों रुपए इनके प्रशिक्षण पर लगाए जाते हैं। मगर आज ये भूखों मर रहे हैं। इनके लिए विशेष खाना देनेवाले ठेकेदार ने अक्तूबर में ही आपूर्ति बंद कर दी थी। उसके बाद से इन्हें पुलिसवाले भात खिलाकर जिंदा रखे हुए हैं। कोई प्रेस फोटोग्राफर इन कुत्तों की तसवीर खींच ले, ऐसा हो नहीं सकता। पुलिसवाले इन्हें प्रेस फोटोग्राफरों से सुरक्षित रखे हुए हैं। कोई गाय-भैंस का चारा खा जाए और अरबों का घोटाला हो जाए तो यह तो अब समझ में आ सकता है, मगर कोई कुत्तों का खाना खा जाए, मैं ऐसा नहीं मान सकता। तो फिर ठेकेदार का भुगतान क्यों नहीं हुआ? कोई और कारण रहा होगा। साधनों का आभाव हो गया होगा।

मेरे एक बिहारी मित्र बिगड़ गए। कहने लगे कि क्या बिहार सरकार इतनी कंगाल हो गई कि इन विदेशी कुत्तों को भी नहीं खिला सकती? लगता तो ऐसा ही है। बिहार में विपक्ष के नेता सुशील मोदी ने विभागों का उल्लेख कर यह बताया है कि वर्षों तक वेतन न मिलने के कारण दो सौ उनसठ सरकारी कर्मचारी, अर्धसरकारी कर्मचारी और उनके आश्रित पिछले पाँच वर्षों में मर चुके हैं। सैकड़ों मरणासन्न हैं। घोटालों ने बिहार को कंगाल बना दिया है। सन् १९९१-९२ से लेकर अब तक दस हजार करोड़ रुपए के घोटाले हो चुके हैं। बिहार के डेढ़ लाख कर्मचारियों को वेतन नहीं मिला है। बिहार राज्य चीनी निगम के पंद्रह हजार कर्मचारियों को सन्

१९९१ से वेतन नहीं मिला है। अब यह सूची बढ़ती ही जा रही है। जहाँ कर्मचारी वेतन के बिना मर गए हों वहाँ कुत्ते मरें तो क्या आश्चर्य!

कुछ समय पूर्व चारा घोटाला के बारे में सी.बी.आई. के हवाले से खबर आई कि तेरह अभियुक्तों से कुल मिलाकर डेढ़ सौ करोड़ रुपए के गोल्ड बॉण्ड या दूसरी संपत्तियाँ जब्त कर ली गईं। मुझे लगा कि इस रफ्तार से शायद अठारह सौ करोड़ रुपए के चारा घोटाला में से २०-२५ प्रतिशत तो वापस मिल जाएगा। मैं सी.बी.आई. की काररवाई से बड़ा खुश था। मेरे अंदर उम्मीद का संचार होने लगा था। मगर आज जाँच कर रहे सी.बी.आई. के संयुक्त निदेशक यू.एन. बिश्वास ने यह कहा कि कुर्क संपत्ति, जब्ती और गोल्ड बॉण्डवाली कहानियाँ झूठी हैं। इन्हें सी.बी.आई. ने ही एजेंसी के मारफत अखबारों में बोया था। संयुक्त निदेशक बिश्वास कहते हैं कि मुझे कोई कुर्की और संपत्ति-जब्ती की जानकारी नहीं है। जब उसका प्रभारी ही कह रहा है कि ऐसी जानकारी नहीं है तो यह खबर कहाँ से आ गई? एक अटकल लगाई जा रही है कि २९ नवंबर को सी.बी.आई. निदेशक जोगेंद्र सिंह को अदालत में पेश होना है। इसके पहले अखबारों में खबर आ जाने से थोड़ी वाहवाही की हवा खड़ी हो सकती थी।

मैं इसे खबर घोटाला कहता हूँ। बाकी घोटाले राजनेता और अफसर करते हैं। ज्यादा मामलों में खबर घोटालों का मूल स्रोत सी.बी.आई. होती है। लगता है कि सी.बी.आई. ने अफसरों की एक बड़ी टीम झूठी खबरों को फैलाने के लिए लगा रखी है। वह अखबारवालों के कान में झूठी खबरें कह देते हैं। समाचार कथा के भूखे पत्रकार उन्हें छाप देते हैं। सी.बी.आई. गुमराह करने के अपने अभियान में सफल हो जाती है। अब बताइए, खबर घोटाला की जाँच आप किस विभाग से कराएँगे? सी.बी.आई. ने बिना प्रेस ब्रीफिंग किए चारा घोटाले के तेरह अभियुक्तों की संपत्ति की कुर्की की खबर छपवा दी। खबर यह है कि यह 'खबर घोटाला' घोटाला भूमि बिहार में नहीं हुआ। यह दिल्ली में हुआ। 'खबर घोटाला' घोटालों की जाँच करनेवाली एजेंसी सी.बी.आई. ने किया। घोटालों की जाँच करते-करते घोटाला कर दिया।

□

अपमान-प्रूफ

मत कीजिए विरोध। मैं भी नहीं करूँगा। क्या हुआ, अगर मकबूल फिदा हुसैन ने सरस्वती का नग्न चित्र बना दिया? वे दुर्गा का भी नग्न चित्र बना चुके हैं। यह अलग बात है कि उन्होंने अभिव्यक्ति की स्वतंत्रता का इस्तेमाल मुहम्मद साहब या किसी इसलामिक प्रतीक पर नहीं किया। तो भी क्या हो गया? हमें एक मुसलिम कलाकार को यह छूट देनी ही चाहिए। आखिर हम सेक्युलर हैं। देखिए, कुछ लोगों ने इनका विरोध किया तो सारी सेक्युलर फौज हिंदू विरोधी तरकस लेकर मैदान में उतर आई। मैं तो सेक्युलर नहीं हूँ। इस फौज से डरता हूँ। इसलिए हरगिज मकबूल फिदा हुसैन की अश्लील कूची के खिलाफ एक शब्द नहीं लिखूँगा। बहुत से लोग उन्हें संसार के बड़े कलाकारों में मानते हैं। उनके चित्र लाखों रुपए में बिकते हैं। बड़ी-बड़ी आर्ट गैलरियों का कारोबार उनपर चलता है। उनके चित्र अपने ड्राइंगरूम में टाँगना स्टेटस सिंबल है। जिनके पास अपार धन है, वे अपना स्टेटस प्रदर्शित करने के लिए उनके चित्र टाँगते हैं। फिर जिस कलाकार के साथ धनवान् लोगों का बेड़ा हो उसके खिलाफ तो मैं लिखने से रहा।

हिंदू प्रतीक तो होते ही अपमान करने के लिए हैं। याद कीजिए 'सहमत' की अयोध्या में हुई प्रदर्शनी को। तब के मानव संसाधन मंत्री अर्जुन सिंह ने 'सहमत' को पचास लाख रुपए का सरकारी अनुदान दिया था। 'सहमत' ने सरकारी खर्चे से प्रदर्शनी लगाई और उसने राम को व्यभिचारी चित्रित किया। तर्क देनेवाले मैदान में उतर आए। मैंने तब भी विरोध नहीं किया था। हिंदू मानते होंगे सरस्वती को माँ और विद्या की देवी। करते होंगे पूजा। भावनाएँ जुड़ी होंगी। एक बात अच्छी तरह समझ लीजिए। हिंदुओं की भावनाएँ एक बात है, मुसलिमों की भावनाएँ बिलकुल

उलट बात है। इन्हीं सेक्युलरवादियों ने सलमान रुश्दी की पुस्तक 'सैटेनिक वर्सेज' की कुछ पंक्तियों से मुस्लिम भावनाओं पर चोट पहुँचाने का अंदेशा रखा था। सरकार यह कैसे बरदाश्त कर सकती थी? सलमान रुश्दी की पुस्तक पर प्रतिबंध लगा दिया। इसलिए मैं कहता हूँ कि भावना और भावना में भेद करना सीखिए।

मुसलिम समाज में स्त्रियों को घर से बाहर निकलने पर सिर से पाँव तक ढकनेवाला बुर्का पहनने की मजहबी अनिवार्यता है। बहुत से लोग उसका पालन करते हैं। और इधर मकबूल फिदा हुसैन साहब ने विद्या की देवी सरस्वती को निर्वस्त्र चित्रित किया। अब कर ही दिया तो करने दीजिए। यह उनका विशेषाधिकार है। एक मुसलमान होने के नाते भी और एक सेक्युलर कलाकार होने के नाते भी। इस अपमान को बरदाश्त करने का हमारा कर्तव्य है। कायरता के इस कर्तव्य को हम सहिष्णुता का गुण मानते हैं। हम तो अपमान में भी गौरव का अनुभव करने के तर्क ढूँढ़ लेते हैं। वास्तव में हम महान् हैं। ऐसा मत समझिए कि मकबूल फिदा हुसैन माँ की गरिमा नहीं समझते। उन्होंने अपनी माँ का चित्र भी बनाया है। उनकी अपनी माँ सिरीन सौम्य मुद्रा में बैठी हैं। हाथ और चेहरे को छोड़कर सारा शरीर साड़ी से ढका है। सिर पर साड़ी का पल्लू है। मानना पड़ेगा कि हुसैन साहब को माँ देखने की गहरी तमीज है।

करोड़ों लोग सरस्वती और दुर्गा को माँ की दृष्टि से देखते हैं। देखते हैं तो देखते रहें। हुसैन साहब की बला से। वह क्यों करें इनकी भावनाओं का आदर? उन्हें किस बात का डर है। पूरी सेक्युलर सेना उनके साथ खड़ी हो जाएगी, यह उनको भरोसा है। श्लील-अश्लील से तर्क-वितर्क में खजुराहो का ब्रह्मास्त्र उनके हाथ में है। खजुराहो घर-घर में नहीं है, गली-गली में नहीं है, नुक्कड़-चौराहों पर नहीं है। खजुराहो में भी सरस्वती नहीं है। सरस्वती कहीं निर्वस्त्र नहीं है। वाणी और विद्या की देवी की सौम्य सुंदरता हमेशा वस्त्र-मंडित रहती है। हुसैन साहब ने जैसे माधुरी दीक्षित का निर्वस्त्र कामुक चित्रण किया वैसे ही सरस्वती के शरीर पर सूत की एक रेखा नहीं बनाई। नहीं बनाई तो नहीं बनाई। बहरहाल हम हुसैन का विरोध न करें। उनके खिलाफ मुकदमा वापस ले लें। हम अपमान-प्रूफ हैं। कोई हमारा अपमान कैसे कर देगा! अपमान उसका होता है, जिसका कोई सम्मान होता है।

☐

परीक्षोपयोगी प्रश्न

आप जानते हैं कि यह भारतीय इतिहास का महाघोटाला युग है। आप किसी भी दिशा में सौ कदम चले जाइए, आपको कम-से-कम एक घोटाले का दर्शन प्राप्त होगा। कोई भी ईंट कहीं से भी निकालिए, उसके नीचे कोई-न-कोई घोटाला निकलेगा। आप किसी कबाड़ीवाले के यहाँ चले जाइए। वहाँ आपको कुछ पुरानी डायरियाँ मिलेंगी। मानकर चलिए कि हर डायरी में कोई-न-कोई घोटाला जरूर होगा। आप जानते ही हैं, आपने अखबारों में भी जरूर देखा होगा, घोटाला युग के इस दौर में हम सी.बी.आई वर्ष मना रहे हैं। अखबारों के प्रथम पृष्ठ पर सी.बी.आई. की सच्ची-झूठी खबरें छाई रहती हैं। अदालतों में भी सी.बी.आई. ही सी.बी.आई. है। बहुत से लोग इन खबरों की उपेक्षा करते हैं। मैं परीक्षार्थियों को यह चेतावनी देना चाहता हूँ कि वह इन खबरों की उपेक्षा न करें। ये खबरें उनके कैरियर के लिए महत्त्वपूर्ण हैं। आप मानकर चल सकते हैं कि अगली परीक्षाओं में इनके बारे में सवाल पूछे जाएँगे। दसवीं कक्षा के बोर्ड के लिए कुछ सवालों के नमूने बना रहा हूँ—

(१) पिछले पाँच वर्षों के घोटालों में से तीन घोटालों का नामोल्लेख कीजिए और उसमें सर्वाधिक लोकप्रिय घोटाले के कर्ता, कर्म, करण, संप्रदाय, अधिकरण वगैरह की सविस्तार चर्चा कीजिए। (२) उस घोटाले का नाम बताइए, जिसमें विदेश मंत्रालय के एक अधिकारी भी फँसे हैं? (३) बोफोर्स घोटाला हाई टेक्नोलॉजी घोटाला है। ग्रामीण परिवेश के एक घोटाले की विस्तार से चर्चा कीजिए। (४) सन् १९९१ से १९९६ तक के वर्षों के सामने उस साल के घोटाले का उल्लेख कीजिए। ध्यान रहे कि कोई भी वर्ष खाली न रहे। (५) घोटालों में फँसे जो मंत्री

हटाए गए उनके नाम बताइए। (६) घोटालों के कारण गिरफ्तार हुए मंत्रियों के नाम बताइए। (७) अनुमान से बताइए कि कैप्टन सतीश शर्मा के बाद अब किस भूतपूर्व मंत्री के घर छापा पड़ेगा? (८) किसे बचाया जा रहा है? कौन बचा रहा है? किससे मिलकर बचा रहा है?

बारहवीं कक्षा के लिए नमूना प्रश्न-पत्र—(१) याद करके बताइए कि सबसे मीठा घोटाला कौन सा था? (२) हवाला और गवाला घोटालों के नामकरण की भाषा का शास्त्रीय विवेचन कीजिए। (३) 'पैसा आया कहाँ रे, पैसा गया कहाँ रे', यह पंक्ति निम्न घोटालों में किसपर सबसे ज्यादा लागू होती है—शेयर घोटाला, चारा घोटाला, दूरसंचार घोटाला? (४) जयललिता, लालू प्रसाद यादव और मुलायम सिंह में आप घोटाला क्षमता की तुलनात्मक विवेचना कीजिए। (५) बताइए कि ४२० का मुकदमा किस राजनेता पर चल रहा है? (६) पेट्रोल पंप घोटाले में पूर्व प्रधानमंत्री नरसिंह राव और एच.डी. देवेगौड़ा के कितने रिश्तेदारों को पेट्रोल पंप मिले? क्या वजह थी कि देवेगौड़ा के रिश्तेदारों को कम पेट्रोल पंप दिए गए? (७) 'ये सुख और दु:ख के रास्ते, बने हैं सबके वास्ते'—इन पंक्तियों का उपयोग कौन से भूतपूर्व मंत्री किस महिला अधिकारी के सामने कर सकते हैं? (८) याद करके बताइए कि सी.बी.आई. की पूछताछ में किस-किस नेता की याददाश्त जाती रही? अपनी विस्मरण शक्ति का सर्वाधिक उपयोग किसने किया?

प्रशासनिक सेवा व अन्य केंद्रीय सेवाओं की परीक्षा के लिए कुछ सांकेतिक प्रश्न—(१) किस जाँच में विदेश सेवा के एक अफसर फँसे हैं? (२) घोटाले के बारे में केंद्र-राज्य संबंधों का क्या महत्त्व है? (३) क्या कारण था कि अनेक घोटालों की जड़ें आंध्र में थीं या उसके फल आंध्र को मिले? (४) यूरिया घोटाले और दूरसंचार घोटाले का आंध्र से क्या संबंध है? (५) उन मंत्रालयों का उल्लेख कीजिए जिसमें इस दौरान कोई घोटाला न हुआ हो? याद रखिए, शेयर घोटाले में डेढ़ दर्जन मंत्रालयं और एक दर्जन मंत्री फँसे थे। हवाला में अठारह मंत्री फँसे थे। इसलिए सावधानी से जवाब दीजिए। (६) किन-किन घोटालों की सी.बी.आई. ने सफलतापूर्वक लीपापोती कर दी? (७) ढूँढ़ते रह जाओगे—यह किस-किस घोटाले के बारे में कहा जा सकता है? सी.बी.आई. के चाल-चलन को देखकर इस सवाल का जवाब दीजिए।

□

उच्च स्तरीय चाँटे

सब कह रहे हैं कि कांशीराम ने निंदनीय कार्य किया है। पत्रकारों को पीटने की चतुर्दिक् भर्त्सना हो रही है। इसे दुर्भाग्यपूर्ण बताया जा रहा है। कांशीराम को गिरफ्तार करने की माँग की जा रही है। पर इस शोर-शराबे में एक महत्त्वपूर्ण बात दब गई है। पचास वर्षों के लोकतांत्रिक इतिहास में यह पहला मौका है, जब एक चोटी के नेता ने पत्रकारों को पीटने के लिए किसी का सहारा नहीं लिया, खुद अपने हाथों से पीटा। मुलायम सिंह यादव ने हल्ला-बोल के समय भले ही पत्रकारों के खिलाफ कितने ही भाषण दिए हों, मगर पत्रकारों की पिटाई स्वयं उन्होंने भी अपने हाथ से नहीं की। कार्यकर्ताओं ने सहज ही अपने ऊपर यह जिम्मा लिया। अयोध्या में भी पत्रकार पिटे तो कार्यकर्ताओं के हाथों पिटे। नेताओं ने उन्हें नहीं पीटा। मुंबई या कोलकाता में जब पत्रकार पिटे तो कहीं पुलिस और कहीं कार्यकर्ताओं ने पत्रकारों को पाठ पढ़ाया। सरकार जब पत्रकारों को पीटती है तो पुलिस के जरिए पीटती है, खुद मंत्री नहीं पीटता।

कांशीराम को छोड़कर पीटने के मामले में नेतागण स्वावलंबी नहीं हैं। स्वावलंबी तो अकेले कांशीराम ही हैं। बूढ़े तन और कमजोर काया के बावजूद उन्होंने किसी की मदद नहीं माँगी। अपना काम खुद किया। घर-घर में बच्चे को यह पाठ पढ़ाया जाता है कि अपना काम स्वयं अपने हाथ से करो। नेता बनते-बनते ये लोग धीरे-धीरे अपना काम दूसरों से कराने लगते हैं। इस एक पैमाने पर कांशीराम ने यह साबित कर दिया कि वे बाकी नेताओं से कहीं श्रेष्ठ हैं। इस मायने में वे प्रशंसनीय हैं। मुझे स्व. चौधरी चरण सिंह की एक घटना याद आती है। दिल्ली देहात का एक व्यक्ति उनके घर के सामने टिकट के लिए धरने पर बैठ गया। कुछ दिनों तक

तो चौधरी चरण सिंह ने उसपर कोई गौर नहीं किया, फिर मालूम किया तो पता लगा कि वह टिकट चाहता है। हफ्ते भर बाद उन्होंने उसके सामने गाड़ी रुकवाई और पूछा, 'क्या बात है?' धरनार्थी ने बताया कि उसे टिकट चाहिए। चरण सिंह को गुस्सा आया। उन्होंने एक झापड़ लगाया और कहा, 'नहीं देता टिकट! जा, घर जा।' साथ में बैठे धरनार्थियों को टिकटार्थी ने कहा कि पचहत्तर साल की उम्र में भी चौधरी में बहुत जान है। इतना जोरदार चाँटा खुद अपने हाथ से मारा। व्यक्तिगत चाँटा खाकर वह जैसे उपकृत हो गया था।

कांशीराम का चाँटा खाकर पत्रकारों में वैसी प्रतिक्रिया नहीं हुई। पत्रकार उच्च स्तरीय चाँटों में भेद नहीं करते। हालाँकि पत्रकार तिथि बताकर नहीं आए थे, लेकिन थे तो वे अतिथि ही। कांशीराम के यहाँ इन अनिमंत्रित अतिथियों का कांशीराम और उनकी सेना ने जिस तरह का स्वागत किया, उसकी प्रतिक्रिया में अब पत्रकारों को अपनी पत्रकार सुरक्षा सेना बनानी चाहिए, क्योंकि पत्रकारों और राजनेताओं में अब संबंध खराब होने वाले हैं। पत्रकार अपने अभियान से बाज आने से रहे। करीब-करीब सभी पार्टियों के पास अपनी-अपनी सेना है। सेना और सेनापति दोनों पत्रकारों की कलम की मार से तड़प जाते हैं। चैनलों के जरिए जबान के कोड़े जब राजनेताओं पर फटकारे जाते हैं तब कुछ नेताओं की सहिष्णुता रेखा कहीं पीछे रह जाती है और यहीं से आरंभ होता है पत्रकारों के धंधे को खतरा।

मेरा खयाल है कि अब पत्रकारों को तीन-चार तरह के बीमाओं का इंतजाम करना चाहिए। बीमा करवाकर ही वे अपना कर्तव्य पालन कर सकते हैं। अपमान बीमा, चाँटा बीमा, गोली बीमा और जीवन बीमा। आपको ध्यान होगा, कांशीराम की प्रथम प्रतिक्रिया थी, 'मारो सालों को। शूट कर दो।' असहिष्णुता के इस दौर में इन बीमों का इंतजाम बहुत जरूरी है। असहिष्णुता से असहिष्णुता पनपती है। पत्रकारों के प्रदर्शन में वी.पी. सिंह पहुँच गए। उन्होंने कांशीराम की गिरफ्तारी की माँग का समर्थन नहीं किया। सो 'वापस जाओ, वापस जाओ' के नारे लग गए। वी.पी. सिंह की अपनी मजबूरी थी। वह धर्म-निरपेक्ष ताकतों के संयोजक की भूमिका सुरक्षित चाहते हैं। सो कांशीराम के खिलाफ इतनी दूर तक जाना नहीं चाहते थे। वापस जाओ, वापस जाओ के नारे लगते ही वे वापस हो गए। पत्रकारों को वी.पी. सिंह की मजबूरी समझनी चाहिए थी। उन्हें भविष्य में पत्रकारों और कांशीराम दोनों का समर्थन चाहिए।

□

मिलाना हाथ का

जर्मनी में हाथ मिलाने का रिवाज कुछ ज्यादा ही है। जर्मन जब एक-दूसरे से मिलते हैं तो हाथ मिलाकर देर तक हलके-हलके झकझोरते रहते हैं। इतनी बार हाथ मिलाते हैं कि उनका हाथ मिलाना हास्यास्पद होने लगा है। इतना ही नहीं, दफ्तरों में किसी से बार-बार मिलने पर भी बार-बार हाथ मिलाते हैं। विदा लेते समय भी हाथ मिलाते हैं। इस सामाजिक प्रक्रिया पर एक सर्वेक्षण बर्लिन के अखबार में प्रकाशित हुआ है। हाथ मिलाने का यह रिवाज अंतरराष्ट्रीय हो गया है। दो देशों के राष्ट्रपति जब इकट्ठे होते हैं तो हाथ मिलाते हैं। फोटो छपने और टी.वी. पर दिखने के लिए कैमरे के सामने उन्हें बहुत बार हाथ मिलाना पड़ता है। राष्ट्रपति से हाथ मिलाने के बाद वह एक-दूसरे की पत्नियों से भी हाथ मिलाते हैं। हाथ मिलाने का यह यूरोपीय रिवाज विश्वव्यापी हो गया है।

जैसे लेखक हर दस-पंद्रह शब्दों के बाद कोमा, फुलस्टॉप वगैरह लगाते हैं वैसे ही जर्मन लोग हर दस-पंद्रह मिनट के बाद हाथ मिला लेते हैं। सर्वेक्षण में इसकी निंदा की गई है। हाथ हमारे यहाँ भी मिलाए जाते हैं—जैसे उत्तर प्रदेश के चुनावों में कांशीराम और नरसिंह राव ने हाथ मिलाया था। हाथ मिलाने के लिए दोस्त या जान-पहचान का होना जरूरी नहीं है। लोग दुश्मनों से भी हाथ मिलाते हैं। दुश्मन देश के प्रधानमंत्री भी जब दूसरे देशों में जाते हैं तो इस तरह गर्मजोशी से हाथ मिलाते हैं मानो दोनों बहुत गहरे दोस्त हों। हमारे यहाँ राजनीति में हाथ मिलाना जितना प्रचलित है, हाथ झटक देना भी उतना ही लोकप्रिय है। अब देखिए न, बहुजन समाज पार्टी और समाजवादी पार्टी ने सन् १९९३ के विधानसभा चुनाव में हाथ मिला लिया था। बाद में किसने किसका हाथ झटक दिया, इसका

फैसला करना मुश्किल हो गया। भाजपा और बसपा ने भी हाथ मिलाया था, मगर भाजपा ने हाथ छुड़ा लिया।

हमारे यहाँ राजनीति में हाथ बड़ी उपयोगी चीज है। मेरे खयाल से कांग्रेस ने यही सोचकर हाथ को चुनाव निशान बनाया होगा। बसपा और कांग्रेस ने एक-दूसरे से हाथ क्यों मिलाया, मुझे इसका एक प्रमुख कारण समझ में आया है। यह 'हाथ' और 'हाथी' का मिलन है। हाथ मिलाना तो चलता ही रहता है। खासकर चुनाव के दिनों में पार्टियों और उम्मीदवार जर्मन लोगों से भी ज्यादा हाथ मिलाते हैं। उम्मीदवार तो चुनाव के महीनों पहले से हाथ जोड़ने का अभ्यास करते हैं। मतदाताओं को हाथ जोड़ते-जोड़ते यह उनकी आदत में शुमार हो जाता है। घर लौटने पर भी वे आदतन नौकर-चाकर के सामने भी हाथ जोड़ देते हैं। चुनाव बीत जाने के बाद वे हाथ नहीं मिलाते। हाँ, बहुत से लोग हाथ मारना जरूर चालू कर देते हैं। अब सुखराम को ही देखिए, उन्होंने मौका आने पर कितना लंबा हाथ मारा।

कुछ राजनेता सरकारी खजाने पर भी हाथ साफ कर देते हैं। चुनाव के दिनों में नेताजी हर किसी की पीठ पर हाथ रख देते हैं। चुनाव अभियान के दौरान नेता और कार्यकर्ता अकसर विरोधी पर हाथ उठा देते हैं। एक बार हाथ उठाया नहीं कि झगड़ा कितनी दूर तक जाएगा, इसका अंदाजा लगाना मुश्किल है; क्योंकि जो हाथ उठाता है वही हथियार भी उठाता है। खैर, छोड़िए हाथ उठाने की बात। हाथ जोड़ने की बात करते हैं। भारतवर्ष में तो अभिवादन हाथ जोड़कर ही किया जाता है। जुड़े हुए हाथ स्वागत-चिह्न माने जाते हैं। अब तो लोग हाथ जोड़कर विज्ञापन तक में आ जाते हैं। डर लगता है, कहीं यह भाई वोट तो नहीं माँग रहा। पता लगता है कि वोट नहीं, निवेश के लिए नोट माँग रहा है।

□

साक्षरता दिवस मनाते रहेंगे

हर वर्ष हम भारतवासी गणतंत्र दिवस, स्वतंत्रता दिवस और साक्षरता दिवस मनाते हैं। पिछले पचास वर्षों में हमने इनमें से कोई दिवस नहीं मनाया हो, ऐसा मुझे याद नहीं। ये तीनों दिवस भारत के लिए ऐतिहासिक महत्त्व के हैं। मैं उम्मीद करता हूँ कि आनेवाली पीढ़ियाँ हजारों साल तक नियमपूर्वक यह दिवस मनाती रहेंगी। लोकतंत्र बना रहेगा, गणतंत्र कायम रहेगा। निरक्षरता फलती-फूलती रहेगी, ताकि हम प्रतिवर्ष सोल्लास साक्षरता दिवस मना सकें। यह कोई कम गौरव की बात नहीं है कि विश्व के अधिसंख्य निरक्षर भारत में पाए जाते हैं। मालूम नहीं दूसरे देशों में साक्षरता कैसे हो गई। हमारे यहाँ तो बच्चे निरक्षर ही पैदा होते हैं। बाकी देशों में क्या हाल है, मैं नहीं कह सकता। सुना है, विलायत में छोटे-छोटे बच्चे फटाफट अंग्रेजी बोलते हैं। हमारे यहाँ तो बी.ए., एम.ए. पास करने के बाद भी बहुत से लोग अंग्रेजी नहीं बोल पाते।

संविधान में सबको शिक्षित करने का निर्देशक सिद्धांत है। अर्थात् सरकार को कहा गया है कि वह शिक्षा दे, बच्चों की मुलाकात अक्षरों और अंकों से कराए। यह एक अच्छी बात है कि यह भार बच्चों को इस दुनिया में आमंत्रित करनेवाले माँ-बाप पर नहीं डाला गया है। सारा जिम्मा सरकार का है। माँ-बाप यह चौकसी करते हैं कि देखें, सरकार हमारे बच्चों को कैसे पढ़ाती है? चौकसी करनेवाले और भी लोग हैं। निरक्षरता के बड़े-बड़े लाभ हैं। निरक्षर लोगों में आत्मविश्वास नहीं होता। वे किताब देखकर शरमाते हैं। लिखने-पढ़ने में उनका समय बरबाद नहीं होता। पढ़े-लिखे लोगों के बारे में उनमें एक रहस्य बना रहता है। वे मानकर चलते हैं कि वे हीन हैं। पढ़ा-लिखा आदमी श्रेष्ठ है। जिस समाज

में निरक्षर लोग ज्यादा होते हैं, वहाँ कम पैसे पर ज्यादा समय काम करनेवाले मजदूर सुविधापूर्वक मिल जाते हैं। यह कोई छोटा-मोटा फायदा नहीं है। अर्थशास्त्री भी यह मानते हैं। आज बहुत से उद्योग भारत में इसलिए आ रहे हैं, क्योंकि यहाँ श्रम सस्ता है।

मैं पिछले पचास साल के शासकों की सूझबूझ का कायल हो गया हूँ, जिन्होंने आधी आबादी को निरक्षर बनाए रखा। निरक्षर होने के और भी कई फायदे हैं। शिक्षा के कारण बहुत सी चिंताएँ पैदा होती हैं। निरक्षर आदमी उन चिंताओं से मुक्त रहता है। मेरा अपना खयाल है कि निरक्षरता से सामाजिक संतुलन बना रहता है। जिस समाज में शोषण करने के लिए जितना अधिक कच्चा माल होता है, वहाँ उतना ही अधिक सामाजिक संतुलन होता है। इस दौर में सामाजिक न्याय का बड़ा बोलबाला है। निरक्षरों को सामाजिक न्याय नहीं मिल सकता।

सामाजिक न्याय का डंका पीटनेवाले शिक्षा की तरफ कदम नहीं बढ़ा रहे हैं। इसलिए मुझे शक होता है कि सामाजिक न्याय का डंका भले ही कितना पीटा जाए, भारतवर्ष में आनेवाली पीढ़ियों तक हर साल साक्षरता दिवस मनाया जाएगा। राष्ट्रपति, प्रधानमंत्री, मुख्यमंत्री और मंत्री हर साल साक्षरता दिवस के अवसर पर अपना भाषण देते रहेंगे। साक्षरता 'नौ दिन चले अढ़ाई कोस' वाली रफ्तार से बढ़ेगी। बढ़ी हुई आबादी ज्यादा निरक्षर जनसंख्या पैदा करेगी। इस प्रयास से हमारे निरक्षर भाई-बहन तन, मन, धन से रात-दिन मेहनत करके आबादी बढ़ाते जाएँगे। अभी तक राष्ट्र संघ के निर्देश पर ही साक्षरता दिवस मनाया जाता है। बहुत से देश साक्षरता दिवस नहीं मनाते, क्योंकि वहाँ निरक्षर नहीं पाए जाते। हर साल ऐसे देशों की संख्या बढ़ रही है। लेकिन मैं पूरे विश्वास के साथ कह सकता हूँ कि जब राष्ट्र संघ साक्षरता दिवस मनाना बंद कर देगा तब भी हम अपनी इस अटल परंपरा पर कायम रहेंगे। साक्षरता दिवस मनाते रहेंगे।

□

भैंस की स्कूटर यात्रा

पाकिस्तान के पूर्व प्रधानमंत्री नवाज शरीफ ने पूर्व प्रधानमंत्री बेनजीर भुट्टो के पति आसिफ जरदारी पर यह आरोप लगाया कि तीस करोड़ रुपए तो उनके अस्तबल पर खर्च हो जाते हैं। उन्होंने कहा कि जरदारी ने चालीस-चालीस लाख रुपए के घोड़े आयात किए हैं। उनके लिए लंदन से पशु चिकित्सक आते हैं और उन घोड़ों के स्वास्थ्य की देखभाल करते हैं। पाकिस्तान में इस घोड़ा घोटाला की बड़ी चर्चा है। मुझे गर्व है कि पाकिस्तान के मुकाबले घोटालों के मामले में हम कहीं अधिक मालामाल हैं। राव काल के घोटाले आकार और प्रकार में महान् हैं। पाकिस्तान का यह घोड़ा घोटाला उसके सामने बिलकुल तुच्छ है। फिर भी मुझे इस बात का मलाल रहा है कि हमारे यहाँ घोड़ा घोटाला की तरह जानवरों से ताल्लुक रखनेवाला कोई घोटाला नहीं हुआ था। लेकिन जब मैंने बिहार के चारा घोटाले के बारे में सुना तो मेरा थोड़ा-बहुत समाधान हुआ।

पिछले पाँच वर्ष से यह चारा घोटाला हो रहा है। पशुओं के इन चारों को राजनेता और नौकरशाह चर गए। भूखे पशु देखते रह गए। मैं वेश्याओं की कमाई में पुलिस की हिस्सेदारी को अब तक सबसे घृणित कृत्य मानता था। लेकिन मूक जानवर थाने में रिपोर्ट दर्ज नहीं करा सकते कि फलाँ मुख्यमंत्री या फलाँ अफसर हमारा चारा खा रहा है। वेश्याओं की रिपोर्ट तो थानों में दर्ज होती है। चारा घोटाले के बारे में विधानसभा और लोकसभा में कई वर्षों से सवाल खड़े होते रहे हैं। उस दिन समता पार्टी के नेता और रेल मंत्री नीतीश कुमार हवाई अड्डे पर मिल गए। वह इस संबंध में केंद्रीय सरकार की एक रिपोर्ट पढ़कर सुना रहे थे। उनका कहना है कि इस घोटाले का आकार दो हजार करोड़ रुपए का है। मेरे मन में बिहार,

मुख्यमंत्री लालू प्रसाद यादव और अफसरों के लिए सम्मान बढ़ गया। बढ़ इसलिए गया कि गरीब राज्य का यह घोटाला आकार में केंद्रीय स्तर के घोटाले की टक्कर का है।

जानवरों के मुँह का चारा छीनकर खुद खा लेने के लिए बड़ी हिम्मत चाहिए; क्योंकि जानवर मुँह का चारा छीननेवालों को सींग मारते हैं। लेकिन ये भाई बड़े उस्ताद हैं। चारा जानवरों के मुँह के पास पहुँचने के पहले ही फर्जी बिल बनाकर सरकारी खजाने से भुगतान ले लेते थे। उसमें से जिसका जितना हक बनता था वहाँ उतना पहुँच जाता था। जानवरों को कानोकान खबर तक नहीं मिलती थी। जो गोपाल समझे जाते थे वह गोकाल बन गए। इस घोटाले में बड़े-बड़े अजीबो-गरीब प्रकरण हुए। मैंने आज तक किसी भैंस को स्कूटर पर सवार होकर यात्रा करते नहीं देखा। मगर विश्वास मानिए, बिहार के इस चारा घोटाले में भैंसें स्कूटर पर बैठकर पंजाब से बिहार गईं। असल में बिहार के पशुपालन विभाग ने पंजाब से बड़ी संख्या में भैंसें खरीदीं। वह ट्रकों में बिहार ले जाई गईं। सरकारी विभाग में बाकायदा ट्रक के नंबर लिखे हुए हैं। जब ये जानवर मर गए और घोटाला खुला तो ट्रकों के नंबरों की जाँच हुई। पता चला कि ये ट्रक के नंबर थे ही नहीं, ये स्कूटर के नंबर थे। जाहिर है कि वे भैंसें इन स्कूटरों पर बैठकर ही आईं। ऐसी भैंसों का दो ही भविष्य हो सकता था—या तो वे मर जातीं या चोरी चली जातीं अथवा कुछ मर जातीं, कुछ चोरी चली जातीं। आज पंजाब से 'खरीदी गई' भैंसें स्वाभाविक रूप से बिहार में गैर-मौजूद हैं।

पशुपालन के विकास का इससे अच्छा तरीका क्या हो सकता है? मुरगियों को लोग क्यों पालते हैं? इसीलिए न कि मुरगी और मुरगी के अंडे को हम खा लें। तमाम पशुओं के पालन का ऐसा ही उद्देश्य होता है। जानवरों में मनुष्य श्रेष्ठ है, मनुष्यों में नेता श्रेष्ठ है। वह फैसला कर सकता है कि मुरगी या मुरगी के बजाय उसका पैसा खा लें। वह फैसला कर सकता है कि गाय, भैंस चारे का दूध निकालें और उसे पीएँ या उसके बदले सीधे पैसा खा लें? यह तो मानी हुई बात है कि पैसा दूध से ज्यादा पौष्टिक होता है और रकम करोड़ों की हो, तब तो कहना ही क्या!